Steffi K
Der Rinderba
Der Herr wird se

Mehr Informationen über Steffi Kugler:
https://www.steffikugler.de

Bisher veröffentlichte Romane mit Heinrich Nissen und Kriminalhauptkommissar Brunner:
>Der Rinderbaron von Sylt

Wer mehr zusammen mit den beiden Protagonisten erleben möchte, kann sich bereits auf den nächsten Roman der Reihe freuen:
>Ein Bulle auf Sylt

Darüber hinaus gibt es eine weitere Kriminalromanreihe von Steffi Kugler mit sieben Fällen des Redaktionsteams der Rheinischen Allgemeinen:
>Ent-Täuschung
>Es war nicht die Sylter Royal
>Falsche Sylter Freunde
>Der Herzschlag des ganzen Universums
>Mord, Mörder, Sylt
>Ein kunstvoller Mord auf Sylt
>Mord macht sychtig

Alle Romane sind erhältlich als E-Book und als Taschenbuch.

Steffi Kugler

Der Rinderbaron von Sylt

Der Herr wird sein Volk richten

Untertitel nach Hebräer 10:30

Denn wir kennen den, der da sagte:
„Die Rache ist mein, ich will vergelten", und abermals:
„Der HERR wird sein Volk richten."

Bibliografische Information der Deutschen Nationalbibliothek:
Die Deutsche Nationalbibliothek verzeichnet diese
Publikation in der Deutschen Nationalbibliografie;
detaillierte bibliografische Daten sind im Internet
über http://dnb.dnb.de abrufbar.

Die automatisierte Analyse des Werkes, um daraus
Informationen insbesondere über Muster, Trends und
Korrelationen gemäß §44b UrhG („Text und Data Mining")
zu gewinnen, ist untersagt.

© 2024 Steffi Kugler

Verlag: BoD · Books on Demand GmbH, In de Tarpen 42,
22848 Norderstedt
Druck: Libri Plureos GmbH, Friedensallee 273,
22763 Hamburg

ISBN: 978-3-7693-0645-3

Vielen Dank meinen Lektoren und Lesern.

Ohne euch und eure Geduld mit mir wäre keines der Abenteuer in meinen Büchern jemals durchlebt oder veröffentlicht worden.

Teil 1

Sonntag, 10. April 2022

FRÜHER ABEND

Mein Name ist Heinrich Nissen. Man nennt mich den ‚Rinderbaron von Sylt'.

Alle Generationen meiner Familie haben als Rinderzüchter gearbeitet; viele von ihnen konnten nur ein karges Auskommen auf unserem mäßig fruchtbaren Land erwirtschaften. Ohne wahre Liebe zu den Tieren und ein echtes Gefühl für die Natur war es schwer, Mensch und Vieh mit der oft schlechten Ernte zuverlässig zu ernähren. Mein Vater war einer der Wenigen, die verstanden, was das Land und die Tiere von ihm forderten. Unerbittlich und streng gegen sich selbst und seine Familie, nachgiebig und voller Respekt seinem Vieh und der Natur gegenüber, kannte er nichts außer seiner Arbeit. Aber auch ihm gelang es nur selten, am Ende eines Jahres ausreichend Geld übrig zu haben, um notwendige Reparaturen oder Anschaffungen bezahlen zu können. Unseren Hof zu erhalten, unseren Rindern ein würdiges Leben zu bieten und darüber hinaus auch noch seinen ständig aufbegehrenden Sohn zu einem verantwortungsbewussten Menschen zu erziehen, füllte seine Tage und Nächte aus und ließ ihn schnell altern. Für Visionen blieben ihm weder die Zeit noch die Kraft. Mit vierundvierzig Jahren starb er durch einen Unfall auf dem eigenen Land. Seine Verpflichtung, den Hof für die nächsten Generationen der Familie Nissen zu erhalten, ging damit auf mich über. Dieses Erbe habe ich angenommen. Und genau deshalb haben die Nissens mit mir aufgehört, Landwirte zu sein.

Nach dem Tod meines Vaters setzte ich der sorgenvollen, bäuerlichen Existenz der Familie Nissen für immer ein Ende. Statt mich für eine Rinderzucht aufzuopfern, die meine Arbeitskraft und meinen Verstand nicht wert war, habe ich sie aufgegeben. Gegen die Erwartungen meiner Vorfahren habe ich diese Entscheidung getroffen und wurde schnell mit Wohlstand und Sicherheit belohnt.

Aber nicht nur zu finanzieller Unabhängigkeit hat mir mein Widerspruchsgeist verholfen, sondern auch zu dir, mein Kind. Wäre ich dem Vorbild der Generationen vor mir gefolgt und hätte den Weg eingeschlagen, der mir in die Wiege gelegt wurde, gäbe es dich heute nicht. Früh habe ich damit begonnen, gegen alle Widerstände meine eigenen Entscheidungen zu fällen, und niemals habe ich es bereut.

Mit mir hat der Wohlstand der Familie Nissen begonnen.

Mit dir wächst die erste Generation heran, der die Welt zu Füßen liegen wird.

Der Mann vor dem Laptop sieht vom Monitor hoch. Den Kopf dreht er leicht nach links, sein Blick fällt aus dem Fenster auf den aus dem Winterschlaf erwachten Garten und das dahinterliegende Land, das sich bis zum Horizont erstreckt.

Der windzerzausten Landschaft rund um sein Zuhause seine liebevolle Aufmerksamkeit zu widmen, ist ihm seit frühester Kindheit in Fleisch und Blut übergegangen. Die Wiesen dicht um sein Haus wird er bald mähen müssen. Das hohe Gras soll der Mutter seines ungeborenen Kindes nicht den Blick versperren, falls sie zu ihm zurückkehrt.

Sie wird zu ihm zurückkehren, sobald sie sein Tun verstanden hat, beruhigt er sich selbst. Er hat den Schuldigen gerichtet; nun muss er auch für dessen Bestrafung sorgen. Als kluge Frau wird sie nachvollziehen, weshalb er nicht anders handeln konnte. Sie wird ihren Fehler einsehen und ihm verzeihen.

Spätestens nach Ostern wird alles vorbei sein. Dann muss der Blick aus dem Haus frei über die Büsche und Sträucher der Umgebung schweifen können, die sich mit ihren ersten, zarten Frühjahrsblüten schon jetzt bemühen, den Wind und die immer noch kühlen Temperaturen zu ignorieren. Es wird Ellas erster Frühling auf der Insel werden; ein Frühling, der mild beginnt, wie Heinrich aus den Veränderungen der Natur liest. Ein guter Frühling und bestimmt auch ein guter Sommer für eine Schwangere, die ein Alter erreicht hat, in dem sie sorgfältig auf sich und das werdende Leben in ihrem Bauch achten muss. Eine Zeit, die ihrer beider Leben verändern wird.

Während Heinrich in Gedanken bereits sein Neugeborenes in den Armen hält, taucht ein Fasan zwischen den langen Halmen vor dem Fenster auf. Das Tier wird erst vollständig sichtbar, während es über die Natursteinplatten der Terrasse stolziert. Bevor der Vogel wieder im Gras verschwindet, hält er kurz an und dreht den Kopf in die Richtung seines menschlichen Beobachters. Fast scheint es, als kreuzten sich ihre Blicke.

Mit einem leisen Seufzen wendet der werdende Vater seinen Blick ab und schaut zurück auf den Monitor seines Laptops. Die nächsten Sätze, die er diktiert, lauten:

Das Land unserer Vorfahren wird immer mein Zuhause sein. Auch wenn ich kein Rinderzüchter mehr bin, habe ich nie aufgehört, die Natur wie ein Mensch zu erleben, der mit und von ihr lebt. Grund und Boden, über die mein Blick streift, während ich diese Zeilen für dich schreibe, liebe ich mehr als irgendeinen anderen Besitz. Mit ihnen bin ich fest verwurzelt. So fest, dass ich nie auf den Gedanken käme, auch nur einen Quadratmeter davon in fremde Hände zu geben.

Noch vor wenigen Wochen wäre der ehemalige Rinderzüchter ebenfalls nie auf den Gedanken gekommen, die wie durch Geisterhand auf dem Monitor erscheinenden Zeilen über sich und seine Familie zu verfassen. Selbst wenn er zu Recht mit Stolz auf das blickt, was er im Leben erreicht hat, ist er keiner der Männer, die andere mit Erzählungen über sich und sein Privatleben unterhält. Und besonders seine Empfindungen würde er nie vor seinen Mitmenschen ausbreiten. Kein Fremder muss wissen, wie der ‚Rinderbaron von Sylt' zu dem Menschen geworden ist, als den ihn heute alle sehen. Und nur Wenige sollen einschätzen können, wie weit dieses öffentliche Bild seinem wahren Charakter entspricht.

Heinrichs beruflicher Werdegang ist bereits mehrfach Thema journalistischer Neugier gewesen. Das hat der Erfolg eben mit sich gebracht, gerade auf einer Insel wie Sylt. Über seine Affären und angeblich zahllosen Frauengeschichten wurde besonders gern geredet und geschrieben. Aber bisher ist es ihm immer gelungen, eine undurchdringliche Grenze zu seinem Gefühlsleben und dem, was ihm wirklich wichtig ist, zu ziehen. Zutritt zu seinem Familiensitz in Morsum gewährt Heinrich nur Freunden, Einblick in sein Gefühlsleben oft noch nicht einmal diesen. Warum also versucht er jetzt, sich und sein Innenleben schriftlich zu erklären?

„Wir werden beide voneinander lernen", kommt dem ungeübten Autor so leise über die Lippen, dass das Mikrofon seines Laptops den Satz nicht auffängt.

Heinrich kann nicht aufhören, an das Kind zu denken, das bald geboren wird; sein Kind. Mit ihm wird ein Mensch existieren, mit dem er seine Empfindungen teilen möchte. Vom ersten Tag an soll dieses Kind wissen, dass er es liebt; daran darf es niemals zweifeln. Dieser noch ungeborene Mensch bietet Heinrich die Gelegenheit, einen Fehler zu korrigieren, den er sich selbst nie vergeben wird. Seine noch ungeborene Tochter – bei dem Geschlecht seines Kindes ist sich die Ärztin nahezu sicher –, seine zweitgeborene Tochter wird ihm helfen, mit diesem Fehler zu leben. Bei ihr wird er nichts falsch machen.

Vor zwei Tagen erst hat Heinrich erfahren, dass er erneut Vater wird. Dieses Mal wird er sein Glück nicht an einen anderen Mann abgeben. Nie wieder wird er sich dazu überreden lassen, seine Vaterschaft vor seinen Mitmenschen zu verheimlichen, seine Tochter zu verleumden und ihre Entwicklung nur aus der Ferne zu beobachten. Dieses Ungeborene ist seine zweite Chance. Eine späte Chance, und eine, mit der er nicht mehr zu rechnen gewagt hat. Dieses Kind wird ein Teil der Familie Nissen werden und ihre Tradition fortsetzen. Seine Tochter wird lernen, die Werte ihres Vaters zu akzeptieren, seine Entscheidungen nachzuvollziehen und seinen Weg fortzusetzen, so wie auch er vor langer Zeit gelernt hat, die Moral seiner

Eltern zu verstehen und ihre Werte sein eigenes Leben beeinflussen zu lassen.

In die Erinnerung an seine Eltern vertieft, hebt Heinrich erneut seinen Blick vom Monitor und schaut über das Land seiner Familie. Ungewohnte Fragen bestimmen seine Gedanken. Was hat er tatsächlich seinem Vater und seiner Mutter zu verdanken? Und für was in seinem Leben trägt ganz allein er die Verantwortung? Kann er das trennen? Wäre aus ihm ein anderer Mensch geworden, wenn seine Eltern ihn nicht dafür erzogen hätten, Landwirt zu werden? Welcher Mensch wäre er heute, wenn sie seine Erziehung anderen überlassen hätten? So wie er es vor vielen Jahren bei seiner ersten Tochter Clara getan hat? Bestimmen die Gene einen Großteil des Charakters und die Erziehung entscheidet nur darüber, welche Eigenschaften sich zuerst entwickeln? Seine erste Tochter war ohne sein Zutun zu einer wundervollen Frau herangewachsen, klug, schön, mutig und herzensgut. Wäre sie der gleiche Mensch geworden, wenn sie bei ihm und mit ihm als Vater aufgewachsen wäre? Als eine Nachfahrin der Familie Nissen und nicht als die angebliche Tochter eines anderen?

Abrupt erhebt sich der kräftig gebaute Mann, dem man ansieht, dass er sich sein ganzes Leben lang nicht vor körperlicher Arbeit gescheut hat. Fast wäre sein Schreibtischstuhl umgekippt, so heftig sind seine Bewegungen. Den frühen Tod seiner Tochter kann er nicht rückgängig machen, das ist ihm schmerzlich bewusst. Die Schuld, die er sich an ihrem Unglück zuweist, ist auch nach den vielen Jahren immer noch unerträglich.

Mit schnellen Schritten geht Heinrich auf das hohe Bücherregal zu, das die komplette Wand bedeckt, die dem Schreibtisch gegenübersteht. Neben Büchern und Aktenordnern beinhaltet es einen kleinen Barschrank. Zögernd bleibt er vor dem Regal stehen. Er hat sich vorgenommen, besser auf sich aufzupassen. Solange es geht, will er an dem neuen Leben teilhaben, das sich gerade erst entwickelt. Mit seinen achtundfünfzig

Jahren ist Heinrich bereits deutlich älter geworden als sein Vater und die meisten seiner männlichen Vorfahren. Weniger Alkohol, weniger fettes Essen und, sobald sein Kind auf die Welt gekommen ist, vielleicht sogar weniger Arbeiten lauten die neuen Regeln, die er für sich aufgestellt hat.

Ein leichtes Kopfschütteln macht deutlich, dass der ‚Rinderbaron von Sylt' mit der Umsetzung seiner neuen Vorsätze nicht sofort beginnen wird. Zielgerichtet streckt er die Hand nach einer der Whiskyflaschen aus und gießt eine ordentliche Portion der goldgelben Flüssigkeit in ein schweres Kristallglas. Noch vor dem Barschrank stehend, nimmt er den ersten Schluck. Den zweiten Schluck auf der Zunge balancierend, geht er langsam zum Schreibtisch zurück und setzt sich wieder vor seinen Computer. Er wird noch ein wenig damit warten müssen, weniger Risiken einzugehen. Sein ganzes Leben lang hat er keine Gefahr gescheut, wenn er die Notwendigkeit gesehen hat, Ungerechtigkeiten zu verhindern oder Ungerechte zu richten.

Die zweite Chance, die er mit dem Ungeborenen erhält, zwingt Heinrich dazu, sich auf die Worte zu konzentrieren, die er aufschreiben will. Seiner ersten Tochter hätte er alles erzählen können, das für die nächste Generation der Nissens von Belang ist. Sie hätte er über Jahre in die Familie einführen können, wenn sein Fehler nicht alles zerstört hätte. Bei ihrer noch ungeborenen Schwester besteht die Gefahr, dass sie nicht alt genug für diese Informationen ist, bevor ihr Vater stirbt. Vielleicht ist sie zu diesem Zeitpunkt noch nicht einmal auf die Welt gekommen. Dann kann er ihr sein Wissen nur schriftlich übermitteln.

Nach einem weiteren Schluck aus dem Whiskyglas blickt Heinrich wieder auf den Monitor und diktiert:

Es fällt mir schwer, in Worte zu fassen, wie aufgeregt und voller Vorfreude ich bin, weil du bald in mein Leben treten wirst. Die Zeit, die ich mit dir verbringen werde, wird die kostbarste meines Lebens sein. Für den Fall, dass ich nicht lange genug lebe, um dich bis ins

Erwachsenenalter zu begleiten, nutze ich diesen Weg, dir von den Erlebnissen zu erzählen, die mich zu dem Menschen gemacht haben, der ich heute bin. Es ist wichtig, dass du weißt, aus welchem Holz wir Nissens geschnitzt sind und wo unsere Wurzeln liegen. Wenn du das verinnerlichst, wird es wenig im Leben geben, das du nicht beherrschen kannst.

Unsere Vorfahren haben auf unserem Land ein hartes Leben geführt; hart, aber frei und unabhängig. Hier auf ihrem eigenen Land haben sie ihre Kinder gezeugt, geboren und aufwachsen lassen. Hier in ihrem eigenen Haus haben sie mit ihren Eltern gewohnt und gearbeitet, haben diese bis zu deren Tod unterstützt und sind schließlich ebenfalls hier gestorben. Über Generationen hat sich an diesem Kreislauf wenig geändert. Die harte Arbeit auf unseren zweiundvierzig Hektar sandigen Bodens hat deinen Vorfahren nie mehr als ein karges Auskommen geboten, aber gleichzeitig unserer Familie den Fortbestand der Unabhängigkeit gesichert. Der Grundbesitz war jeder Generation so wichtig, dass er nur vom Vater an den ältesten Sohn vererbt wurde. Niemals wurde das Land aufgeteilt oder durch Verkäufe verkleinert. Die zweiundvierzig Hektar, die mein Vater mir hinterlassen hat, umfassen jeden Acker und jede Wiese, die schon er und die vielen ältesten Söhne vor ihm übergeben bekommen haben. Zweiundvierzig Hektar und kein einziger Quadratmeter mehr. Und du, mein Kind, egal ob Tochter oder Sohn, wirst der nächste Besitzer dieses Landes sein. Halte es in Ehren und gib es nie aus der Hand, damit auch du es vererben kannst. Das Vermögen, das du von mir erhältst, soll es dir erleichtern, mir diesen Wunsch zu erfüllen.

Wieder schweifen Heinrichs Blicke über die raue Landschaft. Als Kind hat er noch bei deren Bewirtschaftung geholfen, aber seit fast vier Jahrzehnten muss er seinen Lebensunterhalt nicht mehr damit verdienen.

Heute liegt das Land brach. Heinrich sorgt nur noch dafür, dass die Wiesen und Äcker ihren ursprünglichen Charakter beibehalten. In seinen Augen reicht das aus, die ererbte

Verpflichtung seinen Vorfahren gegenüber zu erfüllen. Die entbehrungsreiche Zeit als Rinderzüchter liegt lange hinter ihm. Auch nach ihm soll kein anderer Spross des Hauses Nissen je wieder das Land bestellen oder Rinder darauf weiden lassen müssen.

Heinrich zwingt seine Gedanken zurück in die Vergangenheit und diktiert:

Das Leben auf dem Land kann erbarmungslos sein. Noch zu Zeiten meiner Kindheit haben die Launen der Natur bestimmt, wie erfolgreich ein Rinderzüchter wirtschaften konnte und welche Gefahren er überleben musste.

Auch wenn die Temperaturen auf Sylt gemäßigter sind als auf dem Festland, können die Wetterbedingungen für Mensch und Tier gefährlich werden. So war es auch am Tag meiner Geburt, dem 11. August 1959. Ungewöhnlich starke Böen und extreme Niederschläge schnitten die Insel für Stunden vom Festland ab. Die Hebamme, die meiner Mutter bei der Niederkunft zur Seite stehen sollte, war am Vortag für einen Notfall nach Niebüll gerufen worden und kehrte aufgrund des Unwetters nicht rechtzeitig auf die Insel zurück.

Zur Welt gekommen bin ich auf dem alten Eichenholztisch, der auch heute noch in der Küche des Gutshauses steht. Meine Mutter wäre bei der Entbindung fast gestorben. Lediglich das beherzte Eingreifen von Marlene, unserer rasch hinzugezogenen Nachbarstochter, rettete ihr Leben und bewahrte mich davor, wenige Stunden nach meinem ersten Schrei zur Halbwaise zu werden. Dank Marlene überlebte meine Mutter. Die Komplikationen bei der Entbindung führten dazu, dass sie keine weiteren Kinder auf die Welt bringen konnte. So bin ich der erste und einzige Nachkomme meiner Eltern.

Heinrichs Gesichtszüge werden weich bei den Gedanken an Marlene Abelung. Zusammen mit ihrem Mann Tamme bewohnt sie einen der benachbarten Resthöfe in Morsum. Das Land, das ursprünglich dazu gehörte, haben ihre Vorfahren bereits verkauft, bevor es der Zuzug reicher Städter finanziell wertvoll machte. Bis weit über das gängige Pensionsalter hinaus fuhr Tamme zur See, während Marlene auf Sylt wohnen blieb. Als auch ihre vier Kinder die Insel verließen, begann sie, für Heinrich den Haushalt zu führen. Mit einem Ehemann, der die meiste Zeit des Jahres beruflich unterwegs war, und Kindern, die das Festland der Insel Sylt vorzogen, wurde ihr Nachbar, dem sie auf die Welt geholfen hatte, schnell zu ihrer Ersatzfamilie.

Obwohl Tamme Abelung bereits vor einigen Jahren endgültig auf die Insel zurückgekehrt ist, hat seine Frau nicht aufgehört, Heinrich als wichtiges Familienmitglied zu betrachten. Auch an seinen Gefühlen ihr gegenüber hat sich nichts geändert. Marlene ist und bleibt seine Ersatzmutter. Dass sie auf dem besten Weg ist, Ersatzgroßmutter zu werden, hat er ihr noch nicht verraten.

Begleitet von einem kaum hörbaren Seufzen zwingt sich der grauhaarige Ersatzsohn, zu den Erinnerungen an seine Kindheit und Jugend zurückzukehren:

Schon meine ersten Wahrnehmungen waren geprägt von einer Welt voller Rinder. Ich erinnere mich an das wohlige Gefühl von weichem Fell unter meinen Fingern und den lieblichen Duft eines frisch geborenen Kalbes. Heute noch habe ich den Geruch von Heu und Mist in der Nase, sobald ich einen Stall nur sehe. Das beharrliche Scharren der Hufe, wenn die Rinder nach einer langen Winternacht endlich hinaus auf die Weide wollten, werde ich nie vergessen.

Unsere Tiere waren meine ersten Spielgefährten. Noch bevor ich eingeschult wurde, begann ich meinen Vater dabei zu unterstützen, sie zu pflegen. Wenige Jahre später habe ich gelernt, sie zu töten.

Dass ich in die Fußstapfen meines Vaters träte und den Hof übernähme, stand für meine Eltern nie infrage. Als einziges Kind war mir dieser Weg vorgeschrieben. Dass mein Vater mir dennoch erlaubte, nach der Grundschule neun weitere Jahre das Gymnasium zu besuchen und es mit dem Abitur abzuschließen, verdanke ich neben meiner eigenen Hartnäckigkeit vor allem meiner Mutter. Ohne sich je offen gegen meinen Vater aufzulehnen, hat sie immer wieder ihre schützende Hand über mich gehalten. Du kannst dir sicher vorstellen, dass ich ihr reichlich Gelegenheit dazu gegeben habe. Schon früh habe ich begonnen, um die Dinge zu kämpfen, die mir wichtig waren. Bis heute habe ich damit nicht aufgehört.

Und fast immer habe ich Erfolg.

Wieder hebt Heinrich seine Augen vom Computermonitor und lässt seinen Blick über das Land streifen.

Nur selten denkt er an seine Kindheit zurück. Sein Vater war streng und unbeugsam in dem, was er von seinem einzigen Sohn erwartete. Heinrich und er kamen nicht gut miteinander aus. Viel zu oft musste seine Mutter einen scheinbar unversöhnlichen Streit zwischen ihnen schlichten.

Rückwirkend versteht Heinrich, wie schwer er es dem eigenen Vater gemacht hatte. Zwar war er fleißig und erledigte alle ihm aufgetragenen Aufgaben, aber wenige davon mit der Begeisterung, die sein Vater von seinem Nachfolger und zukünftigen Hoferben erwartete. Zusätzlich verbrachte er jede freie Minute damit, für die Schule zu lernen oder Elisabeth, die Tochter eines Westerländer Gastwirts, zu umwerben. Dieses Mädchen werde niemals die Frau eines einfachen Rinderzüchters, hatte sein Vater ihm vorhergesagt, weder sei sie dafür geeignet noch dazu erzogen worden. Er hatte mit seiner Warnung richtig gelegen, wie Heinrich schließlich feststellen musste. Obwohl Lisbeth von ihm ein Kind erwartete, verließ sie ihn. Statt seine Frau zu werden und mit ihm auf den elterlichen Hof zu ziehen, entschied sie sich für einen Koch vom Festland. Heinrich, der einfache Landwirt mit nur zweiundvierzig Hektar Grundbesitz und ein paar Galloways darauf, war weder für sie noch für das gemeinsame Kind gut genug.

Heinrichs Blick fällt auf die letzten Sätze auf dem Monitor:

Schon früh habe ich begonnen, um die Dinge zu kämpfen, die mir wichtig waren. Bis heute habe ich damit nicht aufgehört.
  Und fast immer habe ich Erfolg.

Nur fast immer, das muss er sich eingestehen. Sein bitterster verlorener Kampf ist der um seine erste Liebe und ihre gemeinsame Tochter. Lisbeths Ablehnung, mit ihm zusammen ihr Kind großzuziehen, hätte ihn damals beinahe zerstört. Aber das ist etwas, das Heinrich in seinem Stolz niemals zugeben und schon gar nicht aufschreiben würde.

Lisbeths Entscheidung, einen anderen Mann zu heiraten und diesen als den Vater des Kindes vorzustellen, brachte ihn damals dazu, nicht nur sie, sondern die ganze Welt zu hassen. Mit ihrer Bitte, ihr und der gemeinsamen Tochter nicht im Wege zu stehen, zerschmetterte sie alles, an das er bis dahin geglaubt hatte. Sie schaffte es, dass er sich zum ersten Mal tatsächlich für den einfachen, dummen Bauernsohn hielt, als den ihn seine Mitschüler verspottet hatten. Nach zwei Wochen, in denen Heinrich sich alle Mühe gab, sich zu Tode zu trinken oder betrunken auf dem Hof einem tödlichen Unfall zu erliegen, hielt sein Vater es nicht mehr aus. Er holte das Geld, das für Saatgut und Dünger des nächsten Jahres gedacht war, drückte es seinem torkelnden Sohn in die Hand und setzte ihn damit in einen Zug nach Hamburg. Am späten Nachmittag erreichte Heinrich die Reeperbahn. Dort benötigte er nicht mehr als ein paar Stunden, jeden Pfennig des Ersparten auszugeben. Als das ganze Geld verprasst war, wurde Heinrich zum Dank für seine Großzügigkeit auch noch von einem Luden verprügelt und aus dem Bordell geworfen.

Niemals zuvor und niemals wieder hatte er sich derartig gedemütigt gefühlt wie in dieser Nacht. Sogar das Geld für die Zugfahrt nach Hause hatten die Prostituierten ihm abgenommen. Es hatte eine ganze Woche gedauert, bis Heinrich wieder auf dem heimischen Hof erschienen war. Weder seine Eltern noch er selbst hatten jemals den Wunsch verspürt, über diese sieben dunklen Tage oder das Geld, das sie die Familie gekostet hatten, auch nur ein Wort zu verlieren. Aber Heinrich hatte seine Lektion gelernt und sie niemals wieder vergessen.

Meine erste Liebe war etwas ganz Besonderes. Ihr Name war Lisbeth. Heute lässt sie sich Elisabeth nennen, Elisabeth Weidler.

Warum ich dir von ihr erzähle?

Obwohl Lisbeth mir – so wie es die meisten ersten Lieben wahrscheinlich tun – das Herz gebrochen hat, verdanke ich ihr viel. Sie ist der Mensch, der meinen Ehrgeiz angeregt hat. Mit ihr zusammen besuchte ich bis zum Abitur die Schule. Und unter anderem ihretwegen entschied ich mich später, mit der Familientradition zu brechen und die Rinderzucht der Familie Nissen in ein Unternehmen zu verwandeln, das mich reich machte und dir eine finanziell unabhängige Zukunft sichert.

Zum ersten Mal begegneten Lisbeth und ich uns am Tag unserer Einschulung. An diesem Tag trug sie ihr langes, strohblondes Haar zu zwei Zöpfen geflochten, ihre Augen leuchteten so blau wie der Himmel über Sylt und ihr ganzes Gesicht war mit Sommersprossen bedeckt. Ein Duft nach Seife und frisch gebackenem Brot umgab sie, der mich zu Anfang wahrscheinlich stärker in ihre Nähe zog als ihr freundliches Lächeln, mit dem sie mich stets bedachte.

Wie sich schnell herausstellte, haben wir am selben Tag Geburtstag; Lisbeth ist bis auf wenige Stunden genauso alt wie ich. Wäre ich nicht bereits seit dem ersten Blick in ihre himmelblauen Augen und auf ihr strohblondes Haar sicher gewesen, dass ich sie heiraten und mit ihr eine Familie gründen würde, hätte mich spätestens der gemeinsame Geburtstag davon überzeugt. Wen, wenn nicht meinen von der Natur gegebenen Zwilling, hätte ich heiraten sollen? Sie war perfekt für mich.

Unsere Geburtstage feierten wir heimlich gemeinsam. Lisbeths Eltern mochten mich nicht. Ich verstand schnell, dass ich ihnen nicht gut genug für ihre Tochter war, auch wenn sie mir das bei den wenigen Gelegenheiten, an denen wir uns trafen, nie so deutlich sagten. Lisbeth ließ sich in diesem Punkt glücklicherweise nicht von ihnen beeinflussen. Nie beteiligte sie sich an den Hänseleien der anderen Schüler, manchmal verteidigte sie mich sogar. Nach etwa zwei Jahren durfte ich das erste Mal ihre Hand halten.

Lisbeth war das schönste und klügste Mädchen der ganzen Schule, zumindest für mich. Wenn sie mich anlächelte, existierte nichts mehr um uns herum. Niemals rümpfte sie die Nase, als ekele sie sich vor mir, so wie es die anderen Kinder taten. Egal ob meine Kleidung verdreckt und meine Haare ungekämmt waren, ob ich nach Stall roch, Lisbeth schien nichts davon zu bemerken. Durch sie mochte ich die Schule und das Lernen. Ohne sie wäre ich wahrscheinlich schon in der Grundschule gescheitert, weil ich mehr damit beschäftigt gewesen wäre, mich zu prügeln, als den Lehrern zuzuhören. An ihrer Seite erhielt ich eine Empfehlung für das Gymnasium und bestand später auch die Abiturprüfungen, trotz des Widerstands ihrer und der mangelnden Unterstützung meiner Eltern.

Die Arbeit auf dem Hof mit dem Lernen für die Schule zu vereinbaren, war nicht immer einfach. Aber ich war fest gewillt, mit meiner großen Liebe in der Schule mitzuhalten und so lange neben ihr zu sitzen, wie es während der Schulzeit möglich war. Je älter ich wurde, umso mehr Aufgaben hatte ich für meinen Vater zu erledigen. Und umso weniger Zeit blieb mir während des Tages für die Hausaufgaben. Bereits vor der ersten Schulstunde musste ich die Rinder füttern, melken und auf die Weide bringen. Nach der Schule half ich meinem Vater bei der Reparatur der Ställe und Zäune oder beim Schlachten und Ausnehmen der Tiere. Auch meine Mutter benötigte häufig meine Hilfe, so dass ich bis abends meistens nicht dazu kam, etwas für die Schule zu tun. Nur die Nächte gehörten mir und dem Lernen. Schlechtere Noten zu erhalten als Lisbeth, kam für mich nicht infrage. Immerhin war ich der Mann; ich würde nach dem Abitur dafür verantwortlich sein, uns beide zu ernähren.

Ich habe noch viel dazugelernt seitdem.

Unsere erste gemeinsame Nacht verbrachten wir in einem der Heuschober meines Vaters. Wir waren siebzehn und weder Lisbeth noch ich hatten zuvor Erfahrung mit dem anderen Geschlecht gemacht. So lernten wir voneinander, was Verliebte wissen müssen. Hätten ihre Eltern zu dem Zeitpunkt auch nur geahnt, dass sie nicht im Haus einer ihrer Freundinnen übernachtete, sondern mit mir, dem ‚groben Bauerntölpel', die Nacht verbrachte, hätten sie mich wohl umgehend wegen Unzucht oder Schlimmerem verhaften lassen.

Sie hatten schnell gelernt, erinnert sich Heinrich mit einem schiefen Lächeln auf den Lippen, schnell und ohne ihre neuen Kenntnisse je wieder zu vergessen. Ihr Sex war auch Jahrzehnte später noch etwas Besonderes gewesen, zu einer Zeit, als sie schon lange nicht mehr miteinander befreundet waren. Bis zu Claras Tod vor gut zehn Jahren hatte er regelmäßig mit Elisabeth Weidler geschlafen. Nicht dass er es nötig gehabt hatte; zusätzlich zu ihr war Heinrich immer mit deutlich jüngeren Frauen liiert gewesen – an Affären hatte es ihm nie gemangelt. Aber er genoss die körperliche Vertrautheit mit der Frau, die einst seine große Liebe gewesen war. Außerdem war die Tatsache, dass sie mit ihm nun den Sternekoch vom Festland betrog, den sie ihm einst als Ehemann vorgezogen hatte, eine späte Genugtuung, die den Reiz der sexuellen Befriedigung noch erhöhte.

Wieder löst der ungewohnt sentimental gestimmte Mann seinen Blick vom Monitor, aber dieses Mal nimmt er nichts von der Landschaft vor dem Fenster wahr. Clara erscheint vor seinem inneren Auge. Clara, die Tochter, die er jung und verliebt in einem Heuschober gezeugt hat, den es seit Jahrzehnten nicht mehr gibt. Clara, die ebenfalls jung und verliebt war, als sie starb. Seine Tochter, die seit mehr als einem Jahrzehnt nur noch in seiner Erinnerung existiert.

Heinrich weiß, dass er zu streng mit sich umgeht. Die Schuld am Tod seiner Tochter trägt nicht er; die wahre Schuldige hat er längst gerichtet. Sie hat ihre gerechte Strafe erhalten. Aber er hat damals das Gift zur Verfügung gestellt, das Clara zum Verhängnis wurde. Seine Strafe dafür war ihr Tod, den er sich nicht verzeihen kann. Ist er immer noch der Mann, der versucht hat, seinen Widersacher zu ruinieren? Der Mann, der durch seine kleinliche Intrige daran beteiligt war, seine eigene Tochter zu töten?

Er greift zu seinem Glas und muss feststellen, dass er es bereits geleert hat. Nach kurzem Überlegen steht Heinrich auf und füllt den Tumbler erneut mit einer guten Fingerbreite Whisky. Dieses Mal wartet er, bis er sich wieder gesetzt hat, bevor er das Glas an die Lippen hebt. Ein großer Schluck der goldgelben Flüssigkeit gleitet wärmend über seine Zunge und lindert den Schmerz in ihm.

Ella und ihr gemeinsames Kind dürfen von den Ereignissen rund um Claras Tod nie etwas erfahren. Heinrich ist sich sicher, dass er heute nicht mehr so leichtfertig das Leben eines seiner Mitmenschen aufs Spiel setzen würde. Heute ist er ein anderer. Spätestens mit der Geburt seines zweiten Kindes wird er ein anderer sein.

Erneut zwingt er sich zur Konzentration und diktiert:

Trotz aller Herausforderungen mochte ich die Arbeit und das Leben als Landwirt. Den Weg, den mir meine Vorfahren in die Wiege gelegt hatten, stellte ich nicht infrage. Ich war der Erbe eines Hofes und würde eine Frau an meiner Seite haben, die ich liebte. Mit ihr wollte ich eine Familie gründen und die Tradition des Hauses Nissen fortsetzen. Alles war so, wie ich es mir erträumt hatte. Mit Stolz und Zuversicht blickte ich auf mein zukünftiges Leben und das, was ich bereits erreicht hatte.

Meine eigene tiefe Verbundenheit zu dem Land, auf dem ich arbeitete, und mein Respekt vor den Tieren, die meine Existenz darstellen sollten, ließen den Gedanken, es könne bei Lisbeth anders sein, gar nicht aufkommen. Erst an dem Tag, an dem wir unsere

Abiturzeugnisse ausgehändigt bekamen, brach mein Luftschloss zusammen. Lisbeths Eltern zwangen ihre Tochter die Insel und damit auch mich zu verlassen. Sie wolle auf dem Festland eine Lehre machen, war die Erklärung, die ich damals von ihr erhielt. Wie ich später verstand, sollten in Wirklichkeit Lisbeths Zustand verschleiert und jeder weitere Kontakt mit mir unterbunden werden. Meine große Liebe erwartete ein Kind von mir, ohne mich darüber zu informieren. Obwohl ich ihr und unserer Tochter bereits damals eine sichere Existenz bieten konnte, lehnte sie es ab, auf Sylt zu bleiben und meine Frau zu werden. Statt auf mich zu vertrauen, ließ sie sich von ihren Eltern dazu überreden, ihre Schwangerschaft und meine Vaterschaft zu verleugnen. Lisbeth verließ die Insel, ohne mir die Wahrheit zu sagen.

Nach elf Monaten, in denen wir kaum Kontakt zueinander hatten, kehrte Lisbeth nach Sylt zurück, ein Baby auf dem Arm und einen mir unbekannten Mann an ihrer Seite. Ihre Hochzeit und die Taufe des Kindes fanden wenige Tage später in der Kirche St. Niels in Westerland statt. Ich war als Gast ausdrücklich nicht willkommen.

Heinrich nimmt einen weiteren Schluck und schließt die Augen. Wie sehr ihn Lisbeths Worte bei ihrem ersten Zusammentreffen nach einem Jahr gekränkt haben, wird er seiner noch ungeborenen Tochter nicht schreiben.

Natürlich suchte er die junge Ehefrau und Mutter wenige Tage nach dem feierlichen Gottesdienst auf. Statt ihr zu gratulieren, konfrontierte er sie mit seiner Überzeugung, das Kind müsse von ihm gezeugt worden sein. Lisbeth gestand seine Vaterschaft sofort ein. Gleichzeitig flehte sie ihn an, ihr Glück mit ihrem Frischangetrauten nicht zu zerstören.

Als Heinrich sich nicht davon abbringen ließ, auf seine Rechte dem Kind gegenüber zu bestehen, wurde sie verletzend. Was er der Kleinen denn bieten könne, fragte sie. Habe er Clara etwa bereits als billige Arbeitskraft auf dem Hof eingeplant? Solle seine Tochter genauso nach Kuhstall und Rindermist stinkend in der Schule erscheinen, wie er es getan hatte? Solle sie genauso wie er verhöhnt und verspottet werden? Ihr Mann sei bereit, das Kind als seine eigene Tochter großzuziehen und ihr alles zu bieten, was man einem geliebten Menschen nur bieten könne. Dafür sei sie dankbar und er solle es ebenso sein. Nichts anderes wünschten sich Eltern doch für ihre Nachkommen: eine sorgenfreie Kindheit und einen guten Start ins Erwachsenenleben.

Statt ihrer Bitte nachzukommen, war Heinrich immer wütender geworden. Unvermittelt schoss Lisbeth ihre letzten Pfeile ab und traf ihn mitten ins Herz. Was denn aus ihm geworden wäre, wenn sie damals kein Mitleid mit ihm gehabt hätte, fragte sie. Hätte er jemals sein Abitur gemacht, wenn sie sich während der Schulzeit nicht seiner angenommen hätte? Wäre er ohne sie nicht kurz nach der Grundschule für immer im Dreck und Mist des väterlichen Hofes versunken? Er müsse doch wissen, was es wert sei, aus den Niederungen der eigenen Herkunft nach oben gezogen zu werden.

Elisabeth Weidler wusste genau, dass sie mit ihren Worten Heinrichs Welt einstürzen ließ. Diese wenigen Sätze waren vernichtender als alle Hänseleien, die er während der gemeinsamen Schulzeit von den Mitschülern hatte ertragen müssen.

Wie du dir vorstellen kannst, veränderte die Hochzeit von Elisabeth und Eberhard Weidler alles. Die Pläne für unsere gemeinsame Zukunft, die ich noch während Lisbeths Aufenthalt auf dem Festland aufrechterhalten hatte, wurden von ihr über den Haufen geworfen.

Ich brauchte ein paar Wochen, mich davon zu erholen.

Genau drei Wochen waren es, die Heinrich damals benötigte, seinen Hass durch Ekel, der ausschließlich gegen sich selbst gerichtet war, abmildern zu lassen. Vor allem der Abscheu gegen das, was er während der letzten sieben Tage dieser Lebenskrise getan hatte und was ihm parallel dazu angetan worden war, bildete den Antrieb, sein Leben wieder in den Griff zu bekommen. Niemals wieder wollte er in eine derartige Situation geraten und so nahe am Abgrund stehen, weder moralisch noch physisch.

An diesem Vorsatz hat sich bis zum heutigen Tag nichts geändert, denkt Heinrich und schließt damit die trüben Erinnerungen wieder tief in sein Innerstes ein. Unbewusst die Zähne aufeinanderpressend, lässt er die Einsicht zu, dass er weiterhin Risiken eingehen muss, falls er seinen Grundsätzen treu bleiben will.

Auch dieses Mal hat er nicht wegsehen können. Er hat sich eingemischt. Hätte er das nicht getan, verschwände der gewaltsame Tod dreier Menschen als nicht aufgeklärtes Verbrechen in den Akten der Polizei. Er wird dafür sorgen, dass die Taten nicht ungesühnt bleiben. Er wird sich dem Gegner stellen müssen, sehr bald wahrscheinlich, egal welche Gefahr es für ihn bedeutet. Außer ihm ist niemand davon überzeugt, dass der wahre Täter noch auf sein Urteil wartet. Die Polizei hat alle Ermittlungen eingestellt.

Natürlich gefallen zwei ungelöste Todesfälle und eine vermeintlich Vermisste dem Leiter der Sylter Kriminalpolizei nicht. Aber eine Direktive vom Festland lässt ihm keine Wahl, zumindest offiziell. Heinrich weiß, dass sein Freund Michael Brunner vor allem für seine Arbeit lebt. Unverheiratet, nicht liiert und ohne Familie auf der Insel, fühlt der Kriminalhauptkommissar sich für alle Verbrechen verantwortlich, die auf ‚seiner Insel' passieren. Trotzdem sieht Heinrich ab und zu die Notwendigkeit, dort, wo die Polizei keine Handhabe besitzt, der Gerechtigkeit etwas nachzuhelfen. Dieses Vorgehen missbilligt Brunner natürlich, aber bisher hat ihre Freundschaft das überstanden.

Bei den aktuellen Verbrechen ist es anders. Sein Freund befürchtet, Heinrich trüge in irgendeiner Art die Verantwortung für die rätselhaften Todesfälle. Brunners Verdacht ist unausgesprochen, aber trotzdem steht er trennend zwischen ihnen. Den Kriminalhauptkommissar um Unterstützung für seinen Plan zu bitten, ist Heinrich nicht leichtgefallen, aber ohne Brunner kann er nicht gelingen. Die besondere Waffe des Mörders liegt in seiner scheinbaren Harmlosigkeit, das darf er nie vergessen. Weder Brunner noch dessen Schwester Ella sind davon überzeugt, Heinrichs Verdacht sei berechtigt. Beide unterschätzen die Gefährlichkeit der Situation. Nur er hat verstanden, wer die sinnlosen Verbrechen begangen hat. Und dieser skrupellose Mörder weiß, dass er ihm auf der Spur ist.

Ein weiteres Mal lässt der selbsternannte Richter seinen Blick über das Land jenseits seines Arbeitszimmers schweifen. Dann trinkt er den letzten Schluck Whisky, stellt das Glas leise neben den Laptop und dreht sich langsam auf seinem Schreibtischstuhl zur Zimmertür. Ein leises Geräusch hat ihm verraten, dass er nicht mehr allein ist.

Heinrich hat den Besuch erwartet; er wusste nur nicht, wann sein ungebetener Gast ihn aufsuchen würde. Dass der Mörder den ersten Termin wählt, an dem er davon ausgehen kann, sein nächstes Opfer allein anzutreffen, beweist seine Zielstrebigkeit.

...

Teil 2

Einige Monate bis wenige Tage vorher

MAI 2021

Morsum – ein frühlingshafter Abend

Tief in ihre Stühle versunken, saßen die beiden Männer nebeneinander und ließen schweigend ihre Blicke über die Landschaft gleiten. Vor ihnen auf der groben Holzplatte des Esstischs standen benutztes Geschirr und Besteck, Platten mit Essensresten, zwei halbvolle Bierflaschen, ein Krug mit Wasser und zwei Gläser – nichts von allem schien sie von der Betrachtung der Wiesen und der vom Wind gebeugten Büsche und Bäume ablenken zu können. So unterschiedlich die Charaktere und Lebensumstände der beiden Männer waren, so verschieden voneinander war auch das, was sie von dem beruhigenden Szenario vor sich wahrnahmen – falls überhaupt etwas davon in ihr Bewusstsein drang.

Heinrich Nissen, der größere der beiden, war genau hier auf die Welt gekommen und aufgewachsen. Das altehrwürdige Bauernhaus, auf dessen Terrasse sie saßen, war sein Elternhaus; weite Teile der sich vor ihm erstreckenden Landschaft gehörten ihm und waren ihm bis zum letzten Grashalm vertraut. Dennoch beobachtete er mit nie nachlassender Verwunderung das ständig veränderte Aussehen der Natur. Mit jedem neuen Tag, jedem veränderten Wolkenhimmel, jedem Regenguss oder Sonnenschein wirkte das Land anders als noch in der Sekunde zuvor. Nissen liebte den Blick über die ihm wohlbekannte und doch immer wieder überraschende Landschaft; für nichts in der Welt hätte er ihn aufgegeben. Wenige Kilometer nach Westen ans Meer zu ziehen, so wie es einige seiner ehemaligen Nachbarn getan hatten, kam für ihn nicht infrage. Die raue Nordsee, der belebte Strand und die Ferienunterkünfte mit den zahlreichen Touristen waren das, womit er sein Geld verdiente. Die nahezu unberührte Natur im Hinterland war sein Ruhepol.

Hier, auf seiner Terrasse, wurden alle Ärgernisse und Probleme wieder auf das ihnen zustehende Maß zurechtgestutzt; Zufriedenheit und Glück nahmen ihren Platz ein.

Michael Brunner, der deutlich beleibtere der beiden Männer, kam ursprünglich vom Festland. Für ihn bestand die Faszination von Sylt nicht aus der kargen Natur des Inlands, sondern aus den Küsten und dem Wasser drumherum. Er genoss sowohl die windumtoste Westküste mit ihrem kilometerlangen Sandstrand als auch die deutlich geruhsameren Wege am Watt auf der Ostseite. Auch wenn er in den neun Jahren, die er bereits auf der Insel wohnte und arbeitete, nur einmal freiwillig in der Nordsee gebadet hatte, liebte er den Blick aufs Meer, das Geräusch der Brandung, den Geruch des Watts, die saubere Luft und den Wind. Frei und unbeschwert fühlte Brunner sich vor allem, wenn er am Wasser entlang marschieren konnte; idealerweise, ohne zu vielen Menschen zu begegnen. Dort vergaß er, welche Verbrechen seine Mitmenschen tagtäglich begingen. Nur bei seinen Spaziergängen schaffte er es, für kurze Zeit Privatmann und nicht mehr der Leiter der Kriminalpolizei Sylt zu sein. Auf der Terrasse seines Freundes in Morsum sitzend und über das Land blickend, gelang ihm das nicht.

Als die Sonne vollständig untergegangen war und sich mit einem letzten roten Lichtschein auf den Wolken verabschiedete, kam der Kriminalhauptkommissar endlich auf das zu sprechen, was ihn bereits den ganzen Abend quälte. „Du machst es mir wirklich nicht leicht, Heinrich", sagte er und setzte sich wieder aufrecht hin.

Ein tiefes Lachen war die einzige Antwort, die er erhielt.

„Eigentlich hätte ich dich heute zu mir aufs Revier kommen lassen müssen", setzte Brunner vorwurfsvoll hinzu. „Ein offizielles Verhör wäre das Mindeste gewesen."

„Eigentlich hättest du?", kam es in amüsiert klingendem Ton von Nissen.

Brunner griff nach dem Krug und schenkte sich ein Glas Wasser ein.

Nissen setzte sich ebenfalls aufrecht hin und griff nach seiner Bierflasche. „Willst du uns wirklich den schönen Abend verderben, Brunner?"

Dieses Mal war es der Kriminalhauptkommissar, der nicht antwortete.

„Was hast du mir vorzuwerfen?", fragte Nissen und lehnte sich, die Bierflasche in der Hand, erneut weit in seinem Stuhl zurück.

„Ein Fußgänger hat heute Morgen – sehr früh am Morgen – in der Westerländer Fußgängerzone einen nackten jungen Mann vorgefunden. Der Arme war in einer hölzernen Tier-Transportbox eingeschlossen."

„Nackt auf der Friedrichstraße?"

„Genau dort", bestätigte Brunner.

„Wie erniedrigend." Nissen ließ erneut sein tiefes Lachen erklingen. „Und was habe ich damit zu tun?"

„Der Name des Mannes ist Nils Fischer."

„Der des frühen Fußgängers oder der des Nackten?"

Brunner ignorierte Nissens Frage. „Laut Fischers Aussage wurde er gestern Nacht direkt nach dem Verlassen seiner Wohnung überfallen und niedergeschlagen. Sein Bewusstsein wiedererlangend, fand er sich ohne Kleidung in der Holzkiste wieder. Es dauerte Stunden, bis der erste Fußgänger kam und die Feuerwehr rief. Durch den Einsatzwagen herbeigelockt, fanden sich schnell Schaulustige ein, die dem Spektakel beiwohnten und die Situation für Herrn Fischer nicht erträglicher machten. Die Rettungskräfte konnten ihn dann schließlich befreien."

„Damit ist der arme Herr Fischer wohl für immer blamiert. Vielleicht hat er es ja verdient."

„Auf jeden Fall hat er direkt nach seiner Befreiung Anzeige erstattet. Und dabei hat er die Behauptung aufgestellt, du hättest ihm das angetan."

„Ich? Warum zum Teufel sollte ich derartiges tun?"

„Die Frage nach deinem Motiv hat der junge Mann mir auch nicht beantwortet. – Wobei ich den Eindruck hatte, dass er es durchaus gekonnt hätte. Er hat es wohl nicht gewollt."

„Also soll ich ihn ohne ersichtlichen Grund erniedrigt haben? Für mich klingt das nach Verleumdung. Vielleicht sollte ich eine Anzeige gegen Nils Fischer erstatten." Wieder lachte Nissen dröhnend.

„Lass das mal sein, Heinrich. Die Anzeige des jungen Mannes wird sowieso zu nichts führen. Nach dem, was ich heute über ihn erfahren habe, gibt es eine große Zahl Sylter Senioren, die durchaus einen Grund dafür haben, ihn mehr als nur einer Blamage auszusetzen. Den Namen Abelung habe ich in dem Zusammenhang auch gelesen."

Nissens Lachen endete abrupt. „Sein Geld wird Tamme nicht zurückerhalten, daran ändert auch eine öffentliche Bloßstellung Nils Fischers nichts. Vielleicht, wenn Marlene früher damit zu mir gekommen wäre, …"

„Warum ausgerechnet eine Tier-Transportbox?", fragte Brunner vorwurfsvoll.

Nissen antwortete nicht.

„Mach das nicht noch einmal. Selbstjustiz ist auch für dich verboten."

„Würde mir nie einfallen, Brunner."

„Irgendwann gehst du einen Schritt zu weit; dann kann sogar ich nicht mehr alles unter den Teppich kehren."

„Du hältst also deine schützende Hand über mich? Willst du das gerade andeuten?" Ein Schmunzeln machte sich auf Nissens Gesicht breit und die bereits tief eingegrabenen Lachfalten um seine Augen wurden noch tiefer.

„Würde mir nie einfallen, Heinrich."

OKTOBER 2021

Hamburg-Rahlstedt – Eine kühle Nacht von Samstag auf Sonntag

Das Zischen der Spraydose endete abrupt, als ein Kleintransporter auf der Schöneburger Straße dicht an der Skulpturenwiese hielt. Die dunkle, schmale Gestalt, die gerade noch eine der Hinweistafeln des Parks besprüht hatte, bückte sich und sammelte hektisch ihre Farben ein. Ihren schweren Rucksack an sich drückend, rannte sie zum Rand der Rasenfläche und versteckte sich hinter einem niedrigen Busch. Durch die Zweige hindurch beobachtete sie zwei vollständig schwarzgekleidete Personen beim Verlassen ihres Fahrzeugs.

Von der Schöneburger Straße aus betraten die beiden Männer die angrenzende Wiese des Hohenhorster Parks. Zielstrebig näherten sie sich der Bronzeskulptur, die nur wenige Meter von der Straße entfernt im Gras stand und deren Hinweisschild gerade noch mit Sprühlack verschönert worden war.

Die dunkle, schmale Gestalt hielt den Atem an. Ihr Blick war auf einen sanft im Mondlicht glitzernden Gegenstand gefallen, der auf halbem Weg zwischen dem Kunstwerk und ihrem Versteck gut sichtbar auf der Wiese lag. Der Gegenstand sah aus wie eine Spraydose. Wahrscheinlich handelte es sich um eine ihrer Farben, die ihr bei dem kurzen Sprint zu ihrem Versteck aus dem offenen Rucksack gefallen war.

Die Bronzeskulptur, die nur wenige Meter vor den beiden Schwarzgekleideten auf einem niedrigen, steinernen Sockel aufgestellt worden war, umfasste zwei Figuren, ein scheuendes Pferd und einen Menschen, der beruhigend auf das Tier einwirkte. Wenn die Männer auch gern beide Gestalten mitgenommen hätten, mussten sie sich doch auf die namensgebende, menschliche Figur beschränken. Sie allein wog bereits über vierzig Kilogramm; das Pferd brachte noch um einiges mehr auf die Waage.

Der kleinere der beiden Diebe rückte die dunkle Rolle zurecht, die er sich auf die linke Schulter geworfen hatte; ihr vorderes Ende hielt er mit der rechten Hand fest, während sich das hintere Ende weich an seinen muskulösen Rücken schmiegte. Er und sein Begleiter erreichten den ‚Pferdebändiger'. Das Licht einer nahen Straßenlaterne fiel auf den Gegenstand, den der größere Mann aus dem Wagen mitgenommen hatte, und eine kleine, batteriebetriebene Säge wurde erkennbar. Der Aufenthalt auf der gut einsehbaren Wiese sollte mit ihr auf wenige Minuten begrenzt werden.

„Ich glaube immer noch, dass es Wahnsinn ist, was wir hier tun", flüsterte der Kleine, während er seine Rolle Malervlies auf dem Sockel der Skulptur und dem Rasen davor ausbreitete. „Der Wert der Figur rechtfertigt in keiner Weise das Risiko, das wir eingehen."

„Aber macht es nicht gerade deshalb umso mehr Spaß?", fragte ihn der Hochgewachsene. „Wenn man uns erwischt, können wir immer noch behaupten, es handele sich nur um die Bezahlung einer verlorenen Wette."

Das Kopfschütteln seines Partners konnte er nicht sehen, denn noch während er das letzte Wort aussprach, setzte er die Säge am linken Knöchel des Bronzemanns an. Ein leises, aber durchdringendes Sirren schwoll durch die sonst so stille Herbstnacht. Nach nur wenigen Sekunden war das erste Bein durchgesägt. Für den zweiten Knöchel brauchte der Hochgewachsene noch weniger Zeit; auf der Bronzeplatte blieben nur die zwei nackten Füße des Pferdebändigers zurück.

Mit einem leisen Stöhnen nahm der Kleine die Figur entgegen. Vorsichtig stellte er sie vor dem Sockel ab und kippte sie auf die mit Vlies abgedeckte Rasenfläche. Schnell war der fußlose Pferdebändiger eingerollt und jeder der beiden Männer ergriff das Bündel an einem Ende. Gemeinsam trugen sie es zu dem Kleintransporter und luden es ein.

Der Kleine saß bereits auf dem Fahrersitz des Wagens, als der Hochgewachsene noch einmal auf die Wiese trat. Mit schnellen Schritten näherte er sich der beschädigten Skulptur, zog sein Handy heraus und schoss einige Fotos vom Tatort und seiner Umgebung, sowie der Hinweistafel für das nun halbierte Kunstwerk. Dann drehte er sich rasch um und lief zum wartenden Kleintransporter zurück.

Der Fahrer des Kleintransporters musste sich beherrschen, nicht mit quietschenden Reifen den Park hinter sich zu lassen. Er wusste, dass er erst wieder ruhig schlafen würde, wenn sie die Beute bei ihrem Käufer abgeliefert hatten.

DEZEMBER 2021

Tinnum – Ein früher, eisiger Morgen

Lodernde Wut bestimmte Heinrich Nissens Denken. Niemand brachte ihn so sehr und so dauerhaft in Rage wie Menschen, denen er vertraut hatte und die ihn als Dank dafür betrogen. Und genau einen solchen Menschen hatte er am Vortag entlarvt. Eine Nacht lang hatte er sich Zeit genommen, seine Enttäuschung zu verarbeiten. Jetzt war er beherrschter und das Wichtigste für die nächsten Minuten war, weiterhin ruhig zu bleiben. Seine Wut gegen Mandy Schranz sollte nur sie erkennen. Niemand sonst musste wissen, was passiert war und vielleicht noch passieren würde.

Heinrich parkte seinen grünen Mercedes Geländewagen neben der modernen Industriehalle, von der aus seine sieben Restaurants auf Sylt täglich beliefert wurden. Die Sonne war noch nicht aufgegangen, aber deutlich erkennbar herrschte in seinem Lager bereits Hochbetrieb. Licht drang aus dem geöffneten Tor entlang der Laderampe und beleuchtete den weitläufigen Platz vor dem Gebäude. Rückwärts an die Rampe herangefahren, standen mit weitgeöffneten Türen zwei LKWs. Kräftige, gesunde Galloway-Rinder auf saftigen, grünen Wiesen waren auf den Seiten abgebildet; die Slogans ‚Sylter Glück' und ‚Gesunder Fleischgenuss' warben für ‚Nissens Restaurants'. Alles sah völlig normal aus.

Noch einmal atmete Heinrich bewusst ein und aus und mahnte sich zur Ruhe. Dann verließ er seinen Wagen und stieg die Betonstufen zum Lagerraum hinauf.

Mandy Schranz, eine schlanke Frau Anfang Dreißig mit schwarzgefärbtem Haar und Piercings im Gesicht, schob eine hoch mit Kartons beladene Palette in den linken LKW. Als sie ihren Arbeitgeber bemerkte, ließ sie den Handhubwagen los, wischte sich die Hände an ihrem schwarzen Overall ab und machte zwei unsichere Schritte auf ihn zu.

„Heinrich?", kam es zögerlich von ihr. „So früh hier? Was kann ich für dich tun?" Ihre Überraschung überspielend, bemühte sie sich, eine erfreute Miene aufzusetzen.

Die nach Heinrichs Geschmack abschreckend zurechtgemachte Frau vor ihm war seit acht Jahren in seinem Zentrallager in Tinnum tätig. Damit war sie eine seiner langgedienten Mitarbeiterinnen. Ihr gewöhnungsbedürftiges Aussehen und die Tatsache, dass eine junge Frau eine Exotin als Lagerleiterin war, hatte ihn nicht davon abgehalten, ihr diese Chance zu geben. Bis vor Kurzem hatte sie sich ihrer Position auch mit Zuverlässigkeit und harter Arbeit als würdig erwiesen. Dass ausgerechnet sie sich nun als diejenige herausgestellt hatte, die Heinrich seit Monaten hinterging, würde er ihr nie verzeihen; das musste auch ihr klar sein.

„Alles in Ordnung bei euch, Mandy?", fragte er und reichte ihr die rechte Faust zum Corona-gerechten Gruß.

„Alles in bester Ordnung." Mandy schlug ihre Faust leicht an die ihres Chefs, sah ihm dabei aber nicht ins Gesicht. „Die LKWs für Kampen und List, Rantum und Hörnum haben meine Mitarbeiter bereits beladen und auf den Weg gebracht. Jetzt ist es Zeit für die erste Pause – die Vorschriften, du weißt. Deshalb lade ich die Waren für Wenningstedt selbst ein. Nach ihrer Pause machen die Jungs dann noch die beiden Laster für Westerland fertig. Business as usual, wie du siehst."

„Gut." Heinrich nickte leicht. „Dann lasse ich dich das in Ruhe zu Ende bringen, bevor wir miteinander reden. Die Wagen müssen rechtzeitig losfahren, das ist das Wichtigste. – Es macht dir sicher nichts aus, wenn ich mich in der Zwischenzeit in dein Büro setze."

Mandys Aufgabenbereich als Lagerleiterin bestand eigentlich nicht darin, die Beladung der LKWs durchzuführen. Aber da sie ihre kleinen Raubzüge wahrscheinlich ohne Beteiligung ihrer Mitarbeiter beging, blieb ihr nichts anderes übrig, als selbst Hand an die auszuliefernde Ware zu legen. Es musste sowieso schwierig sein, ihre Betrügereien vor dem Rest der Lagermitarbeiter zu verbergen. Dass sie mit ihrem eigenen körperlichen Einsatz lediglich dafür sorgen wolle, dass ihre Mitarbeiter zu der gesetzlich vorgeschriebenen Pause kämen, war eine klug gewählte Begründung, die Heinrich ihr aber nicht abnahm. Ohne jeden Kommentar drehte er seiner Lagerleiterin den Rücken zu und legte in schnellem Schritt den Weg in den Bürobereich des Lagers zurück.

Über zwei Etagen verteilt, schmiegten sich sechs nahezu gleichgroße Räume an die hintere Wand der Halle. Im unteren Bereich befand sich in der Mitte der Aufenthaltsraum für die Mitarbeiter und Fahrer. Von ihm aus erreichte man nach links die Sanitärräume und nach rechts einen Bereich, der gleichzeitig als Büromateriallager und Kaffeeküche diente. Küche und Aufenthaltsraum waren hell erleuchtet; Heinrich zählte vier Männer, die sich dort aufhielten, die beiden LKW-Fahrer und zwei seiner Lagerarbeiter. Der Raum der Lagerleiterin befand sich auf der rechten Seite in der oberen Etage des Bürobereichs und wurde im Moment lediglich vom Licht der Lagerhalle beleuchtet.

Langsam stieg Heinrich die Wendeltreppe aus feuerverzinktem Stahl hoch, die vor den Fenstern des Aufenthaltsraums in den oberen Bürobereich führte. Mandys Ladearbeiten an der Rampe behielt er dabei durchgehend im Auge. Die Lagerleiterin arbeitete ruhig und methodisch; der rechte LKW war bereits voll beladen, der linke mehr als zur Hälfte gefüllt.

Es konnte höchstens noch zehn Minuten dauern, bis keine weitere Palette mehr verladen werden musste und Mandy mit den entsprechenden Papieren in ihr Büro zurückkehrte. Vielleicht war heute einer der Tage, an denen alles seinen normalen Weg ging. Möglicherweise verlud seine Lagerleiterin ausgerechnet an diesem Tag nur Waren, die wirklich vom

Wenningstedter Restaurant bestellt worden waren und dort auch vollständig ankommen sollten. Aber sicher konnte Heinrich es erst wissen, wenn er die Liste der Bestellungen mit den Ladepapieren verglichen hatte. Kayser, sein Restaurantleiter in Wenningstedt, sollte parallel dazu die angelieferte Ware deutlich genauer prüfen, als er das bisher für notwendig erachtet hatte. Bis zu Kaysers Anruf wollte Heinrich noch keine Anschuldigung gegen Mandy Schranz vorbringen. Sie sollte lediglich erfahren, dass ihm Unregelmäßigkeiten im Bestand des Wenningstedter Restaurants aufgefallen waren. Dann wollte er beobachten, wie sie reagierte. Vielleicht verriet sich seine Mitarbeiterin sofort. Möglicherweise gestand sie ihre Schuld auch ohne Drohung, die Polizei einzubinden.

In seinem ‚Grillrestaurant am Kliff' waren in den letzten Wochen regelmäßig minderwertige Produkte aufgefallen, Lebensmittel und Utensilien, die definitiv nicht aus seinem Lager in Tinnum stammten. Wie wahrscheinlich war es, dass der Austausch der geladenen Waren auf der Wegstrecke und nicht hier im Lager stattfand? Bisher war Heinrich noch nicht dahintergekommen, wie der Betrug tatsächlich vonstatten ging. Nur dass er stattfand und seine Lagerleiterin die Initiatorin war, stand für ihn mittlerweile fest.

Bei einem der Stürme der letzten Tage hatte Heinrich Verpackungen seiner eigenen Zutaten im Abfall vom ‚Krähennest' entdeckt, der über die Promenade geweht wurde. Die Waren, die für sein ‚Grillrestaurant am Kliff' in Wenningstedt bestellt wurden, dort aber nie eintrafen, landeten also nur wenige Meter entfernt im Restaurant von Piraten-Meier. Dort verarbeitete man seine hochwertigen Zutaten, während die Mitarbeiter in seinem ‚Grillrestaurant am Kliff' am minderwertigen Ersatz verzweifelten.

Eine Erklärung, warum gerade das ‚Krähennest' seine Waren erhielt, lieferte Willi Lasse, einer der Lokalreporter der Insel. Er wusste zu berichten, dass Mandy Schranz seit einem halben Jahr mit Piraten-Meier zusammenlebte. Wahrscheinlich war sie vom ersten Tag an von dem Gauner finanziell ausgenommen worden. Nach allem, was Heinrich gehört hatte, war es auch ihren Vorgängerinnen so ergangen. Vielleicht hatte Mandy mittlerweile ihr gesamtes Erspartes weitergegeben, möglicherweise sogar Schulden gemacht. Der Betrug an ihrem Arbeitgeber war eine Verzweiflungstat, da war sich Heinrich sicher, eine zufriedenstellende Entschuldigung war es trotzdem nicht. Schon gar nicht, da er zum Betrogenen gemacht wurde. Er war nun wirklich der Mann auf der Insel, der sich am wenigsten für die Rolle eines Opfers eignete.

Heinrich spürte, wie der Zorn vom Vortag wieder in ihm hochkochte. Kannten Mandy und er sich für eine so dumme Vorgehensweise nicht schon zu lange? Für die Lagerleiterin wäre es doch viel einfacher gewesen, ihren Chef um einen Gehaltsvorschuss oder einen Kredit zu bitten. Erst wenn Mandy einen schlüssigen Grund für ihren Vertrauensbruch geliefert hatte, wollte Heinrich entscheiden, wie er sie bestrafte. Aber dass seine Angestellte sich nicht ungestraft an seinem Eigentum vergriffen hatte, stand außer Frage.

Erneut zwang er sich dazu, tief durchzuatmen und ruhig zu bleiben. Noch vor ein paar Jahren hätte Heinrich Mandy keine Gelegenheit gegeben, ihr Tun zu erklären. Stattdessen wäre die untreue Lagerleiterin ohne jeden Zeugen von einem der Hochregale gestürzt oder von einem vollbeladenen Laster erfasst worden. Und Heinrich hätte nicht das geringste schlechte Gewissen dabei verspürt. Wer ihn betrog, belog, bedrohte oder andere Pläne gegen ihn schmiedete, hatte das Recht verloren, auf seiner Insel zu existieren. Noch vor ein paar Jahren hätte er so gehandelt, aber das Leben hatte ihn gezwungen, dazuzulernen. Mittlerweile wusste er, dass Ausnahmesituationen Grenzüberschreitungen nach sich ziehen konnten. Und Mandy Schranz befand sich möglicherweise in einer solchen Situation. Er wollte ihr die Gelegenheit geben, ihren Betrug zu erklären.

Ein Blick aus dem Fenster ins Lager zeigte Heinrich, dass seine Angestellte die Beladung des zweiten LKWs zwar fortgeführt, aber nicht abgeschlossen hatte. Schon halb auf der Ladefläche des linken Lasters und noch halb auf der Rampe der Lagerhalle stehend, wartete eine Palette voller Gemüse. Der Handhubwagen war unter der Palette herausgezogen worden und versperrte den Zugang zur Betontreppe, die Heinrich vorhin noch hinaufgestiegen war, um ins Lager zu gelangen. Von Mandy war nichts zu sehen.

Das musste er dann wohl als Geständnis werten, dachte er, und gleichzeitig als Kündigung. Seine ehemalige Lagerleiterin hatte offenbar die letzten Minuten dazu genutzt, über ihre Situation nachzudenken. Und dabei war sie zu dem Ergebnis gekommen, dass sie mit ihrem Betrug aufgeflogen war. Sich ihrem Arbeitgeber nicht zu stellen, war nach ihrem Diebstahl der nächste Fehler, den sie begangen hatte.

„Bete, dass ich dich nicht finde, feige Diebin", murmelte er leise vor sich hin, während er sich seine erste Zigarre des Tages anzündete. Um Verständnis konnte nur bitten, wer für seine Verfehlungen eintrat. Mandy Schranz hatte diese Möglichkeit ausgeschlagen. Ihr gegenüber nun noch Gnade walten zu lassen, hieße lediglich, mögliche Nachahmer zu ermutigen.

Am Dorfteich in Wenningstedt – Eine verregnete Nacht von Freitag auf Samstag

Stille herrschte rund um den Denghoog. Das Geräusch des Regens, der stundenlang sintflutartig auf Gras und Steine herabgefallen war, war verstummt. Sogar der sonst allgegenwärtige Lärm der angrenzenden Baustelle war seit dem Sonnenuntergang verklungen; erst nach dem Wochenende würde er wieder zu hören sein. Zwei Mäuse krabbelten geräuschlos aus ihrem Bau und liefen in der Dunkelheit nahezu unsichtbar über den schmalen Gehweg am Fuß des Hünengrabs. Eine Schar Fledermäuse verließ für menschliche Ohren unhörbar ihr Quartier unter dem Dach der angrenzenden Friesenkapelle, flog über den Grabhügel hinweg und verteilte sich in der dunklen Nacht.

Die friedvolle Ruhe, die das Steinzeitgrab umgab, wurde schlagartig unterbrochen, als zwei menschliche Gestalten vernehmlich durch den Matsch stapften und sich von der Baustelle aus dem Denghoog näherten. Der größere der vollständig in regenfeste Kleidung gehüllten Männer schob eine leise quietschende Schubkarre. Der kleinere trug eine Stablampe in der rechten Hand und zog mit der Linken eine Sackkarre hinter sich her.

Rund um den Grabhügel stand ein flacher Holzzaun, in den auf der Südwestseite, direkt neben einem einfachen Pförtnerhäuschen, ein Tor eingelassen war. Mit einer schweren Zange, die er aus der Schubkarre nahm, durchtrennte der Große das Vorhängeschloss und öffnete den Durchgang.

„Das war ja schon mal einfach", flüsterte er.

„Ich glaube immer noch, dass wir verrückt sind, so etwas zu tun", erhielt er als Antwort. Die Stimme seines Begleiters klang wenig beglückt.

Der Große stellte die Schubkarre am Fuß des Grabhügels ab. Begleitet von einem kurzen Aufstöhnen entnahm er ihr einen Spaten und die daneben liegende deutlich schwerere Hebezange für Steine.

„Wir nehmen ja nur ein paar Kleine", flüsterte er beruhigend und näherte sich suchend dem flachen Weg in den Grabhügel hinein.

Vor dem Eisentor angekommen sah er sich nach seinem Komplizen um, der neben der Schubkarre stehengeblieben war. „Hilfst Du mir jetzt oder muss ich alles allein machen?"

Zögerlich folgte ihm der Kleine, die Sackkarre vor sich den schmalen Pfad entlangschiebend.

„Leuchte mal hierher".

Der Kleine gehorchte.

„Ja, genau das ist er. Den Stein habe ich mir vor ein paar Wochen schon ausgesucht. Den will ich auf jeden Fall mitnehmen. Siehst du die Runen?"

Mit ein paar vorsichtigen Spatenstichen fing der Große an, den Findling zu lösen, der zusammen mit etwa einem Dutzend ähnlich großer Steine die engste Umrandung des unteren Eingangs bildete.

„Der ist viel zu groß", kam es vom Kleinen. „Den kriegen wir da nie raus."

„Dieser und ein weiterer müssen es mindestens sein", widersprach der Große und arbeitete weiter. Jedes Mal, wenn der Spaten nicht auf Gras, sondern auf einen der Steine traf, erklang ein durchdringendes Knirschen.

„Das macht viel zu viel Lärm", zischte der Kleine. „Außerdem kann alles einstürzen, wenn wir nicht aufpassen."

„Das sind nur die Randsteine", erwiderte der Große. „Da liegt nichts als Erde drauf. – Hilf mir und feg den Matsch zwischen den Steinen weg, damit ich besser zielen kann. Wir haben doch nicht umsonst gewartet, bis alles durchweicht ist."

Am Dorfteich in Wenningstedt – Gut fünfundfünfzig Stunden später

Die beiden Polizisten, die in ihrem Streifenwagen auf die Baustelle direkt neben dem Denghoog zufuhren, mussten die Sirene einschalten, um auf sich aufmerksam zu machen und mit dem Wagen durch die erregte Menge hindurchzukommen. Auf dem Hof der zukünftigen Ferienimmobilie unter Reet standen sich Bauarbeiter und aufgebrachte Nachbarn unversöhnlich gegenüber.

„Beruhigt euch, Leute!" Polizeiobermeister Helge Frantz war als erster aus dem Polizeiwagen gestiegen. „Jetzt sind wir ja hier. – Wer von euch hat den Diebstahl gemeldet?"

„Das ist ein unglaublicher Frevel!" Ein grauhaariger Mann Mitte Sechzig machte einen Schritt auf Frantz zu. „Leonhard Frey ist mein Name. Ich bin ehrenamtlicher Mitarbeiter der Sölring Foriining und habe bei Ihnen angerufen."

„Worum genau geht es denn?" Polizeiobermeister Rainer Müller war neben seinen Kollegen getreten. „Was ist gestohlen worden?"

„Die unverschämte Bande hat ein paar der Umrandungssteine des Grabmals entfernt." Wieder ergriff Frey das Wort. „Und mit diesem Diebstahl hat sie einen unglaublichen Frevel begangen. Sie haben damit eines der eindrucksvollsten und am besten erhaltenen Großsteingräber Nordeuropas zerstört. Der Denghoog ist älter als Stonehenge. Dort würde doch auch niemand auf die Idee kommen, einfach einen der steinzeitlichen Megalithen zu stehlen."

„Die sind ja auch ziemlich groß, soweit ich weiß", merkte Müller an, der sich mit seinen vierunddreißig Jahren kein bisschen für steinzeitliche Bauwerke interessierte. Auch dem Denghoog hatte er bislang wenig Aufmerksamkeit gewidmet, obwohl Müller schon seit einigen Jahren auf der Insel wohnte. „Es ist also nichts von der Baustelle gestohlen worden?"

„Nein, hier scheint noch alles komplett zu sein." Ein Mann in Müllers Alter, gekleidet in Jeans und Daunenjacke, machte ebenfalls einen Schritt auf die beiden Polizisten zu. „Die Vorwürfe dieses Herrn sind absolut aus der Luft gegriffen. Keiner meiner Leute hat etwas mit einem möglichen Diebstahl am Grabhügel zu tun."

„Wie können Sie sich da so sicher sein?", kam es empört von Frey. „Auf dem Stapel dort drüben könnten unsere Steine liegen, ohne dass sie Ihnen überhaupt auffallen würden."

„Ihre Steine sehen also genauso aus, wie alle anderen Steine auch?" Müller warf einen gleichgültigen Blick auf eine Anzahl unterschiedlich großer Findlinge, von denen sicher keiner weniger als hundert Kilogramm wog und die in einer Ecke des Hofs unordentlich aufgeschichtet darauf warteten, zu einem Friesenwall verarbeitet zu werden.

„Für einen Fachmann natürlich nicht", widersprach ihm Frey in säuerlichem Tonfall.

Es dauerte noch etwa fünfzehn Minuten hitziger Diskussion, bis die beiden Polizisten die Situation so weit in den Griff bekommen hatten, dass sie die Personalien der Anwesenden aufnehmen konnten. Frey und den jungen Mann in Jeans und Daunenjacke baten sie, vor Ort zu bleiben. Den Rest der aufgebrachten Menge schickten sie zurück an ihre Arbeit, in ihre Unterkünfte oder wohin auch immer sie wollten, Hauptsache weg.

Leonhard Frey erklärte seine Anwesenheit damit, dass er nach dem vielen Regen der letzten Tage den Zustand des Grabhügels hatte kontrollieren wollen. Bei dieser Gelegenheit war ihm sofort die gewaltsame Entfernung einiger Umrandungssteine aufgefallen. Der junge Jeansträger hieß Sven Marcussen und war der Bauleiter für die werdende Ferienimmobilie neben dem Hünengrab.

„Wie kommen Sie darauf, dass wir für die Beschädigung des Grabhügels verantwortlich sein sollen?", nahm Marcussen den Streit wieder auf.

„Wegen der Spuren", antwortete Frey und zeigte auf ein paar Rillen im Matsch, die tief eingegraben den Holzzaun entlangführten.

Gemeinsam stiefelten die vier Männer über den aufgeweichten Schotterweg zum Eingang des Denghoogs.

Polizeiobermeister Müller blieb stehen, bückte sich und inspizierte die Reifenspuren aus der Nähe. „Die sehen tatsächlich so aus, als führten sie hin und zurück."

„Aber alle Spuren sehen ähnlich tief aus", kam es ruhig von Marcussen. „Wenn in einer der Richtungen Steine transportiert worden wären, müssten sich die Räder doch deutlich tiefer eingegraben haben."

Ganz unrecht hatte er nicht, dachte Polizeiobermeister Frantz, schwieg aber.

Vor dem Denghoog angekommen, fotografierte Müller das aufgebrochene Tor, die Reifenspuren, die bis an den Fuß des Hügels führten, und die Zerstörung, die rund um den unteren Eingang des Grabmals angerichtet worden war. Mittlerweile war es so hell geworden, wie es an einem verregneten Dezembertag auf Sylt nur werden konnte. Lediglich vereinzelte Sonnenstrahlen erreichten den Denghoog.

„Ich glaube, hier können wir nichts mehr tun" kommentierte Müller. „Welche Spuren sollen wir in dem Matsch sichern?"

Frey protestierte.

„Kommen Sie in den nächsten Tagen auf die Wache und beschreiben Sie uns die fehlenden Steine", bat Frantz. „Dann melden wir uns, wenn sie irgendwo wieder auftauchen."

ENDE FEBRUAR 2022

Auf der Promenade in Wenningstedt – ein ruhiger Vormittag

Mit dem endgültigen Ende seines Traums hatte Bernhard Meier nie wirklich gerechnet. Dabei hätte er sich darauf gefasst machen müssen; Warnungen hatte er in ausreichendem Maße zu hören und zu lesen bekommen.

Wütend stieg er die steile, von Dünengras umrandete Treppe hinauf, die von seiner Restaurantterrasse zur Promenade Wenningstedts führte.

Diese hölzernen Stufen würde es bald nicht mehr geben, wie er gerade aus einem erneuten Schreiben der Gemeinde Wenningstedt erfahren hatte. Dabei war die Treppe der einzige Weg zu seinem Restaurant, seitdem ein heftiger Herbststurm vor zwei Jahren den Zugang vom Strand weggeschwemmt hatte. Aber nicht nur die Holztreppe sollte kurzfristig verschwinden, sondern das ganze Podest. Und damit verloren auch sein Lokal und das alte Toilettengebäude der Gemeinde für immer ihre Basis.

Sofort nach dem Entzug seiner Konzession, die noch vor dem Jahreswechsel per Einschreiben bei ihm angekommen war, hatte ein befreundeter Rechtsanwalt bei der Gemeinde Wenningstedt-Braderup Einspruch eingelegt. Ohne Erfolg, wie Bernhard nun wusste. Statt seine Konzession wiederzuerlangen, hatte er jetzt zusätzlich die Aufforderung erhalten, bis Ende März das hölzerne Restaurantbauwerk auf dem Podest abreißen zu lassen. Nicht nur, dass er durch diesen Bescheid für sein geliebtes ‚Krähennest' keine Gaststättenerlaubnis mehr besaß, er sollte auch noch selbst sein berufliches Zuhause dem

Erdboden gleichmachen. Das ‚Krähennest' hatte alle Grundlagen für seine Existenz verloren.

Fast wäre er über seine eigenen Füße gestolpert, so wütend war Bernhard.

Toilettenhäuschen, Podest und Treppe würde die Gemeinde entfernen, aber sein ‚Krähennest' musste vorher verschwunden sein. War dies nicht zu dem vorgeschriebenen Termin geschehen, würde die Gemeinde es erledigen. Er selbst müsste dann die vollen Kosten für den Abriss des Restaurantgebäudes bezahlen. Sogar an den Aufwendungen für die Renaturierung und Neubepflanzung des bisher genutzten Dünenabschnitts sollte er sich beteiligen. Was dachten die sich eigentlich? Ein Skandal war das! Eine Ungerechtigkeit, für die keine andere Erklärung zu finden war, als dass es jemanden gab, der ihn, Bernhard Meier persönlich, ruinieren wollte.

Diesen Intriganten zu benennen, war nicht schwer. Bernhard wusste genau, wer das vernichtende Urteil über sein geliebtes ‚Krähennest' veranlasst hatte, auch wenn der Gemeindevorstand seine Entscheidung ihm gegenüber anders begründete. Man benötige die in die Jahre gekommenen Toilettenräume auf halber Höhe zwischen Promenade und Strand nicht mehr, hatte einer der Verantwortlichen ihm am Telefon mitgeteilt. Und damit brauche man auch das ursprünglich von der Gemeinde dafür errichtete Holzpodest an der Düne nicht länger. Er solle dankbar sein, dass sein nie genehmigter Restaurantbau auf dem von den Vorbesitzern illegal erweiterten Podest überhaupt so viele Jahre toleriert worden sei. Nun jedoch gäbe es dafür keine Möglichkeit mehr; die irrtümlich erteilte Konzession sei zurückgezogen. Podest und Toilettenanlagen seien baufällig und die Gemeinde denke nicht daran, für ihre Sanierung auch nur einen Euro auszugeben. Mit den großzügigen sanitären Anlagen, die sowohl das neue Kurhaus im Norden der Promenade als auch das Restaurant Heinrich Nissens im Süden fast rund um die Uhr geöffnet hielten, stünde ausreichend Pinkelplatz für die Touristen zur Verfügung.

Wütend sah Bernhard zum ‚Grillrestaurant am Kliff', das seit ein paar Jahren als unübersehbare moderne Bausünde das südliche Ende der Promenade bildete.

Seitdem dieses Monstrum aus Beton und Glas eröffnet worden war, hatte sich der Umsatz im ‚Krähennest' mehr als halbiert. Mit ein paar Tricks hatte Bernhard es trotzdem hinbekommen, das Restaurant weiter am Leben zu erhalten, aber damit war es nun ja vorbei. Endgültig vorbei. Falls er den Abriss nicht selbst beauftrage, werde die Gemeinde dafür sorgen, die Abrisstermine einhalten zu können, stand in dem Schreiben, das er zerknüllt im ‚Krähennest' hatte liegen lassen. Bernhard hegte keine Zweifel daran, dass die angekündigte Zerstörung zum Stichtag umgesetzt wurde.

Das ‚Krähennest' hatte es bereits seit drei Jahrzehnten gegeben, als Bernhard es entdeckte. Während der Bauphase von Nissens Monsterladen kaufte er es vom Vorbesitzer und bis zur Eröffnung des monströsen Glasbaus auf der Promenade lief das Geschäft auch gut. Erst durch die Konkurrenz des sogenannten Grillrestaurants waren immer weniger hungrige Urlauber zu ihm gekommen. Nissens Laden war schuld daran, dass die zahlenden Gäste ausblieben. Nicht Bernhard war dafür verantwortlich, egal was man von seiner Restaurantleitung hielt. Ihn hatte es zwar von Anfang an nicht interessiert, ob sein Gastronomietraum profitabel war, aber den Traum platzen zu lassen, stand der Gemeinde nicht zu. Er liebte es, ein eigenes Restaurant zu besitzen und mit seinen Freunden dort abhängen zu können. Dass unternehmerische Verantwortung oder auch nur der nötige Fleiß, etwas aus eigener Kraft zu erreichen, nicht zu seinen Stärken gehörte, war nie ein Hinderungsgrund für seine gastronomische Selbstständigkeit gewesen. Seinen Lebensunterhalt hatte er mit dem ‚Krähennest' nicht erwirtschaften müssen, dafür waren seine jeweiligen Lebensgefährtinnen verantwortlich gewesen. So lief es die ganze Zeit, auch wenn er das öffentlich nie zugegeben hätte. Und so wäre es auch die nächsten Jahre weiter gutgegangen. Aber mit einem Mal war der Gemeindeverwaltung seine einfache Hütte auf dem Holzpodest vor der Düne so peinlich, dass sie abgerissen werden musste. Dass ihm die Genehmigung für ihren Betrieb noch vor dem Jahreswechsel hatte entzogen werden müssen. Dass er die Tage über Weihnachten und Sylvester, während denen sein Lokal nahezu ausgebucht gewesen war, nicht öffnen durfte. Das Argument, es habe nie eine Genehmigung gegeben, konnte nicht stimmen. Er, Bernhard Meier, hatte sein Geld doch nicht für ein illegal errichtetes Restaurant ausgegeben.

Natürlich hatte Nissen etwas damit zu tun. Nein, mehr noch: Nissen allein hatte den Sinneswandel der Gemeinde veranlasst. Wer sonst sollte es gewesen sein? Nur Nissen hatte ein Interesse daran, das ‚Krähennest' verschwinden zu lassen. Das Arschloch von einem ‚Rinderbaron' wollte seine lästige Konkurrenz am Wenningstedter Kliff loswerden. Und das war ihm mit dem endgültigen Bescheid der Gemeinde jetzt auch gelungen.

Mit jeder Stufe, die Bernhard zur Promenade hinaufstieg, vergrößerte sich sein Vorsatz, Nissen für das bezahlen zu lassen, was er ihm angetan hatte. Einen wütenden Bernhard Meier sollte niemand unterschätzen und Heinrich Nissen schon gar nicht.

„Auge um Auge, Restaurant um Restaurant", stieß er wütend hervor, als er die steinerne Promenade erreicht hatte. Wenn er bald schon kein eigenes Restaurant mehr besaß, hatte er wenigstens ausreichend Zeit, um am Untergang von Nissens protziger Prunkgaststätte zu arbeiten. Am Untergang von Nissens ganzem Unternehmen, fiel ihm ein. Das Arschloch, das sich ihn zum Feind gemacht hatte, hatte viel mehr zu verlieren als nur ein kleines Restaurant auf halber Höhe der Düne von Wenningstedt.

Fast schon getröstet von seiner Entscheidung, Nissen zu ruinieren, stapfte Bernhard an den wenigen Strandkörben vorbei, die den Winter über vor dem Kurhaus stehengeblieben waren. Wenige Meter vor Nissens ‚Grillrestaurant am Kliff' riss er mühsam einen der metallenen Mülleimer der Promenade aus seiner Verankerung und schleppte ihn bis zum Restaurant. Mit dem letzten Rest seiner Kraft hob er den Eimer bis auf Schulterhöhe an und schleuderte ihn gegen die hohe Glasfassade. Mit einem lauten Knall schlug das Metallgefäß gegen eine der langen Scheiben, die sofort in viele kleine Splitter zerbarst. Enttäuscht sah Bernhard, dass keine der Scherben zu Boden fiel. Ein Mosaik aus gezackten Glassteinchen war entstanden und füllte dekorativ und immer noch lückenlos die Fläche zwischen den schmalen Metallstreben aus. In der Außenwand des Restaurants zeigte sich nicht das geringste Loch.

„Scheiße", entfuhr es ihm. „Sicherheitsglas, natürlich. Was auch sonst."

Unzufrieden musterte er sein Werk und vergaß dabei völlig wegzulaufen, was er natürlich direkt nach der Tat vorgehabt hatte. Zwei sehr junge, gut trainierte Männer in Küchenkleidung standen unerwartet neben ihm und ergriffen ihn an beiden Armen.

„Nehmt sofort die Hände von mir, ihr Idioten", schrie Bernhard sie an und versuchte sich loszureißen. „Was wollt ihr von mir?"

Die Angesprochenen rührten sich nicht. Stattdessen trat ein ihm wohlbekannter, großer und kräftig gebauter Mann durch die hölzerne Eingangstür des Restaurants ins Freie. In aller Seelenruhe legte er die wenigen Schritte bis zu der Dreiergruppe zurück, grimmig zu dem hilflosen Opfer seiner kräftig zupackenden Mitarbeiter blickend.

„Scheiße", fluchte Bernhard ein weiteres Mal. Ausgerechnet heute musste sich der Chef selbst in seinem Restaurant in Wenningstedt aufhalten. Hatte er nicht ausreichend andere Lokale, die er besuchen konnte? Auch wenn das Arschloch längst ergraut und bestimmt fünfzehn Jahre älter war als er selbst, wollte Bernhard in keine körperliche Auseinandersetzung mit ihm geraten.

„Piraten-Meier", sprach Nissen ihn in herablassendem Ton an. „Hast du jetzt vollständig den Verstand verloren?"

„Sag deinen Küchengorillas, sie sollen mich loslassen."

Nissen rührte sich nicht. Seine grimmige Miene war längst in ein arrogantes Grinsen übergangen, was Bernhards ohnmächtige Wut noch zusätzlich anfachte.

„Das ist Freiheitsberaubung", schrie er und versuchte ein weiteres Mal, sich aus dem Griff von Nissens Angestellten zu befreien. „Ich werde dich anzeigen."

„Soll ich die Polizei für dich rufen?", bekam er als süffisante Erwiderung zu hören. „Was wird dann wohl mit dir passieren wegen der gewaltsamen Zerstörung öffentlichen Eigentums und dem mutwilligen Einschlagen meiner Fensterscheibe?"

„Das war nur eine Warnung, das sage ich dir. Du wirst schon noch sehen, was du davon hast, mein Restaurant losgeworden zu sein. – Das ‚Krähennest' kriegst du vielleicht klein, mich aber nicht!"

„Dein an die Düne geklebter Schandfleck hat also endlich sein abschließendes Todesurteil erhalten?" Nissens Frage klang fast, als wäre er überrascht.

„Frag nicht so blöd. Du hast das doch veranlasst. – Steht die gesamte Gemeindeverwaltung auf deinem Gehaltszettel? Oder hat es gereicht, nur einen von ihnen unter Druck zu setzen? Wer von denen stand so sehr in deiner Schuld, dass er mein Traditionslokal für illegal erklärt und es deinem Protzladen geopfert hat?"

Nissens verächtliches Lachen machte die erniedrigende Situation für Bernhard nicht erträglicher. Erneut versuchte er dem festen Griff der beiden jungen Männern zu entkommen.

„Lasst ihn los", befahl Nissen seinen Angestellten.

Sie zögerten. „Sollen wir damit nicht warten, bis die Polizei hier ist?"

Nissen ignorierte ihre Frage.

„Du ...", er streckte Bernhard den Zeigefinger der rechten Hand entgegen. „Du solltest lieber deine Finger von meinem Besitz lassen und stattdessen tun, was die Gemeinde von dir verlangt. – Ins Gefängnis wird dir keine deiner noch so einfältigen Geliebten und Gönnerinnen folgen."

Immer noch bewegten sich Nissens Angestellte nicht.

„Lasst ihn los", herrschte er sie an. „Ich möchte sehen, wie der kleine Versager vor mir davonläuft."

Als die Polizei in einem Streifenwagen auf der Promenade vorfuhr, hatte Heinrich Nissen längst wieder sein Restaurant betreten, eine Runde durch den hellen, großzügigen Gastraum gedreht und die wenigen Gäste, die bereits vor dem Mittagessen dort saßen, von der Harmlosigkeit der Situation überzeugt. Sanft lächelnd beobachtete er nun, wie nicht nur zwei Uniformierte, sondern auch ein ihm gut bekannter, deutlich übergewichtiger Zivilist aus dem Wagen stiegen.

Von den zwei Streifenpolizisten gefolgt, schritt Kriminalhauptkommissar Brunner zügig auf den Haupteingang des Restaurants zu.

„Moin, Brunner", begrüßte Heinrich ihn, in der offenen Tür stehend. „Es wurde auch Zeit, dass wir uns mal wieder treffen."

„Moin, Heinrich." Brunner deutete auf das zersplitterte Fenster. „Hattest du Ärger?"

Heinrich lachte kurz und trocken. „Das ist nichts."

„Du weißt, dass ich hergekommen bin, weil einer deiner Mitarbeiter bei uns angerufen hat?"

Ungeduldig schüttelte Heinrich den Kopf. „Vandalismus. – Gibt es keine Verbrechen auf der Insel, die einem

Kriminalhauptkommissar würdiger wären? Musst du dich jetzt persönlich um derartige Banalitäten kümmern?"

Ein müdes Grinsen erschien im Gesicht des Zivilpolizisten. „Wann immer es um einen Vorfall geht, in den du verwickelt bist, Heinrich, werde ich sofort informiert. Auch wenn es sich lediglich um eine eingeschlagene Fensterscheibe handelt."

Heinrich ließ die Antwort seines Freundes unkommentiert. „Darf ich dir einen Kaffee anbieten?", fragte er stattdessen.

Mit einer Bewegung in ihre Richtung wandte er sich an die beiden Uniformierten, die stumm hinter dem Kriminalkommissar standen. „Was trinkt ihr? Kaffee oder Tee?"

Brunner winkte ab, auch für seine Kollegen. „Es war also nichts? Du möchtest keine Anzeige erstatten?"

„Ganz genau. Es resultiert aus einem Missverständnis, dass ihr überhaupt benachrichtigt wurdet."

Mit einem Seufzen drehte sich Brunner zu seiner uniformierten Eskorte um. „Fahrt zurück zur Wache. Es handelt sich um einen Fehlalarm. – Ich bleibe noch ein paar Minuten und nehme dann den Bus zurück nach Westerland. Ihr braucht nicht auf mich zu warten."

Weisungsgemäß verließen die beiden Streifenbeamten das Restaurant und Kriminalhauptkommissar Brunner ließ sich von seinem Freund an den Tisch führen, der direkt vor der zersprungenen Fensterscheibe stand.

„Darf ich dir jetzt einen Kaffee bringen lassen?", wiederholte Heinrich seine Frage.

„Ja, gern."

„Auch etwas zu essen?"

Heinrich schien ihm seinen Hunger angesehen zu haben. „Ein belegtes Brötchen wäre fantastisch, sofern deine Küche so etwas Einfaches hinbekommt", antwortete Brunner. „Zum Frühstücken bin ich heute Morgen nicht gekommen."

Heinrich winkte eine Servicekraft zu sich und gab leise Brunners Bestellung weiter.

„Hast du so viel zu tun?", wandte sein Freund sich danach wieder Brunner zu. „Die Saison hat doch noch gar nicht richtig angefangen."

„Nein, nein, nicht die Verbrecher der Insel sind das Problem. Meine Schwester kommt irgendwann in den nächsten Tagen zu Besuch." Brunner betonte das Wort ‚irgendwann'. „Seitdem sie sich so präzise angekündigt hat, verbringe ich jede freie Minute damit, meine Wohnung zu putzen und aufzuräumen."

„Ich hätte dir Marlene oder eine meiner Putzkräfte schicken können."

Vehement schüttelte Brunner seinen Kopf. „Vergiss, dass ich überhaupt davon angefangen habe", beendete er seinen kurzen Schwenk ins Private. „Lass uns darauf zurückkommen, was hier vorgefallen ist."

Auch wenn er und Heinrich während der letzten Jahre so etwas wie Freunde geworden waren, tat sich Brunner immer noch schwer damit, dem ‚Rinderbaron von Sylt' Einblick in sein privates Lebensumfeld zu gewähren. Seine Wohnung hatte sein Freund bislang nie betreten dürfen. Wann immer sie sich trafen, fand das in der Öffentlichkeit oder bei Heinrich zuhause in Morsum statt.

Das leichte Schmunzeln, das Brunner auf dem Gesicht seines Gegenübers wahrnahm, konnte nur bedeuten, dass dieser ihn durchschaute und sich dabei köstlich amüsierte.

„Marlene ist sehr diskret", setzte Heinrich grinsend nach.

„Das nächste Mal vielleicht", beendete Brunner das für ihn unangenehme Thema.

Heinrich nickte und machte eine übertrieben ernste Miene.

„Was ist hier vorgefallen?", kam Brunner wieder auf den Grund seines Kommens zurück.

„Es ist eine Glasscheibe zu Bruch gegangen", antwortete Heinrich betont gelassen. „Es hat noch nicht einmal Scherben gegeben. Und niemand ist verletzt worden."

„Möchtest du mir vielleicht auch sagen, wie die Scheibe ‚zu Bruch gegangen' ist?"

„Ein geistig verwirrter Mann hat einen der Mülleimer, die auf der Promenade stehen, hineingeworfen."

„Ein geistig verwirrter Mann", wiederholte Brunner resigniert.

„Eine arme Gestalt, ja." Heinrich grinste wieder. „Er ist weggelaufen, nachdem er seine Wahnsinnstat vollführt hatte."

„Ich verstehe. Eine arme, aber durchaus kräftige Gestalt. Denn immerhin war sie in der Lage, den Mülleimer aus ihrer Verankerung auf der Promenade zu reißen."

„Eine Tat des Wahns eben." Heinrich nickte zur Bekräftigung.

„Außergewöhnliche Umstände also. – Und danach ist der Wahnsinnige weggelaufen?"

„Nachdem er die Auswirkungen seiner Tat bemerkt hatte, ja. Ihn bis zu eurer Ankunft festzuhalten, wäre doch einer Freiheitsberaubung gleichgekommen."

„Nun, …", widersprach Brunner halbherzig.

„Mein Eindruck war, dass der arme Mann bereits schwer genug am Leben zu tragen hat. – Den Schaden am Mülleimer und seiner Befestigung auf der Promenade übernehme ich gern."

„Du möchtest also keine Anzeige erstatten, Heinrich?"

„Nein, weshalb denn?"

„Wahrscheinlich kannst du wegen der Beschädigung öffentlichen Eigentums auch keine sachdienlichen Hinweise zu Protokoll geben?" Ein zynischer Unterton hatte sich in Brunners Frage geschlichen.

„Es ging alles sehr schnell." Ein erneutes Grinsen erschien auf Heinrichs Gesicht.

„Und wenn ich mir nun die Zeit nähme, die Gäste und deine Angestellten zu befragen?"

„Dann würden sie meine Schilderung des Vorfalls sicher bestätigen."

Das Frühstück, das in diesem Moment serviert wurde, bestand aus deutlich mehr als nur einer Tasse Kaffee und einem belegten Brötchen. Allein das Rührei, das buttrig glänzend auf einer großen Servierplatte vor ihm abgestellt wurde, hätte ausgereicht, seine gesamte Dienststelle zu sättigen, dachte Brunner.

„Willst du mich mit Essen mundtot machen?" Er griff nach einer Brotscheibe und löffelte sich eine ordentliche Portion der verführerisch duftenden Eierspeise darauf.

Heinrich gab sein tiefes Lachen von sich. "Würde es mir gelingen?"

Brunner kaute stumm und genoss. Wer konnte schon voraussagen, wie viele friedliche Momente ihm nach der Ankunft seiner Schwester noch vergönnt waren.

Für sich selbst hatte Heinrich lediglich einen Becher Kaffee bestellt, der noch unangerührt vor ihm stand. „Versteh das Frühstück einfach als meine Entschuldigung dafür, dass einer meiner Mitarbeiter die Situation falsch eingeschätzt hat. Dich und deine Kollegen herzurufen, war definitiv unnötig."

„Rede keinen Unsinn, Heinrich."

Eine weitere Brotscheibe wanderte auf seinen Teller und wurde von Brunner großzügig mit Rührei belegt. „Falls es etwas gibt, das zwischen dir und diesem ‚Verrückten' zu klären ist, würde ich das gern übernehmen. Beruflich, meine ich. Als Polizist."

Mit einem erneuten Grinsen auf den Lippen sah Heinrich Nissen seinem Freund beim Essen zu. So wie dieser das Frühstück verschlang, musste er seit Tagen nichts Schmackhaftes mehr auf den Teller bekommen haben. Der Wutausbruch Piraten-

Meiers war für Heinrich nur noch eine Nebensache, mit der er sich später befassen würde.

„Du solltest häufiger zu mir zum Essen kommen", neckte er Brunner. „Oder ich muss dir endlich eine Frau suchen, die für dich sorgt."

Obwohl es noch nicht einmal Mittag war, machte sein Gegenüber einen erschöpften Eindruck. Sein Aussehen war noch weniger seiner Position angemessen, als Heinrich es sonst an ihm beobachtete. Brunners braune Haare standen ungebändigt von seinem Kopf ab und bedurften dringend eines Schnitts. Sein Kinn war nur nachlässig rasiert worden und seine Kleidung wirkte, als hätte er sie während der letzten Nacht nicht abgelegt. Aber die braunen Augen des Kommissars blickten seinen Freund durchdringend an, während er seinen Frühstücksteller von sich schob.

„Wage es ja nicht, mich zu verkuppeln!", drohte Brunner. „Für ein glückliches Händchen bei der Auswahl einer Frau fürs Leben bist du ja auch nicht gerade bekannt."

Heinrich konnte nicht anders, als über Brunners Empörung herzhaft zu lachen. Sein ansteckendes Lachen schwoll durch das Restaurant und sogar der Kriminalhauptkommissar konnte sich ein Lächeln nicht verkneifen.

Heinrich hatte seinen fünfzigsten Geburtstag schon vor einigen Jahren gefeiert, aber sein Ruf als Frauenheld und erfolgreicher Verführer vor allem deutlich jüngerer Damen war noch nicht verblasst. Die meisten seiner amourösen Abenteuer hielten nicht länger als ein paar Wochen an und exakt so mochte er es auch, nach wie vor. Sein Freund Brunner tat sich deutlich schwerer mit dem weiblichen Geschlecht. Wenn er sich verliebte, dann immer in eine ‚Frau fürs Leben'. Diesen Fehler machte er jedes Mal und verschreckte damit sogar die ernsthaftesten Aspirantinnen um seine Gunst.

„Wage es ja nicht!", wiederholte der Kriminalhauptkommissar. „Auch wenn du dir angewöhnt hast, die meisten deiner

Mitmenschen nicht ernst zu nehmen, solltest du bei mir eine Ausnahme machen."

„Das mache ich, mein Freund." Heinrich war wieder ernst geworden. „Davon darfst du ausgehen."

„Dann merk dir endlich, dass ich es nicht ignorieren kann, wenn du Selbstjustiz übst. Ganz egal, was für eine Geschichte dahintersteckt."

„Ich weiß überhaupt nicht, wovon du sprichst."

„Davon, dass du mich irgendwann dazu zwingst, dich ins Gefängnis einzusperren, Heinrich. Wir hatten das Thema schon. – Ich würde es sehr bedauern, wenn unsere unregelmäßig stattfindenden Treffen hinter Gittern stattfinden müssten."

Erneut ließ Heinrich sein dunkles Lachen erklingen. „Aktuell besteht keine Gefahr, dass du gegen mich ermitteln musst."

Brunner musterte ihn stumm.

„Um den kleinen Versager, der vorhin versucht hat, meine Fensterscheibe einzuschlagen, habe ich mich bereits vor Monaten gekümmert", ergänzte Heinrich. „Seinetwegen musst du dir keine Sorgen machen. Er ist erledigt. Wir sind quitt."

Brunner sah nicht einen Deut weniger besorgt aus.

„Und seine betrügerische Freundin wird mir auch noch irgendwann über den Weg laufen."

„Seine betrügerische Freundin?", wollte der Kriminalhauptkommissar wissen.

„Vergiss es, Brunner. Auch sie ist bald Schnee von gestern."

Eine kurze Pause entstand, während der Brunner sich das zersplitterte Fenster aus der Nähe ansah.

„Ob mir wohl das Vergnügen vergönnt sein wird, deine Schwester kennenzulernen, während sie bei dir zu Besuch ist?", fragte Heinrich schließlich. Für ihn war das Thema der zerschlagenen Scheibe ausreichend besprochen worden.

„Nicht, wenn ich es verhindern kann." Erneut konnte der Kriminalhauptkommissar ein leichtes Lächeln nicht unterdrücken.

Hamburg – Ein gelungener Abend

Selbstverständlich war Matthias Belting davon ausgegangen, dass die Vernissage ein Erfolg würde; immerhin hatte er selbst die Gästeliste zusammengestellt und den versendeten Einladungen hinterhertelefoniert. Aber dass tatsächlich alle Menschen mit Einfluss in der Kunstszene, auf deren Teilnahme er gehofft hatte, seiner Aufforderung Folge leisteten, überraschte sogar ihn. Die hellen, bis auf die ausgestellten Kunstwerke nahezu unmöblierten Räume der Galerie am Neuen Wall barsten förmlich vor interessanten und hoffentlich auch interessierten Menschen. Die meisten der Anwesenden waren teuer gekleidet und modisch zurechtgemacht. Sie standen zu Paaren oder kleinen Gruppen zusammen, hielten Sektgläser in den Händen und versuchten den Eindruck zu erwecken, als diskutierten sie sachkundig und mit sicherem Geschmack über die Ausstellungsstücke in ihrem Blickfeld. Ein paar von ihnen würden im Laufe des Tages noch Angebote für einzelne Werke abgeben, hoffte Matthias. Natürlich nur, falls der Grund ihres Erscheinens nicht ausschließlich darin lag, einmal wieder die Gelegenheit zu haben, den alltäglichen Klatsch und Tratsch der Hansestadt mit Gleichgesinnten auszutauschen.

Matthias, so hochgewachsen, dass er über einen Großteil der Menschenmenge hinwegsehen konnte, erblickte am anderen Ende des Raums seinen ganz in schwarzen Samt gekleideten Geschäftspartner und Ehemann Martin Knoop. Martin hatte bereits Jahre bevor sie sich kennenlernten die Galerie eröffnet und beanspruchte nach wie vor die alleinige Verantwortung für die Auswahl der Künstler und ihrer Werke. Darüber hinaus kümmerte er sich um alle logistischen Fragen, während Matthias für das Zwischenmenschliche zuständig war. Dementsprechend hatte Martin den Termin der Ausstellung bestimmt, das Catering bestellt und die Einladungskarten drucken lassen. Der attraktive Mann im schwarzen Samtanzug hatte damit den perfekten Rahmen für die heutige Veranstaltung entworfen und Matthias hatte ihn nur noch mit den richtigen Teilnehmern füllen müssen, was ihm offensichtlich gut gelungen war. Ohne seinen persönlichen Einsatz, da war sich Matthias sicher, ohne seine Beziehungen in die richtigen Kreise und die Magie seines Charmes wäre die Vernissage nur halb so erfolgreich geworden, wie sie es nach Quantität und Qualität der erschienenen Gäste zu werden versprach.

Lächelnd wandte er sich wieder der offenstehenden Eingangstür zu. Sein Blick fiel auf Ella Wessel und sein Lächeln wurde breiter und herzlicher.

Matthias war unumstößlich homosexuell und Frauen kamen in seinem emotionalen Innenleben nahezu nicht vor, aber Ella liebte und verehrte er. Schlank und für ein weibliches Wesen sehr hochgewachsen, fast so asketisch aussehend wie er selbst, stets elegant und sorgfältig zurechtgemacht, überstrahlte sie alle Frauen in ihrem Umfeld. Und zusätzlich war sie auch noch intelligent und beruflich erfolgreich. Als Professorin an der Universität Hamburg unterrichtete sie die Fächer ‚Deutsche Sprache' und ‚Literatur'. Außerdem schrieb sie als freie Journalistin für einige Tageszeitungen und hielt regelmäßig öffentliche Lesungen ab. Eine solche Frau konnte er nur lieben – zumal sie seine Gegenwart und den Austausch mit ihm so sehr schätzte, dass sie keine seiner Einladungen unerwidert ließ. Für ihren heutigen Auftritt hatte Ella sich in einen eleganten saphirblauen Overall gekleidet, auffallenden gelbgoldenen Schmuck angelegt und ihre blonden Haare zu einem schulterlangen, zotteligen Bob frisiert. Sie sah blendend aus.

Die Arme so weit auseinandernehmend, wie es sein schmal geschnittenes Jackett und die Menschenmenge um ihn herum zuließen, schritt Matthias auf seine Freundin zu. Längst hatte sie ihn entdeckt und lächelte ihn an. Durch die Anwesenden hindurch schlängelte sie sich elegant ihm entgegen.

„Liebste!", begrüßte er sie und gab ihr drei angedeutete Küsschen auf die Wangen. „Wie immer siehst du einfach göttlich aus. Diese Farbe! Sie passt perfekt zu deinen Augen!"

Ihn anstrahlend, ließ sie sich bereitwillig von ihm unterhaken.

„Komm schnell mit. Ausschließlich für dich habe ich ein paar Flaschen Champagner in den Kühlschrank gestellt." Etwas leiser setzte er hinzu: „Echten Champagner, nicht den Crémant, den Martin den Gästen servieren lässt."

Auf ihrem Weg in die kleine Küche der Galerie kamen sie an Matthias' Partner vorbei, der versuchte, gleichzeitig zwei offenbar nicht miteinander bekannten Gruppen von Besuchern die Bilder in ihrem Umfeld zu erklären.

„Stören wir Martin nicht beim Vorspiel", flüsterte Matthias. „Er ist ganz in seinem verkäuferischen Element und wird bestimmt gleich die ersten roten Punkte auf ein paar Rahmen kleben können. Das Befestigen dieser Verkauft-Markierungen ist wie ein kleiner Orgasmus für ihn."

Ella gluckste leise. Das tat sie immer, wenn sie eigentlich lachen musste, die Situation es ihr aber nicht ratsam erscheinen ließ. Matthias fand es überaus reizend, dass eine gebildete Frau wie sie sich ihr Lachen selten ganz verkneifen konnte, zumal wenn es durch eine amüsante Bemerkung von ihm verursacht worden war.

Hörnum – Ein trostloser Tag

Immer wenn Jennifer Rick, die sich selbst Mave nannte, Heimweh hatte, griff sie zu ihren Spraydosen. Die Dosen mit den hochwertigen Farben, die sie für ihre großformatigen Bilder nutzte, waren teuer, deshalb verwendete sie für kleine tags und Skizzen nur Spraydosen, die sie in einem der Discounter der Insel hatte mitgehen lassen.

Allmählich ging ihr das Geld aus. Bereits seit vier Monaten versteckte sie sich in einem der leerstehenden Häuser am Südzipfel der Insel. Ihre Unterkunft war dreckig und ungepflegt, ohne Strom und Heizung, dafür allerdings mit einem noch funktionierenden Badezimmer mit fließend kaltem Wasser. Der Winter war länger und kälter, als sie es erwartet hatte. Alle Angebote anderer Herumtreiber, sich mit ihnen zusammenzutun, hatte sie aus Angst um ihre physische und psychische Gesundheit abgelehnt. Weder hatte sie vor, zur Alkoholikerin zu werden, noch wollte sie sich von jemand anfassen oder gar zum Sex zwingen lassen. Mave wollte einfach nur die Zeit herumbringen, bis ihre Mutter endlich feststellte, mit was für einem Mistkerl sie sich zusammengetan hatte. Bis sie dieses Schwein endlich rausgeschmissen oder es von allein das Weite gesucht hatte, wollte Mave ihrem einstigen Zuhause in der kleinen Hamburger Wohnung weiterhin fernbleiben. Erst wenn sie gefahrlos dorthin zurückkehren, im eigenen Bett schlafen und die Schule beenden konnte, durfte sie diese kalte Notunterkunft aufgeben. Bis dahin musste sie dort irgendwie zurechtkommen.

Heute hatte Mave Heimweh. Aber das Wetter war zu schlecht, um auch nur das kleinste tag irgendwo anzubringen. Traurig zog sie die Beine an und schlug die Arme fest um ihre Knie. Zusammengekauert saß sie in der Ecke des Raums im ersten Stock, den sie zu ihrem Zuhause erkoren hatte. Reste einer vielfarbigen Tapete voller kleiner Quietsche-Enten wiesen ihn als ehemaliges Kinderzimmer aus. Unter ihr lag eine alte, ehemals buntbedruckte Kinderdecke, die nur unzureichend die Kälte des gefliesten Fußbodens abwehrte. Neben ihr an der Wand lehnte ihr sorgfältig gehegter Skizzenblock, in dem sich allmählich auch die letzten Blätter mit Entwürfen füllten.

Hoffentlich dauerte es nicht mehr lange, bis sie ihr Versteck in dem verlassenen Reihenhaus in Hörnum aufgeben konnte. Sie hatte Pläne für ihr Leben. Kunst wollte sie studieren und eine berühmte Malerin werden. Dass sie eine künstlerische Begabung besaß, hatte man ihr bereits im Gymnasium attestiert. Mit ihren Bildern wollte Mave für sich und ihre Mutter ausreichend Geld verdienen, um ein besseres Leben zu führen. Viel besser als jetzt und auch deutlich selbstbestimmter und sicherer als in der Vergangenheit sollte es sein.

Aber bisher war es nicht so weit; ihre Pläne mussten warten. Noch saß sie in diesem stinkenden, kalten Loch auf Sylt und ließ die Zeit vergehen. Ohne Geld würde sie bald nichts mehr sprayen können, noch nicht einmal mehr ihre kleinen, wenig herausfordernden tags. Schon jetzt musste sie die letzten guten Farben in ihren teuren Spraydosen verschonen, um sie erst zu verbrauchen, wenn Ort und Motiv es wirklich wert waren.

Ihr knurrender Magen erinnerte Mave daran, dass sie nicht nur neue Farben brauchte, sondern auch etwas zu essen. Mit einem Gelegenheitsjob Geld zu verdienen, hatte sie sich bisher nicht getraut. Zu groß war ihre Angst, als Ausreißerin ins Blickfeld der Polizei zu geraten. Ob überhaupt jemand nach ihr suchte? Vielleicht dachte nicht einmal mehr ihre Mutter an sie. Es war doch möglich, dass der brutale Mistkerl an ihrer Seite jetzt vollständig ihr Leben bestimmte.

Vielleicht war es an der Zeit, nicht mehr davonzulaufen. Die Vergangenheit lag hinter ihr. Wenn sie selbst ihre Zukunft nicht bestimmte, wer sollte es dann tun? Im nächsten Monat wurde sie achtzehn. Volljährig musste sie sich keine Sorgen mehr machen, aufgegriffen und nach Hause zurückgebracht zu werden. Damit war endlich der Moment gekommen, ihr Leben wieder in den Griff zu bekommen.

Wenn sie mit dem nächsten großen Bild bis zu ihrem Geburtstag wartete, konnte sie es an eine Wand sprayen, die niemand übersah. Volljährig konnte sie zu ihren Bildern stehen. Ab dem nächsten Monat durfte sie sich der Welt als Künstlerin präsentieren. Spätestens als Erwachsene war es an der Zeit, nicht mehr vor allem und jedem Angst zu haben.

SONNTAG, 6. MÄRZ 2022

Auf der Promenade in Wenningstedt

Die Uhr über dem Eingang des ‚Grillrestaurant am Kliff' zeigte 21:43 Uhr. Allmählich leerten sich der Gastraum und die davor auslaufende gepflasterte Promenade Wenningstedts. Für einen Sonntagabend im März, vier Wochen vor Ostern, waren ungewöhnlich viele Touristen unterwegs gewesen. Das Corona-Virus hatte alles durcheinandergebracht; war vor der Pandemie die Touristensaison vom Beginn der Osterferien und dem Ende der Herbstferien begrenzt worden, hatte es seit Silvester an diesem Jahresanfang kaum eine Verschnaufpause für die Gastronomie gegeben.

Während der vergangenen Tagesstunden waren die Touristen von sanfter Frühlingssonne und angenehmen Temperaturen verwöhnt worden, aber seit dem Sonnenuntergang gewannen der stärker werdende Westwind und die feuchte Kühle der Nordsee wieder die Oberhand. Die wenigen Menschen, die jetzt noch vor der Glasfassade des Restaurants entlangliefen, hatten sich sorgfältig in dicke Jacken, Handschuhe und Wollmützen gehüllt. Und jedes Mal, wenn einer der noch verbliebenen Gäste Heinrich Nissens Lokal verließ, wehte eisige Luft durch die geöffneten Eingangstüren in den Gastraum.

Außerhalb des Restaurantgebäudes brannten nur noch vereinzelt Laternen. Das südliche Ende der Promenade war dunkel bis auf das diffuse Licht, das durch die Glasfront des Lokals nach draußen drang. Auch die drei Tetrapoden, die seit wenigen Tagen die freie Grasfläche neben dem modernen Restaurantbau zierten, waren weitestgehend unbeleuchtet.

Eine schmale, dunkle Gestalt, die trotz der niedrigen Nachttemperatur nur in schwarze Jeans und einen Hoody gehüllt war, lief vom Parkplatz aus über die dunkle Rasenfläche auf das Restaurantgebäude zu. Zwischen den drei Tetrapoden blieb sie stehen. Ein schwerer Rucksack fiel leise klappernd vor ihr auf den Boden, während sie aufmerksam die Umgebung musterte. Das Licht, das aus dem Restaurant drang, erreichte gerade eben noch die untersten Zentimeter des vordersten vierfüßigen Betonungetüms. Wahrscheinlich würde keiner der wenigen Touristen, die auf der Promenade in Richtung ihrer warmen Unterkunft vorbeieilten, während der nächsten Minuten auch nur einen Blick auf die unbeleuchtete Rasenfläche werfen. Niemand würde Notiz nehmen von den drei Kolossen und dem, was mit einem von ihnen passierte. Sobald es wieder hell geworden war, würden es hoffentlich umso mehr tun, dachte die dunkle Gestalt und öffnete den Rucksack.

In der Küche des Restaurants biss Heinrich Nissen knirschend die Zähne zusammen. Mit einer fahrigen Bewegung legte er die letzten Steaks des Abends auf den Grill. Erschöpfung war ein Zustand, den er sich nicht zugestand, aber langsam wurde es auch für ihn Zeit, Feierabend zu machen. Aus einem ihm unersichtlichen Grund litt sein Restaurant in Wenningstedt besonders unter der Abwanderung ungelernter Mitarbeiter, die durch die Corona-Pandemie ausgelöst worden war. Um den Betrieb aufrechtzuerhalten, hielt Heinrich sich bereits seit Januar fast jeden Tag während der gesamten Öffnungszeit dort auf. Mit seiner eigenen Arbeitskraft versuchte er die personellen Engpässe auszugleichen; wo auch immer es an Mitarbeitern mangelte, sprang er ein. Die frisch gewaschene Küchenkleidung, die er am Morgen angezogen hatte, war jetzt von Schweißflecken, Fettspritzern und Blutflecken übersäht, seine Füße steckten in feuchten, stinkenden Kunststoff-Klocks und seine Hände mindestens zum zehnten Mal an diesem Tag in einem frischen Paar hautenger, schwarzer Einweghandschuhe.

Das Fleisch vor ihm auf der Grillplatte gab ein zischendes Geräusch von sich. Während der nächsten Sekunden musste er nichts anderes tun, als auf den richtigen Moment zu warten, um die Steaks umzudrehen. Gelangweilt ließ er seinen Blick aus einem der Küchenfenster auf den fast schwarz wirkenden Rasen neben Restaurant und Promenade gleiten. Kaum noch zu erkennen waren die drei Tetrapoden, die er persönlich auf dem Strand von Westerland ausgesucht hatte. Dort hatten sie über Jahre ihren Dienst zum Schutz der Uferpromenade geleistet und waren nebenher zu einem Symbol der Insel geworden. Und nun gehörten sie ihm. Nur ihre schwach erkennbaren Silhouetten bewiesen Heinrich, dass seine drei Schönheiten nach wie vor dekorativ neben dem Restaurant standen. Mit seiner Idee, sie als Touristenmagnet zu nutzen, hatte er wieder einmal den richtigen Riecher bewiesen. Als Ikonen und nostalgische Reminiszenz an die frühen Methoden des Küstenschutzes waren sie vom ersten Moment ihrer Aufstellung an zu einem beliebten Fotomotiv geworden; genauso wie die wenigen verbliebenen Buhnen am Strand, nur deutlich leichter zu erreichen. Obwohl jedes der Betonungeheuer etwa sechs Tonnen wog, war es erstaunlich problemlos gewesen, sie hierher bringen zu lassen. Nun machten sie neben der hohen Glasfront seines Restaurantgebäudes gute Werbung für sein ‚Grillrestaurant am Kliff'. Und genau das hatte er sich von ihnen erhofft.

Gerade als Heinrich sich wieder den Steaks zuwenden wollte, sah er eine schmale, dunkel gekleidete Gestalt zwischen den Tetrapoden stehen. Nervös sah sie sich um. Ein voluminöser Sack stand zu ihren Füßen. Neugierig geworden, bat Heinrich den letzten verbliebenen Koch, das Fleisch zu wenden und zu Ende zu braten. Danach machte er sich auf den Weg nach draußen.

Die dunkle Gestalt bemerkte ihn nicht, während er sich ihr langsam vom Kücheneingang aus näherte. Der winterliche Rasen unter den weichen Kunststoff-Klocks verschluckte das Geräusch seiner vorsichtigen Schritte. Noch bevor Heinrich seine betongrauen Neuerwerbungen erreicht hatte, hörte er das

Zischen einer Spraydose. Lackgeruch erreichte seine Nase. Der Unbekannte zwischen den Tetrapoden schien es darauf abgesehen zu haben, seine Betonschönheiten mit bunter Sprühfarbe zu verunzieren, und dem Geräusch zufolge hatte er bereits damit begonnen.

„Bist du dir sicher, dass der Eigentümer der Tetrapoden gutheißen wird, was du hier tust?", sprach er den Sprayer bemüht gelassen an, als er nur noch zwei Schritte entfernt war.

Erschrocken drehte sich die dunkle Gestalt zu ihm um. „Verdammt! Musst du dich so anschleichen? Jetzt habe ich mein tag zerstört."

Erstaunt hörte Heinrich die jugendliche Stimme einer Frau. Mit einem weiblichen Sprayer hatte er nicht gerechnet.

„Dein ‚tag'?", fragte er.

Die dunkle Gestalt warf einen Blick auf seine schmutzige Arbeitskleidung und gab ein dünnes Lachen von sich. „Verzieh dich, Küchenknecht."

Heinrichs Erwartung, jeder Sprayer werde sofort das Weite suchen, wenn er mit seinem illegalen Tun konfrontiert wurde, erfüllte sich nicht. Offensichtlich fühlte sich diese junge Frau von ihrem Zuschauer lediglich in ihrer Konzentration gestört.

Begleitet von einem weiteren Fluch nahm die schmale Gestalt eine zweite Sprühdose aus ihrem Rucksack und übersprühte den Anfang des Gekritzels auf dem ersten Tetrapoden mit Lack, der sich im schwachen Licht kaum vom Farbton des Tetrapoden abhob.

„Störe ich oder darf ich dir bei deiner Sachbeschädigung zusehen?", fragte Heinrich ironisch.

„Wenn du mich weiter ablenkst, geht mir die Farbe aus, bevor ich überhaupt richtig angefangen habe."

Allmählich verwandelte sich Heinrichs Erstaunen über die Frechheit seines jugendlichen Gegenübers in Neugier. Täglich wechselnde Namenskritzeleien waren nicht das, was er zukünftig auf seinen Neuerwerbungen sehen wollte. Und auf den

Wänden seines Restaurants noch viel weniger. Aber vielleicht half ihm ein Gespräch mit der jungen Sprayerin ja dabei, das zu verhindern.

„Dann solltest du direkt damit aufhören", machte er einen weiteren Versuch, die junge Frau vom Sprayen abzuhalten.

„Und was, wenn ich das nicht tue?" Die Sprayerin rückte mit ihrem Rucksack zwei Meter weiter. Jetzt stand sie vor dem mittleren Tetrapoden und damit außerhalb des aus dem Restaurant dringenden Lichts.

„Lass das!" Heinrich war ihr gefolgt.

„Tags bekommen die Dinger früher oder später sowieso. Lass es lieber mich machen, bevor irgendwelche Dilettanten ihre waks darauf bomben."

Heinrich verstand nur den groben Sinn ihrer Worte, aber das reichte ihm auch.

Unbeeindruckt von seiner Anwesenheit hob die Sprayerin die zuerst genutzte Sprühflasche, legte den Kopf etwas schief und setzte an, Farbe auch auf den zweiten Tetrapoden zu sprühen.

Heinrich machte einen schnellen Schritt auf sie zu. „Nicht, habe ich gesagt", zischte er ihr zu.

„Wenn der Betonhaufen dir wichtig ist: Mit dem tag reserviere ich ihn mir nur." Die junge Frau war einen Schritt zurückgewichen, und stand jetzt wieder außerhalb seiner Reichweite. „Für etwas Geld sprühe ich später großflächig etwas drauf, das dir besser gefällt", bot sie ihm an.

„Ich soll dafür bezahlen, dass du mein Eigentum zerstörst?", fragte Heinrich amüsiert nach.

„Ich verschönere es. – Wenn ich in Ruhe tagsüber sprayen kann, bekommst du ein Bild, das noch mehr Touristen anzieht. Und du kannst sogar einen Wunsch für das Motiv äußern."

Er sah sie abwartend an.

"Danach sind die Monstren vor weiteren Sprayern sicher. Das garantiere ich dir. Einen burner von mir crosst keiner. Dafür sind meine Bilder viel zu gut."

Wieder verstand Heinrich nur die Hälfte von dem, was die schmale Frau zu ihm gesagt hatte. Auch wenn ihre Unerschrockenheit ihm allmählich Hochachtung abnötigte, beabsichtigte er nicht, die Sprayerin mit der Beschädigung seiner Neuanschaffungen fortfahren zu lassen.

"Vielleicht sollten wir uns erst einmal miteinander bekannt machen", schlug er vor. "Bevor du dich an meinem Eigentum vergreifst, möchte ich wissen, mit wem ich es bei dir zu tun habe."

Die Unbekannte ignorierte seine Aufforderung und näherte sich wieder dem mittleren Tetrapoden. Erneut hob sie ihre Sprühdose an.

Mit ihrem Schritt nach vorn hatte die Sprayerin einen Fehler gemacht, sie stand nun wieder in Heinrichs Reichweite. Aus einem Impuls heraus zog er die junge Frau an ihrem dunklen Kapuzenpulli von seinem Betonvierfüßler weg, bevor sie Farbe darauf sprühen konnte. Abwehrend zielte sie mit der Dose auf sein Gesicht.

"Willst du der Sachbeschädigung auch noch Körperverletzung hinzufügen?" Er bemühte sich, seine Stimme bedrohlich klingen zu lassen, auch wenn ihn die Situation eher zum Lachen anregte. "Was glaubst du eigentlich, was du hier tust?"

"Bleib cool, alter Mann, sonst bekommst du mein tag ab und nicht der Betonklotz."

Mit einer schnellen Bewegung seiner rechten Hand entwand Heinrich der jungen Sprayerin die Dose. Mit der linken Hand griff er nach ihrem Rucksack. "Wenn du nicht vernünftig sein willst, dann verschwinde. Und lass dich hier und in der Nähe meiner Tetrapoden kein weiteres Mal von mir erwischen."

"Gib her!" Heftig zerrte sie an ihrem Eigentum.

Reflexartig drückte Heinrich auf den Sprühknopf der Dose in seiner rechten Hand. Ein Streifen aus rotem Lack machte sich auf dem dunklen Hoodie der jungen Frau breit.

„Spinnst du? Das geht nie wieder weg."

„Dann verschwinde lieber, bevor ich die Farbe auch noch auf deiner Haut verteile." Provokant grinsend sah er die Sprayerin an und zielte mit der Dose auf ihr Gesicht. Dann lockerte er den Griff seiner linken Hand.

Sofort, nachdem er den Rucksack freigegeben hatte, verschwand die junge Frau im Dunkel der Nacht.

Nachdenklich sah Heinrich auf die rote Flüssigkeit, die vom Sprühkopf der Dose herabgetropft war und sich auf seinem schwarzen Gummihandschuh ausgebreitet hatte.

„So eine freche Deern", murmelte er leise.

DIENSTAG, 8. MÄRZ 2022

Auf der Promenade in Wenningstedt

„Dann können wir uns also nicht mehr hier treffen?" Ungläubig wiederholte Hanno bereits zum dritten Mal dieselbe Frage.

„Das ‚Hier' wird es zukünftig überhaupt nicht mehr geben, du Idiot." Bernhard Meier verlor langsam die Geduld.

„Aber wo trinken wir dann unser Bier?" Mittlerweile hatte Hanno einen Schritt weitergedacht.

„Im ‚Krähennest' auf jeden Fall nicht mehr", knurrte Bernhard, der kurz davor war, über die Dummheit seiner Gäste die Fassung zu verlieren.

„Dagegen müssen wir etwas tun!" Endlich hatte Hanno verstanden, weshalb er und seine beiden Trinkkumpane so eindringlich ins ‚Krähennest' gebeten worden waren.

„Ihr seid also dabei?", fragte Bernhard.

„Natürlich sind wir dabei", kam es ohne Zögern von Hanno.

„Bei was sind wir dabei?", wollte Manfred wissen.

„Uns an Heinrich Nissen dafür zu rächen, dass er unser wunderbares ‚Krähennest' zerstört. Nissen ist schuld, dass wir uns hier zukünftig nicht mehr treffen können. Dieser Großkotz mit seinem Glaspalast oben auf der Promenade ist dafür verantwortlich, dass unser Zuhause in den nächsten Tagen von der Düne gerissen wird und für immer verschwindet."

„Das ‚Krähennest' wird also abgerissen?", fragte Hanno zur Sicherheit lieber noch einmal nach.

„Darüber reden wir doch die ganze Zeit, du Dummkopf", mischte sich jetzt Detlev zum ersten Mal in die bisher sinnlose Diskussion ein. Seit der niederschmetternden Nachricht seines Gastgebers hatte er noch kein Wort gesagt. „Was hast du dir vorgestellt, Bernhard? Was willst du gegen Nissen unternehmen?"

MITTWOCH, 9. MÄRZ 2022

In der Innenstadt von Westerland – Abend

Den ganzen Tag lang hatte es pausenlos geregnet. Auch jetzt, am frühen Abend, fielen immer noch vereinzelt Tropfen vom Himmel, die sich auf dem Vordach des Restaurants zu dünnen Rinnsalen zusammenfanden, um gemeinsam auf die Pflastersteine der Fußgängerzone von Westerland zu stürzen und sich dort mit den Pfützen zu vereinigen.

Entspannt beobachtete Heinrich Nissen Horden durchnässter Touristen durch die Eingangstüren strömen und nach freien Sitz- und Stehplätzen Ausschau halten. Der Ansturm der Gäste auf sein Restaurant war mehr als zufriedenstellend für einen regnerischen Abend. Die sich abschwächende Pandemie hatte offenbar ihren Schrecken verloren; nichts mehr konnte die Gäste der Insel davon abhalten, ihre Hotels und Ferienwohnungen zu verlassen, um es sich endlich wieder in voll besetzten Restaurants gutgehen zu lassen und gemeinsam das Leben zu feiern.

Fast alle Tische waren besetzt. Lediglich einer der Sechsertische im hinteren Bereich des Restaurants, deutlich näher zur Theke gelegen als zur Fensterfront, wurde seit 18:00 Uhr von einem ‚Reserviert'-Schild und dem beherzten Eingreifen von Heinrichs aufmerksamem Personal freigehalten. Bereits mehrfach hatten Touristen sich an diesen letzten unbesetzten Tisch gesetzt und waren freundlich, aber keinen Widerspruch duldend von einer der Servicekräfte dazu aufgefordert worden, ihn wieder freizugeben.

Allmählich wurde es Zeit, dass Brunner mit seinem Überraschungsgast erschien, dachte Heinrich, während wieder eine Gruppe hungriger Neuankömmlinge vertrieben wurde. Eine Verspätung von mehr als einer halben Stunde sah dem

Kriminalkommissar nicht ähnlich. Ein paar Minuten gab er ihm noch, danach würde er den Tisch zahlenden Gästen zur Verfügung stellen.

Noch während er über die Gründe nachdachte, die das pünktliche Erscheinen des sonst so korrekten Polizisten verhindert haben konnten, öffnete sich die Eingangstür zur Friedrichstraße und Brunners voluminöse Gestalt wurde sichtbar. Direkt vor ihm war eine sehr schlanke Frau eingetreten und nach wenigen Schritten wartend stehengeblieben. Lächelnd drehte sie sich nun nach Brunner um, der geduldig für zwei weitere Männer die Tür aufhielt, die unterschiedlicher nicht hätten aussehen können: Der zuerst Eintretende war etwa so groß wie Brunner, schlank, sportlich und attraktiv; er hielt einen nassen, winzigen Hund auf dem Arm. Der Mann, der ihm folgte, überragte Brunner um mehr als einen Kopf und in seiner sehr locker sitzenden, warmen Kleidung wirkte er wie ein gut vor der Kälte geschützter, magerer Windhund.

Darüber grübelnd, wie viele Überraschungsgäste Brunner ihm angekündigt hatte, ging Heinrich auf die Viererguppe zu.

„Du bist spät", begrüßte er seinen Freund und klopfte ihm kräftig auf den Rücken. „Eigentlich hatte ich dich schon vor einer halben Stunde erwartet."

Brunner zog eine entschuldigende Grimasse und zuckte leicht mit den Schultern.

„Und darüber hinaus habe ich deine Schwester an deiner Seite erwartet."

Die elegant gekleidete Unbekannte, die mit ihren für Sylt völlig ungeeigneten, hohen Schuhen kaum zu ihm aufblicken musste, sah Heinrich aus tiefblauen Augen an, während er ihr die Hand schüttelte. Gern hätte er ihrem durchdringenden Blick länger standgehalten, aber da wartete ja noch der Rest von Brunners Begleitung. Widerwillig wandte er sich ab und wiederholte das Händeschütteln bei dem Hundehalter und dem Leptosomen neben ihm.

„Ich gehe mal vor zu unserem Platz", sagte er danach zu der Blauäugigen, die unmöglich die gleichen Eltern wie Brunner haben konnte. „Hier stehen wir nur unnötig im Weg."

Nachdem sich alle gesetzt hatten, Heinrich vor Kopf des Tisches, räusperte sich der Kriminalkommissar kurz, legte den Arm um die attraktive Frau an seiner Seite und erklärte: „Heinrich, auch wenn du es mir kaum glauben magst, das ist meine Schwester Michaela Wessel. – Ella, das ist Heinrich Nissen, vor dem ich dich bereits eindringlich gewarnt habe."

Sein lautes, tiefes Lachen war Heinrichs einzige Reaktion.

Brunners Schwester ließ ihn zu Ende lachen und korrigierte dann die Worte ihres Bruders: „Michaela haben nur meine Eltern und die Lehrer zu mir gesagt. Genauso wird auch mein Bruder seit Jahren von niemandem mehr Michael genannt. Sogar ich habe mir das abgewöhnt. – Und wie Sie sich bei seinen Worten schon gedacht haben werden, bin ich jünger als er. Die Rolle des älteren Bruders und Beschützers wird Brunner wohl nie ablegen."

Mit einem Lächeln in ihren blauen Augen blickte sie ein paar Sekunden zu Heinrich, dann drehte sie sich zu den beiden noch nicht vorgestellten Männern am Tisch um. Beide hatten bislang kein Wort gesagt und schienen auch in Ella Wessels Blick ihr Stichwort nicht erkannt zu haben.

Heinrich sprang ein und versuchte einen Scherz: „Seid ehrlich", sagte er, „ihr zwei seid ebenfalls Geschwister. Und einer von euch beiden ist mit Brunners Schwester verheiratet."

Natürlich hatte er bereits beim ersten Blick auf die Fremden erkannt, dass sicher keiner von ihnen mit einer Frau verheiratet war. Aber Brunner mit einer unsinnigen Bemerkung in Verlegenheit zu bringen, konnte er sich einfach nicht verkneifen.

Der zweifelnde Blick, den Ella Wessel ihm zuwarf, ließ Heinrich wünschen, sich den Spaß verkniffen zu haben.

„Tatsächlich treffen beide Vermutungen von Ihnen nicht zu", widersprach ihm der dunkelhaarige Leptosome in absolut humorlosem Ton. „Auch wenn Ella ein fester Stern an meinem Himmel ist, verheiratet bin ich mit ihm." Mit einer weiblichen Geste legte er einen seiner langen, dünnen Arme um den Mann neben sich. „Das ist Martin Knoop. Und ich heiße Matthias Belting."

Knoop nickte nur stumm. Mit seiner blonden Kurzhaarfrisur, seiner sogar im Sitzen strammen Haltung und der nach dem Ablegen der gesteppten Jacke erkennbar muskulösen Figur sah er neben seinem fast zwei Meter großen, asketischen Ehemann und dem wahrscheinlich etwa das Doppelte wiegenden Brunner wie der ‚Vorzeigemann des Tisches' aus. Offenbar reichte ihm seine optische Präsenz und er überließ seinem Ehemann gern die Konversation.

„Dankenswerterweise war Ellas Bruder, der Kriminalkommissar dieser fantastischen Insel, so freundlich, uns bei Ihnen einen freien Platz für ein Abendessen in Aussicht zu stellen", setzte der menschliche Windhund seine langatmige Vorstellung fort. „Nachdem wir bereits den ganzen Tag lang die Freude hatten, mit seiner Schwester zusammen unterwegs zu sein, sterben wir jetzt fast vor Hunger. Und bei Martin ist das wörtlich zu nehmen, er ist nämlich Diabetiker. Mit etwas Wohlschmeckendem auf unseren Tellern und in unseren Gläsern würden Sie uns helfen, den fabelhaften Tag lebendig und zufrieden abzuschließen."

„Und die Rechnung geht natürlich auf mich", ergänzte Ella Wessel, in die Runde lächelnd. „Als Dank für eure Geduld mit mir möchte ich euch heute Abend einladen."

„In meinem Restaurant?", war Heinrichs einzige Erwiderung. Ein langer Blick aus tiefblauen Augen umhüllte ihn sanft und ließ ihn einen weiteren platten Scherz unterdrücken.

Bevor er seinen Widerspruch seriöser als ursprünglich geplant formulieren konnte, meldete sich Ella Wessel erneut zu Wort: „Unsere Vornamen amüsieren sie, nicht wahr, Herr Nissen? Michael und Michaela, Martin und Matthias – und zusätzlich zu den Alliterationen auch noch zwei so unterschiedliche Paare an Ihrem Tisch. Da hat mein Bruder Ihnen Einiges zum Verdauen mitgebracht."

„Für die zu verdauenden Dinge in meinen Restaurants sind normalerweise mein Personal und ich zuständig." Heinrich lächelte sie breit an.

Ella Wessel lächelte ungerührt zurück. „So wie mir mein Bruder verraten hat, sind Sie vor allem für die fleischlichen Sünden verantwortlich, Herr Nissen, nicht wahr?"

Nahezu gleichzeitig fingen beide laut zu lachen an.

Während seine Schwester und sein Freund miteinander lachten, fragte sich Michael Brunner, ob er Ella mit der Warnung vor Heinrich vielleicht nur umso empfänglicher für dessen Charme gemacht hatte. Er seufzte leise und wartete darauf, dass sie wieder ernst wurden.

„Heinrich, um die Vorstellung zu beenden", sagte er schließlich. „Meine Schwester ist glücklich verheiratet. Sie hat einen Ehemann und einen erwachsenen Sohn."

„Dann scheint sie ja weniger Angst vor dem anderen Geschlecht zu haben als ihr Bruder." Heinrich grinste frech. „Darf ich ihr trotzdem das ‚Du' anbieten?"

Noch bevor Brunner reagieren konnte, antwortete seine Schwester selbst. „Sogar sehr gern", stimmte sie zu. „Ella nennen mich alle."

„Ein sehr schöner Name", antwortete Heinrich.

„Was ist ein Name?", begann Ella zu zitieren. „Was uns Rose heißt, wie es auch hieße, würde lieblich duften."

Erstaunte Stille trat ein, nachdem sie das letzte Wort ausgesprochen hatte. Dann brachen erneut Heinrich und sie in lautes Lachen aus.

„Shakespeare, bitte entschuldigt", klärte Ella die Runde auf. „Ich wollte damit natürlich nicht im Geringsten andeuten, mein Bruder sei eine stachelige Rose."

Unbewusst rieb sich Brunner das nachlässig rasierte Kinn und seufzte erneut.

„Dem Duzen möchten wir uns gern anschließen", mischte sich in dem Moment Belting ein. „Wir sind Matthias und Martin. Und wenn du, Heinrich, das nächste Mal nach Hamburg kommst, dann musst du uns unbedingt besuchen. Entweder du kommst in unsere Kunstgalerie am Neuen Wall oder zu uns nach Hause in Eppendorf. Wir bestehen darauf."

Brunner konnte seinem Freund ansehen, dass er sich mit Mühe eine Antwort verkniff, die vielleicht falsch angekommen wäre. Um Heinrichs Höflichkeit nicht zu sehr zu strapazieren, setzte er sich lieber selbst dem Risiko von Spott aus. „Wie du dir vorstellen kannst, Heinrich, haben Ella und ich während unserer Jugend schon jeden möglichen Spruch über die Ähnlichkeit unserer Vornamen und unsere physische und psychische Unterschiedlichkeit gehört."

„Dann erspare ich euch das, Brunner. Auch wenn es mir schwerfällt, wie du sicher ahnst." Erneut ließ Heinrich sein tiefes Lachen hören.

„Mit bösen Worten, die man ungesagt hinuntergeschluckt, hat sich noch niemand den Magen verdorben", warf Ella ein weiteres Zitat in die Runde.

Schon bevor sie das letzte Wort gesagt hatte, warf Brunner ihr einen verärgerten Blick zu. „Ich dachte, diese Unsitte hättest du mittlerweile abgelegt."

Zu Heinrich gewandt erklärte er: „Schon als Jugendliche hat Ella sich gern hinter den Worten prominenter Menschen versteckt."

„Vielleicht habe ich ja nur Literatur studiert, um noch mehr Zitate zur Verfügung gestellt zu bekommen." Ella sah ihren Bruder spöttisch an. „So wie du zur Polizei gegangen bist, um dich im Leben anderer Menschen zu verstecken. – Aber versprochen, solange ich auf Sylt bin, schränke ich das ein, soweit es mir möglich ist."

„Deine Schwester ist also nicht nur schön und klug, sondern auch noch aufreizend gebildet und unverschämt", goss Heinrich ungerührt Öl in das Feuer, das gerade zwischen den Geschwistern loderte.

Brunner hätte gern widersprochen, aber Heinrich ließ ihn nicht zu Wort kommen.

„Dass es sich bei deiner Äußerung um ein klassisches Zitat handelt", wandte er sich direkt an Ella, „entschuldigt dich nicht. – Meines Wissens hat sich an einem meiner Restauranttische auch sonst noch niemand den Magen verdorben."

Ella gluckste. „Dann hätte ja sogar Winston Churchill es wagen können, bei dir nicht nur seine bösen Worte hinunterzuschlucken."

Heinrich Nissen versank in Ellas tiefblauen Augen und hielt sich mit einer Antwort zurück. Soweit es ihn betraf, verlief der Abend so gut, dass Brunner nicht weiter dafür büßen musste, mit zusätzlichen Überraschungsgästen zu ihm gekommen zu sein.

Als Ella sich von ihm abwandte, bemerkte Heinrich mit Erstaunen den neidischen Blick, mit dem Matthias ihn ansah. Wenn er sich nicht täuschte, nahm Ellas platonischer Geliebter es ihm übel, dass er seine Freundin so schnell zum Lachen gebracht hatte. Erfreut grinsend lehnte Heinrich sich zurück. Eifersucht hatte er schon eine Weile lang nicht mehr verursacht.

„Vielleicht könnten wir jetzt etwas bestellen", unterbrach Brunner die offen zur Schau gestellte Selbstzufriedenheit seines Freundes.

Heinrich winkte einer Servicekraft zu, die rasch an den Tisch kam und ihre Bestellungen aufnahm.

„Jetzt verstehe ich, warum du mir Ella so lange vorenthalten hast, Brunner", sagte er breit grinsend, nachdem seine Angestellte gegangen war.

Innerlich mit sich selbst schimpfend, fragte sich Michael Brunner, ob er nur für seinen Freund Heinrich oder für den Großteil seiner Mitmenschen durchschaubar war. Wahrscheinlich, nein ganz bestimmt hätte er es unterlassen sollen, seinen promiskuitiven Freund und seine mit ihrem Mann im Streit liegende Schwester einander vorzustellen.

Bis das Essen aufgetragen wurde, hielten sich alle mit weiteren Anspielungen und Flirtversuchen zurück. Offenbar seine Chance witternd, wieder die Aufmerksamkeit der einzigen Frau am Tisch auf sich zu ziehen, übernahm Matthias nach den Vorspeisen die Konversation.

„Wir richten gerade unser neues Haus in Wenningstedt ein", sagte er. „Ella hilft uns dabei, noch ein paar Kleinigkeiten zu finden, die wir nicht aus Hamburg mitgebracht haben."

„Dann kennt ihr euch schon länger?", fragte Brunner, obwohl ihn die Antwort genauso wenig interessierte wie wahrscheinlich Heinrich.

„Wir kennen uns schon seit mindestens zehn Jahren", kam die Erwiderung unerwartet von Martin Knoop. „In und für unsere Galerie in Hamburg hat Ella schon so manches Mal ihren guten Geschmack bewiesen. Etwa einmal im Jahr unterstützt sie uns bei einer unserer Vernissagen oder Versteigerungen mit passender literarischer Begleitung, die sie nicht nur aussucht, sondern auch selbst vorträgt."

„Literarische Begleitung zu einer Ausstellung?", fragte Heinrich nach, jetzt offenbar doch interessiert.

„Wir bieten nicht ausschließlich moderne Kunst an", kam sofort die Erklärung von Martin Knoop. „Zusätzlich werden ab und zu in unserer Galerie Kunstwerke aus Hinterlassenschaften ausgestellt und versteigert. Neben Bildern und Plastiken kann es sich dabei auch um hochwertige Antiquitäten handeln. Und Ella hat eine Begabung dafür, mit Literatur aus der entsprechenden Zeit eine anregende Stimmung zu erzeugen."

„Eine kaufanregende Stimmung, nehme ich an."

Brunner freute sich über Heinrichs herablassenden Ton. Mit dieser Bemerkung hatte er seine Schwester hoffentlich erst einmal abgeschreckt.

„Genau!", stimmte Michaela lachend zu, ohne gekränkt zu wirken. „Vergleichbar mit Kaufhausmusik."

„Wenn ich nicht wüsste, dass du Heinrich nur auf den Arm nehmen möchtest, liebste Ella, könnte ich versucht sein, dir böse zu sein", tadelte Matthias sie sofort. „Mit diesem Begriff wirst du weder dir noch uns gerecht. Die wunderbare Literatur, die du vorträgst, vermittelt unseren Käufern ein Gefühl für die Zeit, in der die Gegenstände erschaffen und genutzt wurden. Du hauchst den von uns angebotenen Objekten Leben ein. Damit offenbarst du ihren historischen Wert."

„Und ihr erzielt dadurch spürbar höhere Preise", hieb Heinrich erneut in die bereits geschlagene Kerbe.

„Keiner unserer Kunden wird dazu gezwungen, mehr zu bezahlen, als ihm das ausgewählte Stück wert ist."

Eine peinliche Pause entstand nach dem heftigen Protest des dürren Galeristen.

„So groß ist mein Einfluss auf Martins und Matthias' Kunden nun auch nicht", versuchte Ella zu schlichten. „Aber diese Veranstaltungen sind für mich eine wunderbare Gelegenheit, Menschen, die vielleicht sonst nie ein Buch in die Hand nehmen, in den Bann literarischer Kostbarkeiten zu ziehen. – Für diese Gelegenheit bin ich den beiden sehr dankbar."

„Ella hat den stilsicheren Geschmack einer einfühlsamen und sehr belesenen Literaturprofessorin", schmeichelte Matthias Belting und griff über den Tisch hinweg nach ihrer Hand. „Und das beschränkt sich nicht nur auf Geschriebenes. Ein Paar zauberhafter Lampen hat sie in Keitum für uns entdeckt, die himmlisch in unserem Schlafzimmer aussehen werden."

Zum Dank für das überschwängliche Lob warf Ella ihm stumm eine Kusshand zu, während eine Bedienung sich dem Tisch näherte und die bestellten Hauptgerichte servierte.

„Wie bist du denn an die drei Tetrapoden gekommen, die neuerdings in Wenningstedt vor deinem Restaurant stehen?", wandte Martin Knoop sich nach einigen Bissen an Heinrich.

„Die bekommen nur Einheimische", antwortete dieser, sicher nicht ganz ernst gemeint. „Und man muss sie aus eigener Kraft zu ihrem neuen Aufstellungsort bringen."

„Für eine mehr symbolische Summe kann sich im Moment jeder einen Tetrapoden aussuchen und mitnehmen", korrigierte Brunner ungerührt. „Es handelt sich um die Betonvierfüßler, die als Wellenbrecher vor der Promenade von Westerland standen und mit der Sanierung der alten Backsteinmauer nun nicht mehr benötigt werden. – Und bei den sechs Tonnen ihres Gewichts hätte es noch nicht einmal Heinrich geschafft, sie ohne schwere Maschinen von Westerland bis nach Wenningstedt zu bewegen."

„Aber versucht hätte er es bestimmt", schloss sich seine Schwester Brunners Richtigstellung an.

Erneut ruhte ihr tiefblauer Blick ein paar Sekunden auf Heinrich, der sie grinsend ansah.

Brunner seufzte innerlich, während er die beiden beobachtete.

„Dann sind die Sylter Tetrapoden ähnlich unhandliche Andenken wie die Streifen der Berliner Mauer", kam Martin Knoop wieder auf das Thema zurück. „Allerdings mit deutlich weniger historischer Bedeutung."

„Und weniger Sprühfarbe, zumindest die meisten von ihnen." Nachdem er seinen Teller etwas von sich weggeschoben hatte, erzählte Heinrich von seinem Erlebnis mit der jungen Sprayerin. „Vielleicht sind meine Tetrapoden morgen früh schon so bunt wie die Mauerstücke, um die sich die Museen weltweit gerissen haben", endete er.

Die beiden Galeristen warfen sich sprechende Blicke zu.

„Ist sie gut?", fragte Matthias schließlich. „Kann die junge Unbekannte mehr als nur hässliche Buchstabenkritzeleien sprayen?"

„Bisher habe ich keine Möglichkeit bekommen, das zu beurteilen", gab Heinrich zu. „Sollte sie einen erneuten Versuch der künstlerischen Sachbeschädigung starten, halte ich sie vielleicht besser nicht wieder davon ab."

„Damit deine Tetrapoden zu einer guten Investition werden?", fragte Ella scherzend.

Brunner verwünschte sich ein weiteres Mal dafür, dass er sie seinem Freund vorgestellt hatte.

„Von irgendetwas muss ja auch ich leben." Heinrich nickte, wieder breit grinsend.

„Demnächst werde ich wohl einen langen Strandspaziergang machen. Das muss man ja tun, wenn man auf Sylt seine Zeit verbringt." Ella sah zu Brunner, als erwarte sie eine Bestätigung. „Wenn es das Wetter endlich erlaubt, allerdings nur. Dann marschiere ich vielleicht nach Wenningstedt und sehe mir deine Tetrapoden an, Heinrich. Egal in welchem Zustand sie sich zu dem Zeitpunkt befinden. – Auf einer Wiese stehend sind sie sicher noch eindrucksvoller als halb im Sand versunken."

Ein erfreutes Grinsen war Heinrichs einzige Reaktion.

„Vielleicht habe ich ja das Glück, dich dann ebenfalls dort anzutreffen", ergänzte Ella und lächelte ihn dabei an.

Allmählich zerrte die Flirterei zwischen seiner Schwester und seinem Freund wirklich an Brunners Nerven. Sehnsüchtig wartete er darauf, das Restaurant wieder verlassen und die beiden voneinander trennen zu können.

„Neulich haben wir darüber diskutiert, für unsere Galerie ein ausgedientes Buhnenkreuz zu kaufen", riss ihn Martin aus seinen Überlegungen. „Allerdings müssten wir zur Ergänzung natürlich ein paar Teile der schönen hölzernen Kastenbuhnen ausstellen. Diejenigen abzusägen, die noch am Strand verblieben sind, ist sicher illegal, nicht wahr?"

„Das ist es allerdings", bestätigte Brunner umgehend und warf einen strengen Blick auf die Hamburger Freunde seiner Schwester.

„Ein zusätzlicher Reiz", kam es so leise von Matthias, dass Brunner sich nicht sicher war, ob er richtig gehört hatte.

Auf dem Heimweg, den sie trotz des immer noch leichten Nieselns zu Fuß zurücklegten, hingen beide Geschwister stumm ihren Gedanken nach.

Seit ein paar Monaten bewohnte Michael Brunner in der Marinesiedlung von Westerland eine Wohnung, die sich über beide Etagen des alten Kapitänshauses zog und ausreichend Platz für ihn und eine mögliche zweite Person bot. Dass seine Schwester dauerhaft diese zweite Person werden würde, hatte er nicht geplant. Sie und er waren sich nicht nur äußerlich auffallend unähnlich, offenbar hatten die Gene ihnen auch grundsätzlich unterschiedliche Charaktere in die Wiege gelegt.

Seine Schwester war gut zehn Zentimeter größer als er und so schlank, wie er es nie sein konnte, auch wenn er für den Rest seines Lebens nichts mehr aß. Als echte Hamburger Großstadtdame kleidete sie sich elegant und stets vorteilhaft und bot alles in allem zu jedem Zeitpunkt ein gänzlich anderes Bild als er selbst, der wenig auf sein Äußeres achtete und meistens in zerknitterten Anzügen anzutreffen war. Ihr Lebenslauf entsprach seit dem Abitur in keinem Punkt dem Seinigen. Seine Schwester hatte geheiratet – wenn auch einen ihm unsympathischen Kollegen von der Hochschule –, sie hatte ein wohlgeratenes Kind in die Welt gesetzt und lehrte als eine äußerst beliebte Professorin Literatur an der Universität Hamburg. Brunner hingegen wartete immer noch darauf, der Frau seines Lebens zu begegnen. Mit ihr wollte er endlich die Familie gründen, von der er heimlich träumte. Dass seine polizeiliche Karriere wahrscheinlich mit seiner jetzigen Position auf Sylt ihr Ende gefunden hatte, verantwortete er selbst. Schon zweimal hatte er abgelehnt, die Insel für eine berufliche Weiterentwicklung zu verlassen. Ein drittes Mal würde sein inzwischen verärgerter Vorgesetzter auf dem Festland ihm ein solches Angebot wahrscheinlich nicht mehr unterbreiten.

Dass seine Schwester sich in dem Moment, indem sie ihren Mann verließ und ihr bisheriges Leben infrage stellte, an ihn wandte, freute Brunner auf eine sehr irritierende Art. Aber über längere Zeit mit ihr zusammenzuleben, kam dennoch nicht infrage. Und schon gar nicht, wenn sie nicht aufhörte, mit seinem Freund zu flirten.

Heinrich hatte es tatsächlich geschafft, während des Abendessens keine weitere süffisante Bemerkung von sich zu geben, weder über die Unterschiedlichkeit der Geschwister noch über das Schicksal, das es mit der Schwester offenbar besser gemeint hatte als mit dem Bruder. Allerdings würde er es nachholen, da war sich Brunner sicher. Spätestens, wenn sie wieder einmal einen ruhigen Abend zu zweit verbrachten, würde sein Freund ihn nicht verschonen.

FREITAG, 11. MÄRZ 2022

Auf der Promenade in Wenningstedt

Der Zerstörung seines geliebten ‚Krähennest' aus sicherer Entfernung beizuwohnen, war das Einzige, das Bernhard Meier noch tun konnte. Dass er die Kosten für den Abriss auf keinen Fall übernehmen würde, hatte er sowohl den am frühen Morgen angerückten Bauarbeitern als auch den später erschienenen Polizisten mitgeteilt.

Um ein letztes Mal gegen die Ungerechtigkeit der Obrigkeit und des Lebens im Allgemeinen Widerstand zu leisten, hatte er die Nacht vor dem Abriss in seinem dem Untergang geweihten Restaurant verbracht. Die Bauarbeiter waren davon allerdings wenig beeindruckt gewesen. Für sie hatte seine Anwesenheit lediglich eine Verzögerung für den Beginn ihrer Arbeit bedeutet. Die rasch hinzugerufene Polizei hatte ihn gewaltsam aus seinem Restaurant eskortiert und danach den Zugang weiträumig abgesperrt. Auf seinen lautstarken Protest hin, hatten sie ihm einen Aufenthalt in einer der Arrestzellen in Westerland in Aussicht gestellt, falls er weiterhin den Abriss verzögere. Der erhobene Mittelfinger seiner linken Hand hatte sie nur dazu gebracht, ein weiteres Mal ihre Drohung auszusprechen und zum Nachdruck ihre Handschellen klimpern zu lassen. Seine Beschimpfungen gegen sie, Nissen und den Rest der Welt hatten die Beamten schon nicht mehr beachtet. Kommentarlos waren sie davongefahren und hatten ihn und sein ‚Krähennest' ohne jedes Mitleid ihrem Schicksal überlassen.

Bernhard fluchte laut. Mandy fiel ihm ein. Mandy und die Worte, die sie ihm bei ihrem überstürzten Abschied gesagt hatte. Er habe es geschafft, dass sie alles verloren habe, das ihr wichtig gewesen sei, hatte ihr Vorwurf gegen ihn gelautet.

Dann war sie gegangen. Und seit Wochen hatte sie sich nicht wieder bei ihm blicken lassen.

Warum dachte er noch an sie? In dem Moment, in dem er sie am nötigsten brauchte, war sie nicht da. Und auch sonst war niemand aus seinem bisher so anhänglichen Freundeskreis bei ihm. Was sollte er allein ausrichten gegen die rohe Gewalt, die sein wunderbares Zuhause an der Düne von Wenningstedt zerstörte? Zweieinhalb Tage war es her, dass er seine Saufkumpane um ihren Beistand gebeten hatte. Sechzig Stunden, die für sie ausgereicht hatten, sich vor ihm zu verstecken, statt ihn bei seinem Protest gegen Nissens Niedertracht und die Willfährigkeit der Obrigkeit zu unterstützen. Keiner der Freunde, die immer zur Stelle gewesen waren, wenn es etwas umsonst gab, war gestern Abend aufgetaucht, um ihn bei der Rettung des ‚Krähennest' tatkräftig zu unterstützen. Ohne sie an seiner Seite war das Ende seines geliebten Restaurants besiegelt.

Bagger und weiteres schweres Gerät arbeiteten sich parallel von der Wenningstedter Promenade und dem Strand aus aufeinander zu. Das ‚Krähennest' stand ungeschützt genau dazwischen. Eisen und Stahl gegen Holz und Stoff. Ungezügelte Kraft und Zerstörungswut gegen Liebe und Geborgenheit. Eine Reihe von LKWs stand vor dem ‚Haus am Kliff' bereit, um Schutt und Scherben wegzufahren. Noch waren ihre Ladeflächen leer, aber lange konnte es nicht mehr dauern, bis der erste Wagen sich auf den Weg zum Strand machte.

Hilflos verharrte Bernhard vor der Absperrung aus Flatterband. Sein Lebenstraum war von dieser Stelle auf der Promenade aus nicht zu sehen; dessen Zerstörung ebenso wenig. Die Touristen, die nichts Besseres zu tun hatten, als den Abriss des ‚Krähennest' zu verfolgen, hatten sich Plätze auf dem Strand gesucht, von denen sie gute Sicht hatten, ohne selbst in Gefahr zu geraten. Es ihnen gleich zu tun, überstieg Bernhards Kraft. Die Geräusche, die die Düne hinaufschallten, bezeugten deutlich genug, dass die Vernichtung des ‚Krähennest' begonnen hatte.

Wütend dachte er über mögliche Vergeltungsmaßnahmen nach, während der erste LKW sich Richtung Strand in Bewegung setzte.

SAMSTAG, 12. MÄRZ 2022

Auf der Promenade in Wenningstedt – Abend

Seit fünf Tagen hatte Heinrich Nissen es nicht mehr geschafft, in seinem Restaurant in Wenningstedt nach dem Rechten zu sehen. So viele Restaurants und Geschäfte besaß er mittlerweile auf der Insel, dass es für ihn nicht mehr möglich war, innerhalb einer Woche jedes davon mit ausreichender Zeit zu besuchen. Aber Wenningstedt war und blieb eines der größten Lokale und vor allem das, in dem er die meisten Probleme wegen fehlenden Personals zu lösen hatte.

Es war bereits früher Abend, als Heinrich endlich auf dem stets für ihn reservierten Parkplatz am Wenningstedter Kliff seinen grünen Geländewagen abstellte. Um ihn herum waren nahezu alle Parklücken belegt. Das ‚Grillrestaurant am Kliff' war wahrscheinlich bis zum letzten Sitzplatz besetzt.

Rasch stieg er aus dem Wagen und ging mit schnellen Schritten auf den Personaleingang des Glasbaus zu. Einer plötzlichen Eingebung folgend, blieb er abrupt stehen und drehte sich mit dem Rücken zum Wind. Ein schmales Lederetui aus der Innentasche seiner warmen Jacke zu ziehen und ihm eine Zigarre nebst Feuerzeug zu entnehmen, geschah bereits mit deutlich langsameren Bewegungen. Für das sorgfältige Anzünden seiner zweiten Zigarre des Tages ließ er sich reichlich Zeit. Erst als sich am vorderen Ende ein gleichmäßiger grauschwarzer Rand gebildet hatte, löschte er das Feuerzeug und steckte es geruhsam zurück in das Lederetui. Noch im Stehen zog Heinrich das erste Mal genussvoll an der Cohiba, erst danach setzte er seinen Weg fort. Aber statt sich direkt dem Personaleingang zu nähern, umrundete er gemächlich die Glasfront des Restaurants. Die Minuten, die er brauchte, diese wundervolle Zigarre zu genießen, mussten Arbeit und Ärger warten.

Ganz in seinen kleinen Luxus vertieft, kam er vor der Rasenfläche neben dem Restaurant an. Nachdenklich sah Heinrich auf seine drei Tetrapoden, die seit dem ersten Angriff der jungen Sprayerin sechs unbewachte Nächte hinter sich gebracht hatten. Fast war er ein wenig unzufrieden damit, dass rund um die kleine grau übersprühte Fläche auf dem ganz rechten Betonklotz keine neuen Farbklekse angebracht worden waren. Die dreiste Unbekannte hatte sich also nicht wieder in die Nähe von ihm und seinen Tetrapoden getraut. Offenbar hatte er bedrohlich genug gewirkt, um seine Neuerwerbungen aus Beton vor weiteren Farbangriffen zu bewahren. Heinrichs Enttäuschung rührte nicht daher, dass er hässliche Namenskürzel auf seinen Touristenmagneten sehen wollte. Aber die scheinbare Unverfrorenheit der jungen Frau hatte ihm imponiert. Ihr Selbstbewusstsein zu zerstören, hatte er mit seinem barschen Auftreten nicht beabsichtigt.

Die nächsten zwei Stunden verbrachte er mit den von ihm erwarteten Honneurs im Gastraum und einem der Personalgespräche, vor denen sich sein Restaurantleiter gern drückte. Als er aus der Büroetage in die Küche zurückkehrte, hatte sich das Restaurant bereits spürbar geleert. Bald konnte seine Crew damit beginnen, aufzuräumen und zu putzen; er selbst würde dann nach Hause fahren.

An einem Becher Kaffee nippend, genoss Heinrich es, entspannt ins Halbdunkel hinauszublicken. Erst allmählich gewöhnten sich seine Augen an das schwache Licht außerhalb des Restaurants. Die Konturen der Tetrapoden direkt neben der Glasfront waren noch gut erkennbar, aber von den Baufahrzeugen am anderen Ende der Promenade konnte man nur noch die Silhouetten erahnen. Dass mit den Abrissarbeiten bereits begonnen worden war, hatte Heinrich von einem Gemeindevertreter erfahren, der sich am Vortag wegen möglicher Beeinträchtigungen des Zugangs zu seinem Restaurant entschuldigt hatte. Die Absperrung werde nicht lange notwendig sein, hatte er in Aussicht gestellt. Wenn alles planmäßig verliefe, seien alle Spuren des alten Plateaus am Ende der folgenden Woche bereits verschwunden.

Als Heinrich sich das kurze Telefonat mit dem Bürokraten und seine eigene Motivation für die Zerstörung des ‚Krähennest' ins Gedächtnis zurückrief, wurde sein Gesichtsausdruck hart. Dass ausgerechnet ein Kretin wie Piraten-Meier der Meinung war, ihn bestehlen zu können, war ärgerlich, aber auch nicht mehr. Unfähige Dummköpfe als Gegner zu haben, entbehrte jeder Herausforderung. Mit der Vernichtung seiner Lebensgrundlage hatte Meier seine gerechte Strafe erhalten. Damit war das Thema erledigt. Schon in wenigen Wochen würde sich niemand mehr an das ‚Krähennest' oder seinen Besitzer erinnern, er selbst am wenigsten. Die Tatsache allerdings, dass auch Mandy Schranz bei dem Diebstahl mitgewirkt hatte, loderte immer noch in Heinrich. Seine langjährige Lagerleiterin hatte sich in Sicherheit gebracht, bevor er ein Exempel an ihr statuieren konnte. Keine von seinen Bemühungen, ihren Aufenthaltsort zu erfahren, war erfolgreich gewesen. Damit war die Rechnung zwischen ihnen immer noch offen.

Während er darüber nachdachte, wie er derartige Situationen für die Zukunft verhindern konnte, zog etwas im Umfeld der Tetrapoden seinen Blick auf sich. Fast machte es den Eindruck, als hebe sich ein Fuß der vorderen Betonschönheit. Da sich sechs Tonnen schwere Betonklötze nicht von allein bewegen konnten, musste es sich um eine optische Täuschung handeln. Lief dort ein Mensch durch die Dunkelheit? War etwa die junge Sprayerin an den Ort ihres letzten Zusammentreffens zurückgekehrt?

Schnell trat Heinrich einen Schritt zurück, weg von dem Küchenfenster, neben dem er gestanden hatte. Ihm war bewusst geworden, wie gut er aus der draußen herrschenden Dunkelheit im beleuchteten Restaurant zu sehen sein musste. Dieses Mal wollte er der jungen Frau weder einen Anlass noch die

Gelegenheit geben, vor ihm wegzulaufen. Wenn er sich schon damit abfinden musste, dass seine Tetrapoden über kurz oder lang das Ziel von Sprayern wurden, dann wollte er wenigstens verstehen, weshalb es so war.

Eilig durchquerte er die Küche und trat durch den Seiteneingang ins Freie. Nur wenige Schritte später stand er neben den Tetrapoden. Das bekannte Zischen einer Spraydose drang in sein Ohr, Lackgeruch mischte sich mit dem Duft der Nordsee.

„Du hast es also doch noch nicht aufgegeben", sprach er die schmale, dunkle Gestalt an, die konzentriert mit der Verschönerung des mittleren Tetrapoden begonnen hatte und ihm dabei den Rücken zuwandte.

„Verdammt. Nicht du schon wieder!" Mit einer schnellen Drehung richtete die Sprayerin ihre Farbdose gegen ihn.

„Was soll das werden, Deern?"

„Von dir lasse ich mich nicht ein zweites Mal besprühen."

„Ich meinte dein Kunstwerk. Was soll das werden?"

„Ich hinterlasse mein tag."

Heinrich versuchte zu erkennen, was bisher auf den Fuß des Tetrapoden gesprüht worden war. Als er dafür einen halben Schritt nach vorne machte, hob die Sprayerin ihre Dose an und zielte auf sein Gesicht.

„Ist das eine Möwe?", fragte er unbeeindruckt.

„Ja. Zusammen mit meinem Namen ist sie mein tag."

„Gefällt mir."

„Also jagst du mich nicht wieder weg?"

„Ich habe dich auch am Sonntag nicht weggejagt."

„Du hast mich mit meiner eigenen Farbe besprüht", erhielt Heinrich vorwurfsvoll als Antwort.

„Das ist nur aus einem Reflex heraus passiert. Gern ersetze ich dir deinen Pullover."

Die junge Sprayerin sah ihn erstaunt an und ließ die Spraydose sinken. „Du gibst mir Geld für einen neuen Hoody? Was soll die Gegenleistung dafür sein?"

„Nichts."

Eine Pause entstand, in der sich beide stumm musterten.

„Hast du Hunger?", fragte Heinrich schließlich und zeigte auf das Restaurant hinter sich.

„Ich esse kein Fleisch."

„Wir haben auch andere Gerichte auf der Karte."

„Was soll die Gegenleistung dafür sein?", fragte die Sprayerin erneut.

„Nichts."

„Du fasst mich nicht an."

„Nein." Heinrich grinste leicht. „Dich anzufassen, habe ich ganz bestimmt nicht vor, Deern."

Ohne auf eine Reaktion der jungen Frau zu warten, drehte er sich um und ging langsam auf die Eingangstür der Küche zu. Das Scheppern hinter ihm verriet, dass die Sprayerin ihre Dosen zusammenpackte und ihm folgte. Als sie nacheinander die Küche des ‚Grillrestaurant am Kliff' betraten, ignorierte Heinrich die fragenden Blicke seiner Mitarbeiter. Unbeeindruckt bot er der jungen Frau den einzigen Küchenhocker an und lehnte sich selbst an einen der Edelstahlschränke ihr gegenüber.

„Du hast also Hunger?", fragte er erneut.

Sie nickte und setzte sich.

„Sollen wir gemeinsam etwas Vegetarisches kochen?"

Klappernd kippte der auf den Fliesenboden der Küche gestellte Rucksack mit den Spraydosen um, als die Sprayerin mit ihrem Hocker etwas weiter von Heinrich wegrückte. Ihr nervöser Blick entging ihm nicht. Die Anwesenheit seiner Mitarbeiter schien die junge Frau nur wenig zu beruhigen.

Trotz der Abwehrhaltung der Sprayerin bewegte sich Heinrich ein paar Zentimeter in ihre Richtung. „Ich weiß ja nicht, was du magst."

„Ich kann nicht kochen."

Heinrich gab sein tiefes Lachen von sich.

„Das kann ich auch nicht, aber ich tue es trotzdem", erwiderte er. „Kochen muss ja nicht immer auf dem Niveau eines Sternekochs stattfinden."

„Fleisch esse ich aber nicht", wiederholte sie leise und sah ihn das erste Mal richtig an.

Wie jung sie war, dachte Heinrich, wie mager und blass.

Seiner Erfahrung mit jugendlichen Gästen folgend, schlug er vor, Spaghetti zuzubereiten, und es dauerte nicht lange, bis sie sich auf eine schlichte Pilz-Sahne-Sauce geeinigt hatten. Je länger er die junge Frau betrachtete, umso sicherer war er, dass sie bereits seit einigen Wochen kein richtiges Zuhause mehr besaß und wahrscheinlich ohne warmes Bett und sauberes Bad überwintert hatte. Und genauso lange hatte sie sicher auch kein frisch gekochtes Essen mehr zu sich genommen. Ob die Kleine überhaupt schon volljährig war?

„Ich weiß nicht, wie es dir geht, aber ich kenne gern die Namen der Menschen, mit denen ich mich an einen Tisch setze." Heinrich hatte seinem Gast den Rücken zugedreht und konnte dessen Reaktion nicht sehen. „Ich heiße Heinrich", sprach er weiter.

„Mave", hörte er leise hinter sich.

„Dann freue ich mich auf ein gemeinsames Abendessen mit dir, Mave." Er drehte sich zu ihr um. „Willst du dir vielleicht die Hände waschen, während ich mit dem Kochen beginne?"

Sie reagierte nicht.

„Du kannst auch heiß duschen. In den Umkleideräumen findest du einen Stapel sauberer Berufskleidung, von der dir sicher etwas passt."

Maves erschrockener Blick ging in Richtung Ausgang.

„Nur, falls dir danach ist", beruhigte Heinrich sie. „Händewaschen reicht völlig aus."

Er rief die Kassiererin Josephina zu sich, die sich gerade in ihren Feierabend verabschieden wollte. Mit einer Geste zu

Mave bat er sie, seinem Gast die Personalräume zu zeigen, bevor sie ging.

Ihren Rucksack fest an sich gedrückt, folgte Mave seiner Angestellten hinauf in den Personaltrakt des Restaurants. Als sie, kurz bevor das Essen fertig war, in die Küche zurückkehrte, waren ihre Haare nass. Ihre Wangen hatten etwas Farbe bekommen. Ein frisches weißes T-Shirt lugte unter ihrem dunklen Hoody hervor.

SONNTAG, 13. MÄRZ 2022

Morsum – Morgen

Nur noch in den Grundmauern glich Heinrich Nissens Zuhause dem Bauernhof, der seit Generationen seiner Familie gehörte und den er selbst noch als Jugendlicher bewirtschaftet hatte. Zwei Jahre nachdem er die Schule abgeschlossen hatte, waren seine Eltern kurz hintereinander gestorben. Sofort nach ihrem Tod hatte er damit begonnen, die ererbte Viehwirtschaft in ein schnell wachsendes Unternehmen umzubauen. Galloways zu züchten und aufzuziehen, überließ er anderen Viehbauern; er selbst ging dazu über, das Fleisch zu verarbeiten und in vorwiegend eigenen Restaurants und Geschäften gewinnbringend zu vermarkten. Schon bald stand ihm ausreichend Geld zur Verfügung, um dem Haupthaus mit einer aufwendigen Renovierung und Erweiterung die Enge des Bauernhauses der vorangegangenen Generationen zu nehmen. Die angrenzenden Gebäude ließ er entweder sanieren oder abreißen, so dass zum Schluss zwar noch der Ursprung des Anwesens zu erkennen war, aber nichts mehr auf die bescheidene Kindheit hinwies, die er dort verbracht hatte.

Auch wenn er dieser Zeit als Landwirt längst entwachsen war und das letzte Rind bereits vor mehreren Jahrzehnten auf den Wiesen des Hofs geschlachtet hatte, konnte Heinrich sich das frühe Aufwachen nicht abgewöhnen. Und die tägliche Arbeit ebenso wenig. Die Sonne war gerade erst aufgegangen, als er frisch geduscht die dämmrige Eingangshalle des Anwesens durchquerte und die hell erleuchtete Küche betrat.

Während der Woche erwartete ihn dort um diese frühe Zeit seine Haushälterin mit frisch gebrühtem Kaffee, aber sonntags hatte Marlene Abelung frei. Nahezu achtzig Jahre alt, zäh und eigensinnig, bestand seine Nachbarin und Ersatzmutter darauf,

Heinrich den Haushalt zu führen. Und er bestand im Gegenzug darauf, ihr ein ansehnliches Gehalt dafür zu bezahlen. So war es für beide normal, dass sie sechs Tage die Woche zu ihm kam und ihn am frühen Morgen mit einem frisch gekochten Kaffee begrüßte. Genauso normal war es, dass Marlene großzügig über seine wechselnden Geliebten hinwegsah, falls sie diesen morgens noch begegnete. Ohne jeden bösen Kommentar umsorgte sie an sechs Tagen die Woche sogar Heinrichs weibliche Gäste, falls diese für einige Nächte blieben. Nur sonntags kam Marlene nicht zu ihm; sonntags hatte sie frei.

Bis auf den fehlenden Duft des frisch gekochten Kaffees wirkte Heinrichs Küche an diesem Sonntagmorgen, als wäre Marlene bereits ihrer Arbeit nachgegangen. Die Gläser, die Mave und er am Vorabend genutzt hatten, standen sauber und trocken neben der Spüle. Der Tisch war für eine Person eingedeckt, sogar eine Serviette lag neben dem Teller. Heinrich war sich sicher, dass Marlene keine Ausnahme von ihrer Sonntagsregel gemacht hatte, also musste Mave noch früher aufgestanden sein als er. Leise hatte sie aufgeräumt, während er noch schlief. Dass sie nicht geblieben war und mit ihm zusammen frühstückte, enttäuschte ihn. Auch wenn ihr die Aussicht, neben ihm stehend der lokalen Presse Rede und Antwort stehen zu müssen, Angst eingejagt hatte, hätte sie nicht ohne Abschied das Haus verlassen müssen.

Den Lokalreporter Willi Lasse hatte er bereits während der Nacht angerufen, während Mave noch dabei war, ihr grandioses Bild auf den mittleren Tetrapoden zu sprühen. Sollte sie nun nicht in Wenningstedt erscheinen, solange die Presse dort war, musste er sich als Besitzer des Kunstwerks eben allein vor dem bunt bemalten Betonriesen fotografieren lassen und das Wenige über Mave erzählen, das er von ihr wusste. In jedem Fall wollte er die Chance nutzen, der Kleinen mit ihrem gelungenen Werk den Weg in ihr ersehntes Künstlerleben zu ebnen.

Er schaltete die Kaffeemaschine ein und nahm den Becher vom Tisch. An der Stelle, an der gerade noch das leere Porzellanteil gestanden hatte, entdeckte er einen Zettel, auf dem mit wenigen Strichen eine Möwe skizziert worden war. Unter der Möwe standen die Worte ‚Wir sehen uns an den Tetrapoden'. Ein überraschtes Lächeln breitete sich auf Heinrichs Gesicht aus.

Auf der Promenade in Wenningstedt – Vormittag

Jan Nilsson, der Fotograf, der Willi Lasse für die Aufnahmen von dem Tetrapoden begleitete, schien unsicher zu sein, ob er das darauf gesprühte Motiv wirklich vollständig aufnehmen sollte.

Willi, ein gestandener Journalist in Heinrich Nissens Alter, lachte lediglich, als er erkannte, dass das Bild auf dem Tetrapoden den unbekleideten russischen Präsidenten darstellte. Der nach oben zeigende Fuß des Betonklotzes war zu Putins Kopf mit zwei roten Hörnern und seinem nackten Oberkörper geworden, die beiden zur Promenade gerichteten Füße bildeten seinen Unterleib und die Beine ab. Auf dem dritten, nach hinten gerichteten Fuß schlängelte sich ein behaarter Schwanz, der jedem Teufel würdig gewesen wäre. Natürlich fehlten eine übertrieben ausgebildete Bauchmuskulatur und andere Details nicht, die den Betrachter zum Schmunzeln verführten. Putins besonders intime Stelle war mit einer Handfeuerwaffe verdeckt, aus deren Lauf eine weiße Flagge mit dem rotgeschriebenen Wort ‚Bang' ragte.

Schnell hatte sich eine Menschentraube rund um die drei Tetrapoden gebildet. Das Schubsen und Schieben war groß, da jeder sich mit dem skandalösen Tetrapoden auf einem Selfie verewigen wollte.

„Während du versuchst, ein vollständiges Bild von dem Meisterwerk aufzunehmen", erklärte Willi seinem Kollegen, „kann ich schon mit Heinrich Nissen ins Restaurant gehen und ihn interviewen. Für ein gemeinsames Foto vor dem Kunstwerk warten wir, bis sich die Aufregung etwas gelegt hat. Bestimmt ist dann auch endlich die junge Sprayerin anwesend."

Willis Optimismus wurde von Heinrich Nissen nicht geteilt. Mave hatte sich immer noch nicht in seinem Restaurant in Wenningstedt blicken lassen und allmählich setzte sich wieder seine ursprüngliche Überzeugung durch, dass die junge Sprayerin nicht dazu bereit war, sich auf einem Foto ablichten zu lassen.

„Hast du sichergestellt, dass wir mit dem Foto des Tetrapoden einen Platz in der Montagsausgabe der ‚Sylter Nachrichten' bekommen?", vergewisserte Heinrich sich, nachdem Willi und er sich in den Personalaufenthaltsraum im ersten Stock des Restaurants zurückgezogen hatten. Außer ihnen war niemand dort.

„Ob ich es sichergestellt habe? Bei dem Motiv? Machst du Scherze? – Am Dienstag wirst du deinen Tetrapoden auf der ganzen Welt in den Tageszeitungen abgedruckt finden."

Zufrieden sah Heinrich den Lokalreporter an.

„Und wo ist die freche, junge Künstlerin, die du mir versprochen hast?"

„Offensichtlich nicht anwesend." Heinrich bemühte sich, seine Enttäuschung nicht durchklingen zu lassen.

„Kann ich sie heute noch interviewen?"

„Damit rechne ich nicht, Willi."

„Dann ruf sie an und erklär ihr, was sie verpasst."

„Erstens hat sie kein Handy und zweitens will ich sie nicht zu etwas überreden, das sie nicht tun möchte. – Mave weiß, dass du da bist, um einen Artikel über ihr Kunstwerk zu schreiben."

„Ohne sie ist der Artikel aber nur die Hälfte wert. Alle anderen Journalisten auf der Insel werden längst von deinem Kunstwerk gehört haben und morgen ebenfalls darüber berichten. – Ich brauche den direkten Kontakt zur Sprayerin, sonst habe ich nichts exklusiv."

„Reg dich ab, Willi, und trink ein Bier mit mir. Du hast mich exklusiv."

Heinrich stand auf und verließ den Raum. Nach wenigen Minuten kehrte er mit zwei Bierflaschen und einem Flaschenöffner zurück.

„Ich kann nichts daran ändern, dass die Kleine pressescheu ist", entschuldigte er sich fast. „Wenn du über sie schreibst, nenne sie Mave, auch wenn ich nicht weiß, ob sie wirklich so heißt. – Sollte sie je wieder hier auftauchen, bitte ich unsere scheue Künstlerin um eine Kopie ihres Ausweises. Und ich halte sie natürlich so lange fest, bis du mit ihr gesprochen hast."

Willi Lasse verdrehte die Augen. Auf den Arm nehmen konnte er sich auch selbst.

„Dann muss ich deine Worte über sie zitieren dürfen", forderte er. Natürlich wusste Heinrich mehr über die sogenannte Mave, als er ihm bisher erzählt hatte. „Und sonst redest du mit keinem, da sind wir uns doch einig."

Heinrich hob zustimmend seine Bierflasche an.

Willi zückte einen Notizblock und sah seinen Interviewpartner auffordernd an. Wenn er die junge Künstlerin schon nicht sprechen konnte, war er wenigstens der Einzige, der ein Interview mit dem Besitzer des bald weltweit berühmten Tetrapoden bekam. Alles weitere würde sich finden.

Während die beiden ehemaligen Schulkameraden gemütlich bei einem Bier zusammensaßen, war draußen bei den Tetrapoden für Jan Nilsson nicht daran zu denken, ein Foto des verschönerten Betonvierfüßlers zu erhalten, auf dem nicht mindestens ein Tourist einen Teil des gesprayten Bildes verdeckte. Frustriert gab er nach einigen Minuten seinen Versuch auf und fotografierte wild in die Menge. Das skandalöse Gemälde auf dem Tetrapoden hatte er auf bestimmt fünfzig Aufnahmen aus unterschiedlichen Perspektiven abgelichtet; vielleicht konnte er die nicht verdeckten Bruchstücke so zusammensetzen, dass sie das Bild vollständig zeigten. Dieses Puzzeln würde zwar einige Zeit in Anspruch nehmen, war aber besser als nichts. Zusätzlich konnte er dann noch versuchen, eine besonders gelungene Aufnahme der Menschenmenge rund um die Tetrapoden zu verkaufen. Vielleicht fand sich ja sogar ein Promi darauf.

Nach einer Viertelstunde hatte er ausreichend Fotos zusammen und machte sich auf die Suche nach seinem Kollegen von der schreibenden Zunft. Ein Angestellter in Nissens Restaurant wies ihm den Weg zu dem Personalraum im ersten Stock, in dem er Willi und Heinrich Nissen antraf.

„Ohne Unterstützung bekomme ich kein Foto, auf dem nicht jemand einen Teil des Tetrapoden verdeckt", meckerte er, als er sie sah. „Entweder ihr helft mir oder ich muss jetzt los, um ein wenig zu tricksen."

„Setz dich und lass sehen, was du hast", forderte Willi Lasse ihn auf.

Nilsson seufzte vernehmlich. Dann verband er seine Kamera mit einem Tablet und ungefähr einhundert Bilder in Kleinstformat erschienen auf dem Monitor.

„Kann man die vergrößern?" Auch mit Lesebrille waren die Motive der Aufnahmen für Willi kaum zu erkennen.

„Klar." Sein Fotograf lud die erste Vergrößerung auf den Monitor und drehte das Tablet so, dass Willi und Heinrich das Bild direkt vor sich hatten.

„Hier kannst du weiterblättern." Nilsson zeigte auf einen Pfeil auf dem Monitor. „Ich habe auch ein paar Aufnahmen der

Gaffer gemacht. Vielleicht haben wir Glück und es befindet sich ein Promi darauf."

Willi blätterte zügig durch die Fotos. Das erste Drittel der Sammlung zeigte die Vorderseite des Tetrapoden. Dann kamen ein paar Bilder der Rückansicht mit Teufelsschwanz. Der Rest waren uninteressante Schnappschüsse der gaffenden Menge; kein ihm bekanntes Gesicht erschien auf dem Monitor.

Unerwartet griff Heinrich nach seiner Hand, die am Rand des Tablets lag. „Die Kleine war ja doch da. Blätter ein Foto zurück."

Willi gehorchte.

Die Aufnahme, die auf dem Monitor erschien, zeigte die bunte, quirlige Menge, die sich die drei Tetrapoden ansah. Ganz am Rand des Bildes war eine schmale dunkelgekleidete Person zu erkennen, die ebenfalls zum Tetrapoden blickte. Ihr Gesicht wurde durch die Kapuze ihres Hoodies weitestgehend verdeckt.

„Da, das ist Mave." Heinrichs Stimme klang zufrieden. „Hat sie doch Wort gehalten und ist hergekommen. Sie wollte nur nicht im Mittelpunkt der Aufmerksamkeit stehen."

„Lasst uns mal sehen, ob ich eine etwas bessere Aufnahme von ihr gemacht habe." Der Fotograf drehte das Tablet zu sich und flippte schnell durch die nächsten Fotos. „Treffer!", rief er nach wenigen Sekunden triumphierend aus.

Das Tablet zeigte eine weitere Fotografie, auf der die dunkle Gestalt am Rand zu sehen war. Dieses Mal sah sie direkt in die Kamera. Ihr Gesicht wurde zwar von ihrer Kapuze beschattet, war aber dennoch gut zu erkennen.

„Wir haben sie", freute sich Willi aufgeregt. „Das Bild ist absolut ausreichend, um es in der Zeitung abzudrucken. Viel besser sogar, als wenn sie uns für ein Portrait zur Verfügung gestanden hätte. So ist die Geschichte rund."

„Ihr müsst das löschen." Gegen ihren Willen eine Aufnahme von Mave in der Zeitung veröffentlichen zu lassen, schien Heinrich zu widerstreben.

„Spinnst du?" Willi war aufgesprungen. „Vielleicht ist sie ja sogar noch unten und gibt mir ein Interview."

„Das glaube ich nicht." Heinrich verließ den Raum.

Willi und sein Fotograf folgten ihm die Treppe hinunter und hinaus zu den Tetrapoden.

„Wenn sie hier nicht auf uns wartet, dürfen wir ihr Foto nicht abdrucken", wiederholte Heinrich seine Bedenken.

„Wie du meinst", antwortete Willi und gab Nilsson ein Zeichen, nicht zu widersprechen.

Falls Heinrich ernsthaft annahm, zwei gestandene Journalisten so einfach davon abhalten zu können, ein exklusives Foto der scheuen Künstlerin zu verkaufen, dann war er naiv.

„Siehst du sie?", fragte er scheinheilig. „Wartet sie irgendwo auf uns?"

Auf der Promenade in Wenningstedt – Nachmittag

Die Nachricht von Maves Kunstwerk verbreitete sich rasch auf der Insel und im Internet, deutlich schneller als Heinrich Nissen es erwartet hatte. Der Umsatz in seinem Restaurant explodierte nahezu. Jeder schien die freche Abbildung des russischen Präsidenten auf seinem Tetrapoden vor dem Lokal selbst sehen zu wollen. Durchgehend drängten sich die Gäste rund um die langen Tische und der Getränkeabsatz erreichte bereits am Nachmittag das Niveau eines Sonntagabends in der Hochsaison.

Eine der Schaulustigen war auch Brunners Schwester. In Begleitung Matthias Beltings sah sie sich das Bild auf dem Tetrapoden lange an und trank danach auf Heinrichs Einladung hin noch ein Glas Wein im Restaurant. In der Stunde, die sie zusammensaßen, versuchte Matthias mehrere Male herauszufinden, in welchem Verhältnis sein Gastgeber zu der Sprayerin stand.

„Als ich das Motiv vorgeschlagen habe, wusste ich noch nicht, wie begabt die Kleine ist", verriet ihm Heinrich lediglich. „Dass Mave ohne jede Vorbereitung in der Lage war, eine so naturnahe und detailreiche Darstellung des russischen Präsidenten auf einen groben Betonklotz zu sprayen, hat mich wirklich überrascht."

„Das Bild ist fantastisch", stimmte Ella in sein Lob ein.

„Begabung allein ist allerdings manchmal nicht genug", erwiderte Matthias kritisch. „Ein Künstler muss auch Kreativität beweisen. Dass ihr erstes öffentlich gewordenes Werk eine Auftragsarbeit ist, enttäuscht mich. Und eine solche Tatsache ist auch nicht hilfreich im Sinne der Vermarktung."

„Gehst du da nicht ein wenig zu streng mit einer so jungen Künstlerin ins Gericht? Michelangelo hat fast ausschließlich von Auftragsarbeiten gelebt."

Matthias reagierte nicht auf Ellas Versuch, ihn milder zu stimmen. „Ist die Kleine denn überhaupt schon volljährig? Auf dem Foto sieht die Gute eher wie ein ängstliches Schulkind aus und nicht wie eine selbstbestimmte Künstlerin."

„Auf welchem Foto?" Heinrich ahnte sofort, dass Willi Lasse sein Wort nicht gehalten hatte.

„Wir haben von deinem verschönerten Tetrapoden aus dem Internet erfahren", kam die Antwort von Ella. „Dort wird auch das Bild einer jungen Frau gezeigt, die – wenn ich es so ausdrücken darf – etwas vernachlässigt wirkt."

„Das ist sie, oder?", hakte Matthias nach. „Dieses Mädchen ist die Künstlerin, nicht wahr?"

„Wie sieht sie aus? Beschreib mir das Bild, Ella."

„Das Foto im Internet zeigt, … Nein, warte. Ich habe es bestimmt noch auf meinem Handy." Ella zog ihr Mobiltelefon aus der Tasche, tippte kurz darauf herum und zeigte Heinrich dann das von Jan Nilsson geschossene Foto, auf dem Mave deutlich zu erkennen war.

‚Das wirst du büßen, Willi Lasse', schoss Heinrich durch den Kopf.

Nach einer knappen Verabschiedung stand er auf und verließ den Tisch. Wütend stapfte er durch das Restaurant und stieg die Treppe hinauf zu seinem Büro.

Wieder einmal ärgerte er sich über sich selbst. Wieso hatte er Willi vertraut? Warum hatte er ihn und den mitgebrachten Fotografen nicht dazu gezwungen, alle Fotos zu löschen, auf denen Mave abgebildet war? Nun käme es wahrscheinlich einem Wunder gleich, wenn die Kleine zu ihm und ihrem Werk zurückkehrte. Für sie musste es doch so aussehen, als wären ihm ihre Befindlichkeiten egal. Als würde er ihre Anonymität bedenkenlos für seinen Profit opfern.

Morsum – Abend

Auch wenn Heinrich Nissen nicht ernsthaft damit gerechnet hatte, Mave an diesem Tag ein weiteres Mal in Wenningstedt zu sehen, war er enttäuscht. Bis die Eingangstür hinter dem letzten Gast zugefallen war, hatte er ausgeharrt und immer wieder rund um die Tetrapoden nach seiner kleinen Sprayerin Ausschau gehalten.

Immer noch wütend auf sich und Willi Lasse fuhr er gegen 22:00 Uhr vor dem Haupthaus seines Hofs in Morsum vor. Irritiert auf einen Fremdkörper starrend, der im Licht seiner Autoscheinwerfer erschien, stellte er den Motor ab und blieb ein paar Sekunden einfach nur sitzen. An das Holztor seiner Doppelgarage gelehnt, stand eine ungepflegte Vespa; Dellen und Roststellen säumten das ursprünglich weißlackierte Blech des Motorrollers. Schnell war Heinrich klar, wer ihn auf diese Art auf seine Anwesenheit vorbereitete: Der Roller gehörte Mave. Am vergangenen Abend hatte er ihr erklärt, wie sie auch ohne Schlüssel das Haus betreten konnte. Und er hatte ihr ausdrücklich erlaubt, es jederzeit zu tun, wenn sie ein festes Dach über dem Kopf brauchte. Das auffällig abgestellte Zweirad konnte nur bedeuten, dass sie seine Einladung angenommen hatte.

Ein ungewohntes Gefühl machte sich in Heinrichs Brust breit. Die Kleine war trotz des ganzen Trubels, den er rund um ihr Gemälde veranstaltet hatte, zu ihm zurückgekehrt. Ihr Vertrauen in ihn hatte Willi Lasses Unehrlichkeit überstanden.

MONTAG, 14. MÄRZ 2022

Morsum – Morgen

Wieder hatte Mave sein Zuhause in Morsum bereits verlassen, als Heinrich Nissen am frühen Morgen die Eingangshalle durchquerte und die Küche betrat. Aber dieses Mal hatte er mitbekommen, dass sie verschwand; ihr klappriger Motorroller machte zu viel Lärm, um sich damit unbemerkt davonzustehlen.

In der Küche erwartete ihn bereits Marlene. Strafend sah sie Heinrich an, während er sich setzte. Wortlos reichte sie ihm einen Becher Kaffee.

„Moin, Marlene", begrüßte er sie unbeeindruckt.

„Bei dir habe ich ja schon einige fragwürdige Damen kommen und gehen sehen, Heinrich, aber das habe ich dir nicht zugetraut", erwiderte sie vorwurfsvoll.

Heinrich schlug die auf dem Küchentisch liegende Zeitung auf und tat, als vertiefe er sich in die Schlagzeilen.

„Ich bin nicht prüde, aber das möchte ich hier zukünftig nicht noch einmal erleben." Die Betonung des Wortes ‚hier' war für Heinrich nicht zu überhören.

„Du befindest dich hier in meinem Zuhause", erwiderte er ungerührt. Marlenes Empörung amüsierte ihn so sehr, dass er geneigt war, sie noch ein wenig anzufachen. „Hier mache ich die Regeln. Also tue und lasse ich hier auch weiterhin, was ich will."

Mit einer für ihr hohes Alter erstaunlich heftigen Bewegung drehte sich seine Haushälterin von ihm weg. Demonstrativ zog sie die Küchenschürze aus, faltete sie akkurat zusammen und legte sie neben den Herd auf die Arbeitsplatte.

„Offenbar hast du gestern Abend vergessen, die junge Frau vorab für ihre Dienstleistung zu bezahlen." Marlenes Stimme klang noch etwas vorwurfsvoller, falls das überhaupt möglich war. „Ich soll dich grüßen und dir ausrichten, sie habe sich zweihundert Euro aus deinem Portemonnaie genommen."

„Zweihundert Euro?"

Heinrich war aufgestanden und neben seine Haushälterin getreten. Von oben auf sie herablächelnd, fragte er: „Was glaubst du eigentlich, was die Kleine für das Geld getan hat, Marlene?"

„Immerhin war sie über Nacht hier."

Heinrich lachte. Beschwichtigend legte er ihr einen Arm um die Schultern, griff zur Zeitung und hielt seiner Haushälterin die aufgeschlagene Lokalseite hin.

„Die Kleine heißt Mave", sagte er sanft. „Sie ist ganz bestimmt keine Prostituierte. Und ich habe sie auch nicht aufgegabelt, um mit ihr die Nacht zu verbringen. Mave ist die Künstlerin, die einen meiner Tetrapoden in Wenningstedt verschönert hat. Darüber hinaus ist sie im Moment obdachlos, eine Ausreißerin. Deshalb habe ich sie hierher eingeladen und in einem der Gästezimmer übernachten lassen. – Schau dir ihr Kunstwerk an, Marlene. Ich denke, es ist mit zweihundert Euro bei Weitem nicht ausreichend bezahlt."

Hörnum und Tinnum

Nach einer langen Fahrt durch den eisigen Morgen erreichte Mave völlig ausgekühlt die verlassenen Reihenhäuser in Hörnum. Die angenehm warme Nacht in Heinrichs Zuhause hatte ihr Körper bereits wieder vergessen, als sie mit steifen Gliedern von ihrem klapprigen Motorroller stieg. Ihre Gedanken allerdings kreisten unaufhörlich um ihren Gastgeber, der ihr anfangs so bedrohlich vorgekommen war. Während der letzten beiden Nächte war er wirklich nett zu ihr gewesen. Sie hatte sich wohl gefühlt bei ihm, irgendwie sicher und geborgen.

Außerdem hatte er ihr angeboten, ein paar weitere Tage bei ihm zu wohnen. Nur so lange, bis er eine andere Unterkunft für sie gefunden hatte. Vielleicht würde es nur ein Zimmer werden, keine eigene Wohnung, aber mit Bad und Heizung, wie er betont hatte.

Mühsam schob sie ihr Gefährt bis zur Rückseite der Häuser und lehnte es gegen die Hauswand. Viel lieber stünde sie jetzt unter der wohlig warmen Dusche in Heinrichs Badezimmer als in dem eisigen Wind, der durch die Reihenhaussiedlung wehte. Mit klammen Händen nahm sie ihren Rucksack vom Roller; das vertraute Klackern erinnerte sie daran, dass sie später neue Spraydosen kaufen konnte. Nur dafür hatte sie die beiden Einhundert-Euro-Scheine aus Heinrichs Portemonnaie genommen. Vielleicht hätte sie einen Zettel dalassen sollen, statt einfach nur Grüße durch die Haushälterin ausrichten zu lassen, die sie so streng angesehen hatte. Aber Heinrich würde es verstehen. Hatte er gestern nicht sogar angeboten, ihr Geld für neue Farben zu geben?

Noch bevor Mave die morsche Haustür erreicht hatte, wusste sie, dass während ihrer Abwesenheit jemand ihre Zuflucht betreten hatte. Die hölzerne Eingangstür schloss nicht mehr. Stattdessen hing sie jetzt schräg in ihren Angeln und das Stück, in dem das Schloss gesteckt hatte, war herausgebrochen worden. Es hatte jemand grobe Gewalt angewendet, um die Tür zu öffnen, dabei war sie noch nicht einmal abgeschlossen gewesen.

Mave hastete die Treppe hinauf in das ehemalige Kinderzimmer, das sie als Schlafplatz genutzt hatte. Ihre wenigen Habseligkeiten lagen zerstreut und zertrampelt im ganzen Raum herum; nichts davon schien weiterhin nutzbar zu sein. Warum tat jemand so etwas? Und was hätte er ihr angetan, wenn sie nicht zufällig während der letzten Nacht in Morsum geschlafen hätte? Hier auf jeden Fall fühlte sie sich nicht mehr sicher.

Hektisch sammelte sie ihren zerfledderten Skizzenblock und die herausgerissenen Blätter vom Boden auf. Sorgfältig legte sie alles so zu den Spraydosen in den Rucksack, dass die Seiten nicht noch mehr Knicke und Risse bekamen. Dann lief sie die Treppe hinab. Vorsichtig sah sie sich im Umfeld des Reihenhauses um, bevor sie durch die Tür nach draußen trat und zu ihrem Roller lief. Niemals wieder wollte sie hierher zurückkehren. Das dreckige, kalte Reihenhaus, das ihr für die letzten Monate ein Zuhause geboten hatte, war kein geschützter Zufluchtsort mehr.

Unsicher, was sie als nächstes tun sollte, ließ Mave den Motorroller an und fuhr nach Norden, möglichst schnell weg von ihrer alten Unterkunft, die durch das gewalttätige Eindringen eines Unbekannten für immer ihre Unschuld verloren hatte. Sollte sie Heinrichs Angebot annehmen, ein paar Tage bei ihm zu wohnen? Wollte sie sich erneut dem strengen Blick seiner Haushälterin aussetzen, für die sie wahrscheinlich nur eine dreckige Herumtreiberin war, die Geld aus dem Portemonnaie ihres Arbeitgebers stahl? Wieso hatte sie das bloß getan? Warum hatte sie nicht einfach darauf gewartet, dass Heinrich wach wurde und sie ihn um etwas Geld für Farben bitten konnte?

Mave wusste sehr gut, weshalb sie nicht gewartet hatte. Sie vertraute niemandem, auch Heinrich nicht. Jeden Moment konnte sein freundliches Verhalten ihr gegenüber ins Gegenteil umschlagen. So war es auch bei dem Schwein an der Seite ihrer Mutter gewesen. Waren sie zu dritt gewesen, hatte er sie fast wie ein Vater behandelt. Hatte sie sich aber allein mit ihm in einem Raum aufgehalten, hatte er es nicht lassen können, ihr Angst einzuflößen. Sogar mit seinem Jagdgewehr hatte er sie bedroht. Wenn er betrunken war, hatte er mit der Waffe auf sie gezielt und behauptet, sie mit einem einzigen Schuss töten zu können. Als er schließlich dazu übergegangen war, sie nicht nur zu bedrohen, sondern körperlich zu misshandeln, war Mave das erste Mal von zuhause weggelaufen. Das Schwein hatte sie wieder eingefangen und an der Heizung im Bad festgebunden. Losgemacht hatte er sie erst, als ihre Mutter nach Hause gekommen war.

Gab es irgendeinen Grund, weshalb sie Heinrich mit dem Schwein verglich? Hatte er etwas getan, dass sie dazu veranlasste, sich vor ihm zu fürchten? Oder war sie es nicht selbst, die ihn dazu veranlasste, nicht mehr freundlich zu ihr zu sein? Immerhin hatte sie sich am Inhalt seines Portemonnaies bedient. Ohne ihn vorher zu fragen.

Kurz bevor sie die ersten Häuser von Westerland erreichte, kam Mave eine Idee. Sie musste auch noch die restlichen Tetrapoden besprayen. Nicht nur mit ihrem tag, sondern mit zwei coolen Bildern von der Insel. Vielleicht mit der morgendlichen Dünenlandschaft, durch die sie gerade gefahren war, mit Heide, windzerzausten Bäumchen, vielleicht sogar mit Heinrichs Hof im Hintergrund. Etwas Cooles, kein Inselkitsch. Etwas von dem, das Heinrich an Sylt liebte, wollte sie abbilden. Dann konnte er ihr nicht böse sein wegen des Geldes, das sie aus seinem Portemonnaie genommen hatte. Wenn sie die zweihundert Euro ausschließlich für ihn nutzte, war doch alles richtig.

Statt weiter in Richtung Wenningstedt zu fahren, bog Mave nach rechts ab und erreichte nach kurzer Zeit das Gewerbegebiet in Tinnum. Hier stand der Baumarkt, in dem sie ihre ‚guten Spraydosen' kaufte. Die Farben, die sie für Heinrichs Tetrapoden nutzen wollte, warteten nur noch wenige Meter von ihr entfernt im Regal.

Vor dem Geschäft angekommen, fingerte Mave vorsichtig in der Tasche ihrer Jeans nach den beiden Geldscheinen. Zweihundert Euro reichten für zwanzig Dosen, wenn sie keinen Effektlack aussuchte. Mit einem Einkaufskorb am Arm ging sie auf die Farbenabteilung zu und entwarf vor ihrem geistigen Auge die beiden Bilder, die sie sprayen wollte. Zwanzig unterschiedliche Farben wären toll gewesen, aber sicherer war es, wenn sie jede Spraydose zweimal mitnahm, damit ihr während des Sprayens nicht plötzlich der benötigte Farbton ausging. Zehn Farben bedeuteten eine Einschränkung, aber mehr war eben nicht drin. Schwarz, zwei unterschiedliche Blautöne, zwei Grüntöne, Rot, Gelb, Sandfarben und Weiß brauchte sie in jedem Fall.

Schnell war der Korb an ihrem Arm gefüllt und wurde so schwer, dass Mave ihn auf dem Boden abstellen musste. Noch während sie über die letzten beiden Spraydosen nachdachte, erschien ein hochgewachsener Mann neben ihr. Um fast einen halben Meter überragte er sie; unter den linken Arm hatte er mehrere Rollen Malervlies gequetscht, in der Hand hielt er diverse Pakete mit Abdeckfolie.

„Sie heißen Mave, nicht wahr?", sprach er sie unvermittelt an. „Sie sind die Künstlerin, die das Kunstwerk auf den Tetrapoden von Heinrich Nissen gesprayt hat."

Als einzige Reaktion machte Mave einen Schritt zur Seite und wäre fast über ihren Einkaufskorb gestolpert.

„Sie brauchen keine Angst vor mir zu haben." Der Fremde rückte ebenfalls einen Schritt zur Seite und stand jetzt noch dichter neben ihr.

„Mein Name ist Matthias, Matthias Belting. Ich bin ein guter Freund Heinrich Nissens. Am Sonntag habe ich zusammen mit ihm Ihr Werk bewundert."

Mave trat so weit vom Regal zurück, wie es der schmale Gang des Baumarkts zuließ. Der Fremde, den sie nun zum ersten Mal richtig ansah, kam ihr eigentümlich bekannt vor. So lang und dürr wie er war, konnte es sich kaum um eine Verwechslung handeln, allerdings hatte sie keine Idee, wann sie ihm schon einmal begegnet war. In Wenningstedt vor den Tetrapoden war es auf jeden Fall nicht gewesen. Dank seiner eher femininen Bewegungen fürchtete sie sich nicht vor ihm. Mit den vielen Folien und Planen in seiner Hand wirkte er fast wie ein Schneider, der seine Stoffe für eine neue Kreation zusammengesucht hatte.

„Sie brauchen wirklich keine Angst vor mir zu haben", wiederholte er und hielt ihr seine freie rechte Hand hin. „Ich halte Sie für unglaublich talentiert, Mave, deshalb würde ich Sie gern etwas besser kennenlernen. In Hamburg betreibe ich nämlich eine Galerie. Es ist mein Beruf, junge Künstler zu fördern und ihnen und ihrem Werk Geltung auf dem Kunstmarkt zu verschaffen."

Skeptisch sah Mave ihn an.

„Darf ich Sie vielleicht zu einem Kaffee einladen? Oder einer heißen Suppe? – Ich habe gehört, das Bistro dieses Baumarkts sei ein heimliches Mekka für Feinschmecker."

Ohne es verhindern zu können, kicherte Mave bei seiner Bemerkung. Aber eine heiße Suppe würde ihr nach der eiskalten Fahrt auf dem Roller sicher guttun. Zumal ihr eine nicht weniger kalte Nacht bevorsteht, falls sie wirklich direkt die beiden anderen Tetrapoden verschönern wollte.

Sie nickte vorsichtig und wartete auf eine Reaktion Beltings.

„Gut, dann ist das ja entschieden." Der Galerist drehte sich um und ging los.

Schnell wählte Mave die letzte Farbe aus und folgte ihm zur Kasse, um zu bezahlen. Von ihren zweihundert Euro aus der Hosentasche blieben genau zwanzig Cent übrig.

Das Bistro hatte tatsächlich Suppe im Angebot. Während Mave neben Belting an einem der Stehtische stand und gierig zwei Portionen der heißen Flüssigkeit verschlang, überschüttete er sie mit Erzählungen über die von ihm geförderten Künstler.

„Einige von ihnen wussten kaum, wie sie ihre Farben bezahlen sollten, bevor ich ihnen die ersten Bilder abgekauft habe", schloss er seinen Monolog ab und sah auf sie herab.

Mave blieb stumm.

„Dieses Problem scheinen Sie ja glücklicherweise nicht zu haben."

Immer noch sagte Mave nichts, sah Belting aber fragend an.

„Ich habe gesehen, dass Sie Ihren Einkauf mit zwei nagelneuen Einhundert-Euro-Scheinen bezahlt haben", setzte er seine Rede fort. „Auf der Strandpromenade erbettelt haben Sie die wohl kaum."

Schnell sah Mave zu Boden. Sie bereute es mittlerweile, dem geschwätzigen Galeristen zum Imbiss gefolgt zu sein.

„Kann es sein, dass die beiden Scheine von Heinrich Nissen stammen?"

Mave wurde rot, ohne es unterdrücken zu können.

„Es ist also Geld von ihm. – Lassen Sie sich nicht mit zweihundert Euro abspeisen. Ihr Kunstwerk auf Heinrichs Tetrapoden hätte ihm deutlich mehr wert sein sollen. Ist er so geizig?"

Mave spürte, dass sich ihre Wangen in immer tieferem Rot färbten. Heftig pulsierte ihr Blut durch die Adern. „Heinrich ist nicht geizig, er hätte mir bestimmt …", widersprach sie, bevor sie sich stoppen konnte.

Belting beobachtete sie aufmerksam.

„Heinrich hat Ihnen das Geld überhaupt nicht gegeben", stellte er als Vermutung in den Raum. „Sie haben es sich genommen, ohne ihn zu fragen."

„Nein." Am liebsten wäre Mave davongerannt, aber der neugierige Riese stand zwischen ihr und ihren Einkäufen. „Ich meine, er hat es mir angeboten. Wegen der Farben."

Jetzt war es Belting, der stumm blieb.

„Das Geld habe ich nicht gestohlen", betonte Mave etwas leiser. „Es ist nur geliehen. – Ich brauche doch vernünftige Farben, um sprayen zu können."

Belting blieb weiterhin stumm. Er schien über ihre Argumentation nachzudenken.

„Ich werde Heinrich das Geld zurückgeben", flüsterte Mave und sah ihn verzweifelt an.

„An Ihrer Stelle würde ich damit vielleicht etwas warten."
Der Galerist machte eine kurze Pause. „Heinrich hat getobt, als ich ihn heute Vormittag vor seinem Restaurant getroffen habe. Er hat zwar nicht verraten, was ihn so aufgeregt hat, aber er machte auf mich den Eindruck, als sei er menschlich enttäuscht. Ich kenne ihn gut und wenn ich es mir richtig überlege, dann muss ich ihn wohl als nachtragend bezeichnen. Verzeihen ist nicht seine Stärke."

Mave wurde schlecht. Sie musste mit sich kämpfen, um nicht sofort die Suppe wieder von sich zu geben.

Der Einfall, den er nach dem Geständnis der kleinen Sprayerin hatte, schien zu funktionieren, stellte Matthias Belting fest. Mit ihm konnte er sich ein wenig an dem ‚Rinderbaron von Sylt' rächen und gleichzeitig vielleicht eine junge, begabte Künstlerin an sich binden. Die Angst der Kleinen, ihrem unfreiwilligen Geldgeber kurzfristig in die Arme zu laufen, schien sichtbar zu wachsen.

„So wie ich Heinrich heute Vormittag erlebt habe, sollten sie ihm während der nächsten Tage lieber nicht begegnen", setzte er nach. „Natürlich nur, falls sie der Grund seiner Wut sind. Er war tatsächlich außer sich. Aber er wird sich bestimmt auch wieder beruhigen."

Matthias sah gespielt mitleidig auf Mave herab. „Wahrscheinlich hat er ihren kleinen Griff in seine Geldbörse bereits entdeckt."

Mave sagte nichts.

„Sein Zorn legt sich bestimmt wieder", fuhr Matthias fort. „Heute Vormittag allerdings hat er sogar mich ein wenig in Angst versetzt."

So rot Maves Wangen nur wenige Minuten vorher geglüht hatten, so blass waren sie nun. Matthias erkannte, dass er genug gesagt hatte. Die junge Sprayerin machte mittlerweile den Eindruck, als hätte sie Mühe, ihre Tränen zu unterdrücken.

„Heinrich wird sich wieder beruhigen", versuchte er, sie wieder etwas ins Gleichgewicht zu bringen. „In ein paar Tagen hat er das Ganze sicher vergessen. Was sind zweihundert Euro für einen Mann wie ihn?"

Nicht weniger verzweifelt sah Mave zu ihm auf.

„Soll ich ein gutes Wort für Sie einlegen?", schlug er vor.

Die Sprayerin schüttelte den Kopf.

„Dann lassen Sie sich in der Zwischenzeit von mir helfen", bot Matthias ihr an. „Nur bis Heinrich sich beruhigt hat und wir ein vernünftiges Honorar für Ihr Werk von ihm verlangen können. – Ich bin es gewohnt in die Künstler zu investieren, die ich groß herausbringen möchte. Und Ihre Begabung muss gefördert werden. – Mein Partner und ich können Sie für eine Weile in unserem Haus in Wenningstedt aufnehmen und Ihnen ein kleines Atelier einrichten. Denken Sie darüber nach und melden Sie sich."

Mit diesen Worten zog er eine aufwendig gestaltete Karte aus seiner ledernen Brieftasche und reichte sie Mave. „Hier ist meine Visitenkarte. Melden Sie sich und nutzen Sie die Chance, die ich Ihnen biete."

DIENSTAG, 15. MÄRZ 2022

Auf der Promenade in Wenningstedt – ein paar nasskalte Stunden nach Mitternacht

Seit ein paar Minuten fielen keine Regentropfen mehr vom Himmel. Wenn die Wettervorhersage richtig lag, würde es etwa eine Stunde trocken bleiben. Schwere Wolken verdeckten immer wieder den Mond und nur ab und zu war ein nasses Glitzern auf der Promenade zu erkennen.

Mit ausgeschalteten Scheinwerfern näherte sich ein Wagen langsam und nahezu lautlos der Ladezone hinter der Touristeninformation im ‚Haus am Kliff'. Mit einem heftigen Ruck blieb er wenige Zentimeter vor einem der Absperrpoller stehen.

„Du Idiot", erklang es aus dem halbgeöffneten Fenster der Beifahrerseite. „Willst du, dass die Benzinkanister im Kofferraum umkippen?"

„Pscht, schrei nicht so", war eine zweite Stimme deutlich leiser zu hören. „Die Kanister sind doch hoffentlich zugeschraubt."

Beide Männer sahen sich böse an.

„Wir müssen uns nicht mit dem Wagen anschleichen, wenn du dann den erstbesten Poller umfährst", erklang es wieder barsch vom Beifahrersitz.

„Willst du jetzt, dass ich dir helfe, oder nicht?"

Leise öffneten sich die vorderen Türen des Wagens und die beiden Männer stiegen aus, in Gummistiefel und Regenjacken gekleidet. Mit einem kaum vernehmbaren Klicken sprang der Kofferraumdeckel auf; zwei 20-Liter-Kanister sowie eine langstielige Axt wurden im diffusen Licht des Mondes erkennbar und mit einem unterdrückten Stöhnen vom Fahrer ausgeladen.

Die Geräusche der Nacht waren beängstigend. Der vollständig in schwarze Sportbekleidung gehüllte, hochgewachsene Mann stieg von seinem Rennrad ab und bemühte sich, seine Atmung zu beruhigen. Vorsichtig lehnte er das Fahrrad an den Bauzaun am nördlichen Ende der Wenningstedter Promenade.

Er hatte Stille erwartet. Nächtliche Stille hätte es ihm erlaubt, in die Dunkelheit zu lauschen und zu hören, was er nicht sehen konnte. Aber in ihm und überall um ihn herum lärmte es. Sein Herz pochte viel zu laut, das Meer rauschte ohrenbetäubend, der Wind pfiff schrill durch die Ritzen der Häuser, im Gras neben ihm raschelte es und die Fahnenmasten klapperten.

Resigniert zog er einen seiner Handschuhe aus, knipste seine Stirnlampe an und schlich den Bauzaun entlang, bis er fand, was er suchte. Vor ihm stand ein schwerer, großer Bagger mit Palettengabel anstelle einer Schaufel. Dieses Monstrum aus Stahl hatte er am Sonntag hier entdeckt. Mitten zwischen den Touristen stehend, die den bunten Tetrapoden bewunderten, hatte der Bagger ihn auf eine verrückte Idee gebracht. Und dieser Eingebung wollte er jetzt nachkommen.

Wenige Tage zuvor hatte ein Mitarbeiter des Westerländer Bauhofs genau ein solches Gerät dazu genutzt, die beiden frisch erstandenen Tetrapoden des nächtlichen Radfahrers vom Strand bis in seinen Garten in Wenningstedt zu transportieren. Natürlich hatte es ein horrendes Trinkgeld gekostet, den Gemeindebediensteten zu einem derartigen Botendienst zu überreden, aber dafür hatte er seinem großzügigen Geldgeber zusätzlich auch noch die Bedienung des Fahrzeugs erklärt. Wenn das nicht ein Wink des Schicksals war, wusste der sportlich gekleidete Riese nicht, was es sonst sein sollte. Falls es ihm tatsächlich gelang, den Bagger kurzzuschließen, sollte er es auch schaffen, den begehrten Tetrapoden mit Putins Portrait aufzuladen und wegzuschaffen.

Zufrieden schaltete der Schwarzgekleidete seine Stirnlampe aus. Leise wandte er sich in Richtung des auffälligen

Restaurantbaus am anderen Ende der Promenade. Abrupt stoppte er, als ein unerwartetes Geräusch seine Ohren erreichte. Töne erklangen, die nicht vom Wind verursacht worden sein konnten. Es waren Schritte, die von menschlichen Flüchen unterbrochen wurden.

Neugierig geworden, schlich der hochgewachsene Radfahrer tief geduckt die Promenade entlang und den Geräuschen entgegen in Richtung der gläsernen Fassade von Heinrich Nissens Restaurant.

Der Wind blies eisig, die gefühlte Temperatur lag nur knapp über dem Gefrierpunkt. Eine kleine, dunkle, schmale Gestalt schlich vorsichtig über die feuchte Rasenfläche und schlängelte sich durch die drei Tetrapoden hindurch.

Vor dem auf der rechten Seite stehenden Betonklotz, dem Tetrapoden, der dem Restaurant am nächsten war, hielt die Person im dunklen Hoodie an. Ihr schwerer Rucksack glitt von ihren Schultern und landete mit leisem Scheppern auf dem Grasboden. Erschrocken sah die dunkle Gestalt sich um, aber nichts in ihrer Nähe rührte sich. Kein Mensch schien das Geräusch gehört zu haben; nichts und niemand trat aus einem der langen Schatten um sie herum ins Licht. Außer ihr schien kein lebendes Wesen das Bedürfnis gehabt zu haben, sich in einer derartig ungemütlichen Nacht außerhalb seiner warmen und trockenen Unterkunft aufzuhalten.

Vorsichtig und leise zog die schmale Gestalt eine Spraydose aus dem Rucksack. Das Mondlicht, das durch eine Wolkenlücke fiel, bewies ihr, dass sie auf Anhieb die richtige Farbe erwischt hat. Sand war genau der Farbton, mit dem sie beginnen wollte. Noch bevor sie ihre Taschenlampe einschalten und den Lichtstrahl auf den Fuß des Tetrapoden richten konnte, ließen Geräusche sie erstarren. Sie hörte Schritte, leise zwar, aber eindeutig menschliche Schritte. Es war das Quietschen von mindestens zwei Paaren Gummistiefeln, die sich ihr im Dunkeln näherten. Als auch die Stimmen der dazugehörigen Männer zu hören waren, hatte die nächtliche Sprayerin sich längst hinter den Tetrapoden zusammengekauert.

Die langstielige Axt in beiden Händen vor seiner Brust haltend, als wollte er sofort mit ihr zuschlagen, ging Bernhard Meier zügig auf das ‚Grillrestaurant am Kliff' zu. Hinter ihm folgte Detlev Hanssen, deutlich leiser auftretend, obwohl er zwei schwere Kanister in beiden Händen hielt.

„Renn doch nicht so", zischte Detlev ihn an.

„Halt die Klappe, Idiot", erwiderte Bernhard und beschleunigte seinen Schritt noch ein wenig.

Vor der doppelflügeligen Eingangstür des Restaurants angekommen, hob Bernhard die Axt bis weit über seinen Kopf und hieb sie mit voller Wucht gegen die rechte Tür. Laut schlug der stählerne Keil auf der polierten Holzplatte auf, rutschte ab und fiel zu Boden. Bernhard stolperte nach vorne und ließ den Stiel der Axt fallen.

„Scheiße", fluchte er laut.

Von Detlev kam sofort ein „Pscht."

„Woraus besteht die verfluchte Tür?", setzte Bernhard in gleicher Lautstärke nach.

„Lass mich mal machen."

Detlev, der deutlich kräftiger gebaut war als sein Freund, hob die Axt auf, postierte sich mittig vor dem Eingang und hieb seinerseits auf die rechte Tür ein. Das Ergebnis war nur wenig beeindruckender als das von Bernhards Versuch; die Klinge der Axt hatte lediglich eine flache Kerbe im Türblatt hinterlassen, bevor sie erneut zu Boden geglitten war.

„Das ist doch nicht möglich", fluchte jetzt Detlev laut, hob die Axt und hieb ein weiteres Mal auf die Tür ein.

Eine zweite Kerbe war zu sehen, vielleicht etwas tiefer als die Erste. Außerdem gelang es ihm dieses Mal, die Axt nicht wieder zu Boden gleiten zu lassen. Sein dritter, vierter und jeder weitere Hieb gegen die Tür schafften es nicht, das Türblatt auch nur ansatzweise zu zerstören.

„Scheiße", fluchte Bernhard erneut.

„Das Ganze hier macht viel zu viel Krach", ergänzte Detlev. „So wird das nichts."

„Und jetzt?" So schnell wollte Bernhard Meier seinen Plan, sich gewaltsam Zutritt zum Restaurant zu verschaffen und dieses dann in Brand zu stecken, nicht aufgeben.

„Ich haue ab." Detlev reichte ihm die Axt, drehte sich um und griff nach den Benzinkanistern.

„Du feiger Idiot", rief Bernhard ihm nach, während er unschlüssig die Axt schlenkerte und sich dabei nicht von der Stelle bewegte. Heute wollte er vor der Wehrhaftigkeit dieses Protzbaus nicht kapitulieren; schon einmal hatte er vor dem verfluchten Glasbau kleinbeigeben müssen. Wenn er nicht ins Restaurant hineinkam, musste er eben etwas anderes finden, mit dem er Nissen schaden konnte.

Hinter den Tetrapoden versteckt, hatte Mave nicht sehen können, was die beiden Fremden direkt vor dem Restaurant taten, aber die Geräusche, die sie dabei verursachten, waren eindeutig: Sie versuchten, in Heinrichs Restaurant einzubrechen. Und sie hatten ganz offensichtlich vor, dort ein Feuer zu entzünden, wie ihr die Kanister verrieten, die der Stämmige über die Promenade geschleppt hatte.

Gespannt lauschte sie den vergeblichen Versuchen, die Eingangstür zu zerstören. Die wenigen Worte, die gewechselt wurden, drangen nur als unverständliches Gemurmel zu ihr. In dem Moment, in dem sie einen der beiden Männer mit den Kanistern wieder zurückgehen sah, wusste sie, dass der Plan, Nissens Eigentum in Schutt und Asche zu legen, gescheitert war. Erleichtert ließ sie sich auf den nassen Rasen zwischen den Tetrapoden sinken.

Vielleicht kam sie doch noch dazu, ihr Vorhaben für die Nacht umzusetzen und einen weiteren burner zu sprayen. Es musste nur endlich Ruhe einkehren vor dem Restaurant. Und der Regen musste weiterhin pausieren. Wenn Heinrich das zweite großflächige Bild ebenso gut gefiel wie das erste, würde er ihr vielleicht den Griff in sein Portemonnaie verzeihen, egal, was der aufdringliche Galerist im Baumarkt behauptet hatte.

Die beiden wütend auf die Eingangstür von Nissens Restaurant einschlagenden Männer bemerkten Matthias Belting nicht. Vor lauter Frustration hätten sie ihn wahrscheinlich auch nicht entdeckt, wenn es taghell gewesen wäre. Nur etwa zwanzig Meter von ihnen entfernt stand Matthias am westlichen Rand der Promenade und musste an sich halten, um nicht zu lachen, so komisch wirkte die aussichtslose Aktion der beiden Fremden auf ihn.

Als sich der Kräftigere der beiden Wütenden unvermittelt umdrehte, die beiden Kanister ergriff und auf das ‚Haus am Kliff' zuging, schaffte es Matthias gerade noch rechtzeitig, sich hinter einen der braunen Strandkörbe zu ducken und damit für den Heraneilenden unsichtbar zu werden.

Eine Lichtreflektion auf dem Rasen neben dem Restaurant zog seine Aufmerksamkeit auf sich. Auch wenn ihm lediglich ein winziges Blitzen aufgefallen war, war er doch sicher, dass es durch eine Bewegung zwischen den Tetrapoden verursacht worden war. Etwas oder jemand befand sich auf der Rasenfläche und versteckte sich wahrscheinlich ebenso wie er vor den beiden Wüterichen.

Die nächsten zehn Minuten vergingen für Matthias nur schleppend. Leicht gebückt stand er halb hinter, halb neben dem Strandkorb und beobachtete abwechselnd den lächerlichen Fremden vor der Glasfassade und die dunkle Wiese mit den Tetrapoden. Weder vor noch neben dem Restaurant passierte etwas Aufregendes.

Immer noch mit der Axt in der Hand verschwand der wütende Mann schließlich und Matthias konnte seine Aufmerksamkeit vollständig dem Umfeld der Tetrapoden widmen. Es dauerte nur wenige Augenblicke, dann blitzte erneut ein Metallgegenstand im Mondlicht auf. Kurz darauf hörte Belting ein leises Scheppern und schließlich wurde sogar eine Taschenlampe eingeschaltet. Ihr Lichtstrahl fiel auf den ganz rechts aufgestellten Tetrapoden. Wie von Matthias mittlerweile erwartet, beleuchtete sie auch die jugendliche Sprayerin Mave, der er noch vor wenigen Stunden im Baumarkt gegenübergestanden hatte.

Es dauerte nicht lang, bis die junge Künstlerin ihre ersten Striche sprayte und rasch die ersten Flächen gefüllt waren. Trotz des wenigen Lichts und der Entfernung ahnte Matthias, dass gerade das Abbild einer Landschaft entstand. Fasziniert beobachtete er die Geschwindigkeit, mit der Mave ihr Bild sprayte; jeder Sprühstoß schien an genau der Stelle zu landen, die die Künstlerin dafür vorgesehen hatte. Nichts wurde korrigiert, nichts übersprüht. Die Landschaft musste bereits vollständig vor ihrem geistigen Auge existieren. Die Kunstfertigkeit, mit der Mave eine Kopie davon auf dem Tetrapoden entstehen ließ, bewies ihm ihre künstlerische und handwerkliche Begabung.

Hatte er zuvor noch den Vierfüßler mit Putins Konterfei stehlen wollen, so überlegte er es sich jetzt anders. Dieses neue Werk wollte er haben. So wie er auch alle weiteren Kreationen der jungen Künstlerin in seinen Besitz bringen wollte. Sollte Heinrich Nissen doch den ersten Tetrapoden behalten. Ihn zu stehlen und auf dem inoffiziellen Kunstmarkt einen Käufer dafür zu finden, wäre nach dem Aufsehen, das das Betonmonster bereits im Internet verursacht hatte, sowieso nicht leicht. Aber den frischbemalten Tetrapoden kannte noch niemand. Wenn er ihn jetzt stahl und in ein paar Monaten auf dem Kunstmarkt anbot, würde ihn außer Mave niemand als Heinrichs Eigentum erkennen. Und die junge Sprayerin hätte er bis dahin längst von sich abhängig gemacht.

Mave würde durch ihn und Martin berühmt werden. Als seine ureigene Entdeckung könnte er sie und ihre Werke auf dem Kunstmarkt präsentieren. Endlich bekäme er durch sie die ihm zustehende Aufmerksamkeit in der Szene. Nie wieder würde Martin es wagen, ihn von den künstlerischen Entscheidungen für die Galerie auszuschließen. Mave zu entdecken, war das Beste, was ihm in den letzten Jahren passiert war.

Da der Lärm, den die beiden Fremden mit ihren Axtschlägen verursacht hatten, offenbar nicht ausgereicht hatte, die Polizei auf die Promenade zu rufen, entschied Matthias, in der Kälte auszuharren und darauf zu warten, bis Mave ihr Werk zu Ende gebracht hatte. Sobald die junge Künstlerin gegangen war, wollte er versuchen, den Bagger kurzzuschließen und den Tetrapoden aufzuladen. Im Garten seines Hauses war bereits alles für den Neuankömmling aus Beton vorbereitet. Jetzt oder nie, hieß es wohl. Sobald der Einbruchsversuch der lächerlichen Wüteriche entdeckt worden war, sank die Chance, jemals wieder unbemerkt an die Betonriesen heranzukommen.

Erneut die langstielige Axt in beiden Händen vor seiner Brust haltend, kehrte Bernhard Meier zur Wenningstedter Promenade zurück. Wütend hatte er eine Runde durch die Straßen gedreht und darüber nachgedacht, warum alle, sogar sein alter Freund Detlev Hanssen, ihn früher oder später im Stich ließen. Auch wenn er keine Erklärung für diese Ungerechtigkeit gefunden hatte, so war in ihm der Wunsch, sich dafür an jemandem zu rächen, umso größer geworden. Mit Nissen und seinem hässlichen Prunkbau wollte er anfangen. Mit dieser Scheußlichkeit am Südende der Promenade hatte sein eigener Untergang begonnen; sie sollte dafür zumindest mit ein paar zerschlagenen Sitzgelegenheiten und zersplitterten Fenstern büßen. Seit dieses Restaurant errichtet worden war, war sein Leben Stück für Stück in die Brüche gegangen. Mittlerweile hatte er nichts mehr zu verlieren.

Die Promenade dieses Mal von Süden betretend, fiel Bernhard eine schmale Gestalt vor den Tetrapoden auf. Auch wenn er nicht erkennen konnte, was dort passierte, verstand er schnell, dass es etwas Verbotenes sein musste. Und dass es mit dem Eigentum Heinrich Nissens zu tun hatte.

‚Interessant', dachte er und schnalzte nahezu geräuschlos mit der Zunge. Möglicherweise meinte es das Schicksal doch nicht so schlecht mit ihm, wie er es bis gerade noch befürchtet hatte. Vielleicht bot sich hier eine unerwartete Chance, seinen Erzfeind Nissen in Schwierigkeiten zu bringen.

Obwohl sie alle Spraydosen zweimal gekauft hatte, reichte ein Teil der Farben nur mit Mühe für den einen Tetrapoden. Der Beton war so spröde, dass Mave mehrere Schichten Sprühfarbe auftragen musste, um die dreidimensionale Wirkung zu erzielen, die sie für die Landschaftsdarstellung vorgesehen hatte. Putins Portrait hatte nicht halb so viel Farbe benötigt, aber dort waren auch große Teile des Tetrapoden unbemalt geblieben.

Zufrieden mit ihrem Werk und gleichzeitig frustriert, weil sie nicht ausreichend Farbe für ein Gegenstück auf dem linken Tetrapoden zur Verfügung hatte, beendete Mave ihre Arbeit. Für diese Nacht hatte sie getan, was möglich war. Wahrscheinlich fing es sowieso gleich wieder an zu regnen.

Plötzlich merkte sie, wie durchgefroren sie war. Außerdem musste sie dringend eine Toilette finden. Eilig packte sie ihre Spraydosen in den Rucksack. Als sie einen letzten Blick auf ihr Werk warf, kam ihr der Gedanke, dass sie es signieren sollte. Eine winzige Version ihres tags fehlte. Mit dem Rest der schwarzen Farbe sprühte sie ihren Namen und eine stilisierte Möwe in den Sand auf dem Bild. Einen letzten Blick auf ihr Werk werfend, warf sie die nun endgültig leere Spraydose zurück in ihren Rucksack.

Wenn sie Glück hatte, schloss die Gemeinde den Zugang zu den öffentlichen Toiletten im ‚Haus am Kliff' nachts nicht ab. Müde machte sie sich auf den Weg dorthin.

Wieder versteckte sich Matthias Belting so gut es ging hinter dem Strandkorb, als dieses Mal die junge Künstlerin an ihm vorbei in Richtung Norden schlurfte. Vielleicht hätte sie ihn auch nicht gesehen, wenn er einfach neben seinem Versteck stehen geblieben wäre, so erschöpft sah sie aus. Er wartete ein paar Minuten, dann richtete er sich auf und dehnte seine knackenden Knochen. So spannend derartige Nächte waren, langsam wurde er zu alt für Katz-und-Maus-Spiele im Freien.

Nur wenige Meter von seinem Versteck entfernt begann der Bauzaun, der das schwere Gerät von der öffentlich zugänglichen Promenade abschirmte. Matthias hob ein Zaunelement aus dem Betonblock, in dem es stand, und öffnete den Zugang so weit, dass der Bagger hindurchpassen musste. Dann öffnete er die Tür des Baggers, stieg auf den Sitz und leuchtete mit seiner Stirnlampe kurz auf das spartanisch anmutende Armaturenbrett, unter dem er nach den Kabeln zum Kurzschließen des Motors fingerte.

„Hoffentlich habe ich alles richtig behalten", betete er leise vor sich hin und versuchte sich an alle Details aus dem YouTube-Video über Autodiebstahl zu erinnern. „Und hoffentlich funktioniert das hier genauso wie bei einem alten Golf."

Mit einem tiefen Röhren sprang der Motor an. Gar nicht so laut, wie er befürchtet hatte. Aber doch so laut, dass er keine Zeit verlieren sollte, sich ans Werk zu machen. Matthias lächelte über sein gelungenes Wortspiel und lenkte den Bagger vorsichtig durch die Lücke im Bauzaun hindurch. Gerade als er die drei Tetrapoden erreicht hatte, fielen die ersten dicken Regentropfen vom Himmel.

Niemand entdeckte Mandy Schranz, die ganz ruhig am Rand der Promenade stand und die unterschiedlichen Aktivitäten der letzten zwei Stunden registrierte.

Wenn sie eines konnte, dann war es, sich unauffällig zu verhalten. Zumindest das hatte sie während der letzten Wochen gelernt. Wenn sie es wollte, fiel sie niemandem auf, noch nicht einmal denen, die sie sehr gut kannten.

Mit ihrem linken Jackenärmel wischte sie sich die Regentropfen aus dem Gesicht, dann stand sie wieder still und beobachtete weiter, was auf der Promenade vor sich ging.

Ihre Chance würde kommen.

Das Aufladen des bunten Tetrapoden auf die Gabel des Baggers funktionierte direkt beim ersten Versuch. Vorsichtig fuhr Matthias Belting mit seinem jetzt um sechs Tonnen schwerer gewordenen Gefährt rückwärts vom durchweichten Rasen hinab. Gekonnt lenkte er es die Promenade entlang zum ‚Haus am Kliff' und dann in Richtung Dorfteich. Offenbar hatte er eine neue Begabung entdeckt, dachte er grinsend, aber trotzdem durfte er jetzt nicht leichtsinnig werden.

Es war gut, dass der Regen wieder eingesetzt hatte, auch wenn dadurch die Sicht durch die mit Sand und Salz verschmutzte Frontscheibe des Führerhauses immer schlechter wurde. Der Niederschlag war Teil seines Plans: Je mehr Wasser vom Himmel fiel, desto schneller verloren sich die matschigen Spuren der Reifen auf der Promenade und den Straßen. Aber wo zum Teufel ließ sich der Scheibenwischer einschalten?

Müde stand Mave an das Waschbecken im Bereich der Damentoiletten gelehnt und ließ zum wiederholten Mal den warmen Luftstrom des Handtrockners über ihre kalten Arme strömen. Sie hatte Glück gehabt, die öffentlichen Toiletten waren in der Nacht zugänglich, aber wollte sie hier wirklich die nächsten Stunden bleiben?

Noch während sie darüber nachdachte, was ihre Alternativen waren, hörte sie ein Geräusch, als würde ein Fahrzeug mit großvolumigem Motor das ‚Haus am Kliff' umrunden. War der Verrückte zurückgekehrt, der in Heinrichs Restaurant einbrechen wollte? Hatte er sich dafür jetzt etwa mit schwerem Gerät ausgestattet?

Neugierig geworden, rannte Mave zum Ausgang und durch die sich automatisch öffnende Glastür. Unter dem Holzdach stehend, sah sie dem unbeleuchteten Baufahrzeug hinterher, das ihren frisch verschönerten Tetrapoden abtransportierte. Bevor beide vollständig in der Dunkelheit verschwunden waren, setzte sie sich in Bewegung und lief hinter ihnen her.

Am Dorfteich in Wenningstedt – sehr früher Morgen

Zu Fuß dem Bagger zu folgen, war keine große Herausforderung. Der Regen fiel mittlerweile so dicht, dass der Fahrer des schweren Gefährts sein Tempo gedrosselt hatte und gerade noch Schritttempo fuhr.

Bernhard Meier ließ das Baufahrzeug weit vorausfahren. Falls ein anderer Einwohner Wenningstedts auf dieses Monstrum aufmerksam wurde, wollte er nicht damit in Verbindung gebracht werden. Und verloren gehen würde es ihm bei dem Lärm, den es machte, bestimmt nicht.

Leise vor sich hin fluchend, spekulierte er darüber, wohin der Tetrapodenräuber seine Beute wohl bringen wollte. Jeder Meter Weg erhöhte für den Täter das Risiko, entdeckt zu werden. Und für ihn stieg die Wahrscheinlichkeit, sich eine ernsthafte Erkältung einzufangen. Trotz seiner Regenbekleidung war Bernhard vollständig durchnässt, vor allem seine Stiefel hatten den himmlischen Sturzbächen gegenüber längst kapituliert.

Mit jeder Häuserecke, die sie umrundeten, addierte er in Gedanken einen Tausender auf die Summe, die er von dem zweifachen Dieb fordern wollte. Den frisch bemalten Tetrapoden zu stehlen war schon dreist, dafür aber auch noch eines der Baufahrzeuge kurzzuschließen, die auf der Promenade herumstanden und darauf warteten, die Reste seines Restaurants von der Düne zu reißen, forderte Bernhard tatsächlich ein gewisses Maß an Respekt ab. Der Mann war gut. Nicht nur, dass er Nissen schädigte, er tat dies auch mit einer Frechheit, die noch nicht einmal er selbst besaß. Fast tat es ihm leid, den dreisten Dieb für sein Schweigen um eine ordentliche Summe erleichtern zu müssen. Fast.

Nach etwa zehn Minuten erreichten sie den Wenningstedter Dorfteich. Auch hier schien außer ihnen noch niemand wach und unterwegs zu sein. Noch nicht einmal die Gänse, die schlummernd auf dem See schaukelten, interessierten sich für den Bagger und seine Ladung. Vor einem weit geöffneten Gartentor hielt das Baufahrzeug kurz an, dann holperte es über eine niedrige Schwelle und verschwand hinter dem Zaun. Erst als Bernhard direkt vor dem Tor stand, sah er, dass jemand hölzerne Planken in den Garten gelegt hatte, auf denen der Bagger den Weg durch den Garten zurückgelegt hatte, ohne zu tief ins Erdreich einzusinken. Der Diebstahl des Tetrapoden war also nicht spontan geschehen. Alles war gut vorbereitet worden.

Bernhard nickte zufrieden. Mit einem Profi zu verhandeln, würde sicher leichter sein als mit einem Dilettanten, der den Diebstahl nur aus einer Laune heraus begangen hatte.

Als er die Hausecke umrundet hatte, blieb Bernhard abrupt stehen und kniete sich schnell hinter einen Busch. Direkt vor einem großen Loch im Erdboden stand das Baufahrzeug und daneben der dreiste Dieb und das schmale, kleine Wesen, das ihm bereits auf der Promenade neben dem Tetrapoden aufgefallen war. Die beiden stritten im Flüsterton miteinander. Der Zwerg griff nach dem Ärmel des Riesen. Fast schien es

Bernhard, als wollte das kleine Wesen den großen Mann von dem Tetrapoden wegziehen, der immer noch auf der Gabel des Baggers auf seinen neuen Aufenthaltsort wartete. Nach einem kurzen Moment, in dem sich die beiden Kontrahenten stumm ansahen, nickte der Tetrapodendieb deutlich sichtbar und stieg wieder ins Führerhaus des Baufahrzeugs. Mit einem leisen, scharrenden Geräusch wurde ein Gang eingelegt. Das Monstrum aus Stahl setzte sich ruckartig in Bewegung und drehte sich zur Seite.

Neugierig geworden stand Bernhard hinter dem Rosenbusch auf und stellte sich schräg hinter den Bagger. Weder der Riese noch der Zwerg konnten ihn sehen. Das einzige Licht, das den Garten erhellte, war ein sanfter Schein, der aus dem Haus fiel. Lediglich die ausgehobene Grube vor dem schweren Baufahrzeug und ein wenig Rasen rechts und links davon wurden beleuchtet. Wenn Bernhard sich nicht täuschte, war das Loch mit dunkler Folie ausgelegt, deren ungleichmäßig geschnittener Rand bis auf die Holzbohlen reichte. Ein Spaten und eine weitere Rolle Folie lagen zwischen der Grube und dem Haus. Noch während er allmählich die Szenerie begriff, passierten zwei Dinge gleichzeitig: Die kleine, dunkle Gestalt lief hektisch bis an den Rand der Grube, glitt auf dem feuchten Folienrand aus und schlitterte laut schreiend, mit den Beinen zuerst hinab. Im selben Moment rutschte der Tetrapode, der sich durch die ruckartige Seitwärtsbewegung des Baggers auf der Gabel verschoben haben musste, seitlich vom Stahl herab und schlug mit seinem vollen Gewicht von sechs Tonnen in der Grube auf.

Voller Entsetzen lief Bernhard zurück bis zur Hausecke. Ein Blick über die Schulter überzeugte ihn davon, dass auch dem Tetrapodendieb nicht verborgen geblieben war, was gerade passiert war. Der Bagger stand still und die Tür des Führerhäuschens war weit geöffnet. Vom Riesen war nichts zu sehen.

Panisch verließ Bernhard das Grundstück. Die wenigen Schritte bis zu einer Bank am Dorfteich legte er mit zitternden

Knien zurück. Dann brach er über der regennassen Sitzgelegenheit zusammen und würgte sein kaum verdautes Abendessen hervor.

Am Dorfteich in Wenningstedt – Morgengrauen

Mandy Schranz war auf dem Schotterweg vor dem hölzernen Gartenzaun stehengeblieben. Von den Geschehnissen jenseits dieser Abgrenzung bekam sie nichts mit. Dass Bernhard Meier sie nicht anrempelte, als er in Panik das Grundstück verließ, verdankte sie ihrer schnellen Reaktion und den zwei Rückwärtsschritten, die sie gerade noch machen konnte, als ihr ehemaliger Lebensgefährte blindlings auf sie zulief. Vollständig durchnässt hockte sie nun hinter einem der Sträucher am Rand des Weges und beobachtete ihn.

Es musste eine Erklärung für Bernhards überstürzte Flucht geben und sie wollte erfahren, welche es war. Lange genug kannte sie ihn, um nichts Gutes zu ahnen. Sich mit ihm zusammenzutun, war das Dümmste gewesen, das sie hatte tun können. Bernhard war schuld daran, dass ihr Leben in Trümmern lag. Vielleicht hatte sie nun die Gelegenheit, es ihm heimzuzahlen. Sie musste nur geduldig sein.

Ihre Chance würde kommen.

Bewegungslos saß Bernhard Meier auf der nassen Bank am Dorfteich und zerbrach sich den Kopf darüber, was er tun sollte. Die Polizei zu rufen, würde ihn genauso in Schwierigkeiten bringen wie den mörderischen Riesen. Die Polizei nicht zu rufen und stattdessen dem Verbrecher damit zu drohen, den Tod seines Besuchers öffentlich zu machen, war wahrscheinlich auch nicht der richtige Weg. Wer konnte wissen, wie gefährlich dieser Mann war?

Erst das Röhren eines großvolumigen Motors, der nur wenige Meter von seinem Sitzplatz abgestellt wurde, erinnerte Bernhard daran, dass es immer noch den Tetrapodendiebstahl gab. Mit ihm würde er den dreisten Verbrecher erpressen, so wie er es ursprünglich vorgehabt hatte. Dass er zusätzlich Zeuge geworden war, wie der kleine Mensch von dem Betonmonster zerquetscht worden war, würde Bernhard erst einmal für sich behalten.

Martin Knoop hatte seine rasche Rückkehr nach Sylt nicht angekündigt. Ein paar Bemerkungen seines Lebensgefährten während ihres abendlichen Telefonats hatten ihn derartig beunruhigt, dass er mitten in der Nacht in Hamburg losgefahren war, um den ersten Autozug nach Sylt zu erwischen. Und da war er nun, übernächtigt und immer noch in Sorge, dass Matthias sich wieder einmal leichtsinnig in eine schwierige Situation gebracht hatte, die er bereinigen musste.

Seine Bedenken waren offensichtlich nicht unberechtigt. Wach, durchnässt und dreckverschmiert saß Matthias am Küchentisch. Und neben ihm hatte eine unbekannte, mindestens ebenso dreckige, junge Frau – fast noch ein Kind – Platz genommen. Vor den beiden standen zwei halb gefüllte Teegläser und eine Schachtel mit Matthias' Lieblingsgebäck. Ein Unterarm der Unbekannten war dick mit Mullbinden umwickelt; ein Eisbeutel krönte den voluminösen Verband.

„Martin." Matthias erhob sich, als Martin die Küche betrat.

Auch die junge Frau sprang von ihrem Stuhl auf, wobei der Eisbeutel mit einem lauten Platschen auf den blauweißen Fliesenboden fiel.

„Was hast du angestellt?", fragte Martin und zeigte müde auf den unerwarteten Gast. „Warst du es etwa, der sie verletzt hat?"

In wenigen Sätzen beichtete sein Lebensgefährte ihm seinen Raubzug auf der Promenade. Auch seine Begegnung mit Mave, der jungen Sprayerin, und seine Einsicht, den Tetrapoden an Heinrich Nissen zurückgeben zu müssen, verschwieg er nicht. Als er zu dem Punkt kam, an dem der Tetrapode ungewollt in die für ihn ausgehobene Grube gerutscht war, stockte Matthias. „Ich wollte nicht, dass das passiert. – Ich meine, ich wollte den Tetrapoden wirklich zurück auf die Promenade fahren. So habe ich es Mave versprochen. – Aber beim Wenden des Baggers ist er mir seitlich von der Gabel gerutscht."

Die letzten Worte hörte Martin nur noch halb; sie waren wahrscheinlich auch eher für die junge Frau gedacht, die immer noch verängstigt in seiner Küche stand. Mit schnellen Schritten verließ er den Raum, durchquerte den Flur und trat auf die Terrasse. ‚Chaos' war das Wort, das sich ihm beim Anblick des Gartens aufdrängte.

„Der Bagger muss sofort wieder dorthin, wo er vorher gestanden hat", herrschte er Matthias an, der ihm gefolgt war. „Ich möchte nicht auch noch Ärger wegen des Diebstahls von einem Baufahrzeug bekommen. Du fährst das Ding auf die Promenade zurück und dann machen wir im Garten Ordnung."

„Und der Tetrapode?", kam es fragend von Mave. „Er gehört Heinrich Nissen. Ich habe das Bild darauf nur für Heinrich gesprayt."

Martin sah sie ein paar Sekunden nachdenklich an.

„Darum kümmern wir uns später", antwortete er schließlich. „Mit dem Bagger bekommen wir ihn jetzt sowieso nicht mehr aus unserem Garten heraus."

„Das stimmt", unterstützte ihn Matthias, der sich bereits eine trockene Jacke von der Garderobe genommen hatte. „Mave, bleib du hier im Warmen. Ich bin gleich zurück."

Auf Anhieb gelang es Matthias Belting, das Baufahrzeug ein weiteres Mal kurzzuschließen und in Gang zu setzen. Ohne das Gewicht des Tetrapoden war der Bagger deutlich wendiger, dennoch entschied sich Matthias dagegen, das Fahrzeug auf der kleinen Fläche vor der Grube zu wenden. Rückwärts fuhr er das Monster aus Stahl über die Planken aus dem Garten heraus und damit Bernhard Meier entgegen, der entschlossen auf das Grundstück zuging. Nur etwa einen Meter vom Gartentor entfernt stellte Matthias den Motor des schweren Geräts ab und sprang aus dem Führerhaus, einem Mann in durchweichter Regenkleidung fast in die Arme.

„Wir sollten miteinander reden", sprach ihn der Unbekannte an.

Erschrocken zuckte Matthias zusammen. Dann hob er den Kopf und musterte den kleinen Mann von oben herab.

„Wenn du nicht möchtest, dass ich der ganzen Welt erzähle, dass du ein Dieb bist, dann wird es teuer für dich", brachte dieser sein Ansinnen auf den Punkt.

„Nicht hier und nicht jetzt", waren die einzigen Worte, die Matthias leise als Antwort zischte.

Entschlossen zog er das Gartentor zu und legte den Riegel darüber. Dann ging er raschen Schrittes wieder auf den abgestellten Bagger zu.

Matthias war selbst erstaunt, wie gut er angesichts der Ereignisse der letzten Stunde jetzt wieder funktionierte. Martins Ankunft hatte ihn aus der Schreckstarre erlöst, in die ihn Maves Sturz in die Grube versetzt hatte. Von einem dreisten Erpresser würde er sich jetzt nicht mehr aus dem Konzept bringen lassen. Martin und er würden nur dann unbeschadet aus der ganzen Sache herauskommen, wenn er von nun an wieder die Oberhand behielt.

„So einfach kommst du mir nicht davon." Der Unbekannte versuchte ihn am Arm festzuhalten.

„Steigen Sie ein", zischte Matthias zurück. „Wenn das Ding hier nicht bald wegkommt, haben wir beide das Nachsehen."

Er hatte bereits den Motor ein weiteres Mal kurzgeschlossen, da setzte sich der vollständig in Regenkleidung gehüllte

Erpresser neben ihn und zog mit einem lauten Knall die Tür des Fahrerhauses hinter sich zu.

„Pscht!" Konzentriert lenkte Matthias den Bagger auf die Friesenkapelle zu und bog dann nach links ab. Als er die Hauptstraße erreicht hatte, hielt er an.

„Was haben Sie gesagt, als sie mich am Tor angesprochen haben?" Matthias ließ den Motor laufen, drehte sich aber ganz zu seinem Nachbarn um und sah ihn drohend an.

„Dass wir reden müssen." Der Unbekannte bemühte sich erkennbar, seiner Stimme einen selbstsicheren Klang zu geben. „Es wird dich einiges kosten, wenn ich niemandem verraten soll, dass du Nissen einen Tetrapoden gestohlen hast."

Matthias sah ihn nachdenklich an. „Es ist nichts passiert", sagte er in bedrohlichem Ton.

„Für zwanzigtausend Euro ist nichts passiert. Wenn ich die nicht bekomme, gehe ich zur Polizei."

„Um ihr zu verraten, dass Sie versucht haben, mich zu erpressen und ich darauf nicht eingegangen bin?" Wieder musterte Matthias seinen Erpresser von oben herab. „Falls irgendetwas Ungesetzliches passiert ist, sind Sie längst ein Mittäter."

‚Scheiße, scheiße, scheiße', dachte Bernhard Meier und wünschte sich, mehr Zeit für eine Antwort zu haben.

„Wer ein Haus am Dorfteich in Wenningstedt bewohnt, hat ganz bestimmt mehr zu verlieren als ich", antwortete er schließlich und starrte sein unerschrockenes Gegenüber wütend an. Dass der ertappte Straftäter nicht sofort auf seine Erpressung einging, passte ihm überhaupt nicht. „Mit jeder weiteren Minute, die wir hier sitzen, kostet es Zehntausend mehr."

„Also jetzt Dreißigtausend", kam es arrogant von dem Riesen neben ihm.

Bernhard hatte den Eindruck, nicht wirklich ernst genommen zu werden. „Vierzigtausend mittlerweile", zischte er wütend.

„Dass ich eine solche Summe weder dabei noch in meinem Haus liegen habe, können Sie sich wohl denken. Aber ich habe vierhundert Euro im Portemonnaie."

Der Tetrapodendieb öffnete eine Reißverschlusstasche seiner Jacke und entnahm ihr ein schwarzes Lederetui. „Hier sind drei Hunderter und zwei Fünfziger." Er hielt Bernhard die Scheine hin. „Dafür nehmen Sie mir aber auch etwas Arbeit ab. Bringen Sie den Bagger genau an die Stelle zurück, auf der er gestanden hat. Und schließen Sie den Bauzaun wieder. Alles muss so aussehen, wie es die Arbeiter am Nachmittag verlassen haben. Dafür verspreche ich, Ihnen in zwei Tagen Vierzigtausend Euro zu übergeben. Wir treffen uns am Bagger um Mitternacht."

Bernhard griff nach den Geldscheinen. Noch bevor er dem Vorschlag seines Erpressungsopfers widersprechen konnte, hatte dieses das Führerhaus des Baggers verlassen und war in der regennassen Nacht verschwunden.

‚Scheiße', dachte Bernhard ein weiteres Mal. Das war schon wieder nicht so gelaufen, wie er es gewollt hatte. Heute war nicht seine Nacht.

Vorsichtig probierte er den Schalthebel und die Pedale des Baggers aus. Ruckelnd setzte sich das schwere Gefährt in Bewegung.

Aber eigentlich konnte doch nichts mehr schief gehen, setzte er seinen inneren Dialog fort. Bekam er eben etwas später das Geld. Dafür aber auch Vierzigtausend statt Zwanzigtausend.

Wieder zufrieden mit dem zu erwartenden Ergebnis seiner kleinen Erpressung fuhr er den Bagger zurück auf die Wenningstedter Promenade. Bereits im ersten, schwachen Tageslicht rangierte er das schwere Gerät auf den Platz, auf dem es zuvor gestanden hatte, und rückte den Bauzaun wieder ordnungsgemäß zusammen.

Auf der Promenade in Wenningstedt – Vormittag

Wie jeden Morgen seit Ella Wessels Ankunft auf Sylt, war ihr Bruder bereits vor Sonnenaufgang aufgestanden, um ausreichend Zeit zu haben, noch vor seinem Arbeitstag bei einem einsamen Strandspaziergang den Kopf freizubekommen. Bisher hatte sie seine Versuche, sie ebenfalls so früh aus dem Bett zu locken, immer ignoriert und sich bemüht weiterzuschlafen. Aber heute stapfte sie tapfer neben ihm durch den Sand.

Schweigend liefen sie zuerst auf der Kurpromenade nach Süden und gingen dann an ihrem Ende auf den Strand, bis das Meer sie stoppte. Brunner hob eine Muschel auf, sah sie sich kurz an, steckte sie wortlos ein und trat danach den Flutsaum entlang den Rückweg Richtung Norden an. Ella folgte ihm.

Der Sand war vom Regen der vergangenen Nacht schwer und nass und von der ablaufenden Nordsee glatt gespült. Ella und ihr Bruder konnten schnellen Schrittes den Weg bis kurz vor das nördliche Ende der gemauerten Promenade Westerlands zurücklegen.

Mit einer gewissen Melancholie sah Ella auf die martialische Betonwand, die zur Verstärkung der über einhundert Jahre alten Backsteinbrüstung bereits an etwa zwei Dritteln der Promenade installiert worden war. An der Stelle, ab der diese Baumaßnahme in den nächsten Wochen fortgesetzt werden sollte, waren die noch verbliebenen Tetrapoden von der Mauer abgerückt aber noch nicht entfernt worden. Sauber nebeneinander aufgereiht standen etwa einhundert dieser ehemaligen Wellenbrecher auf dem Strand. Wenige vollständige Tetrapoden waren es und viele Reste, die von ihren zerstörten Kameraden geblieben waren. Eine Armee von Kriegsversehrten. Opfer des jahrelangen Kampfes gegen die Kraft des Meeres, das Salz der Nordsee, die eisige Kälte des Windes und der Kombination daraus. Kaum einer der Tetrapoden besaß noch seine vier Füße. Arme, Beine oder wie auch immer man es bezeichnen wollte, waren abgesprengt. Es war ein trauriger Haufen einstmals stolzer Betonriesen, die ihrem Schicksal harrten. Wer der Gemeinde jetzt noch einen unbeschädigten Tetrapoden als Andenken abkaufen wollte, musste sich beeilen.

„Ist das nicht ein erbärmlicher Anblick?", fragte Ella.

Ihr Bruder sah sie verständnislos an.

„Die armen Tetrapoden, meine ich. Jahrelang haben sie ihr Bestes gegeben und nun werden sie ausgemustert."

Brunners Blick wurde weich. Ganz dicht trat er an sie heran, nahm sie kurz in den Arm und ließ sie dann schnell wieder los, ohne auf ihre Bemerkung weiter einzugehen.

„Ich denke, ich sollte jetzt zur Arbeit gehen", verabschiedete er sich verlegen. „Du kommst allein nach Hause?"

Ella nickte stumm, winkte ihm zum Abschied und marschierte dann weiter Richtung Norden.

Es war neu für sie, ohne Ziel und Begleitung vor sich hin zu laufen. In Hamburg war sie regelmäßig zusammen mit einer etwa zehn Jahre jüngeren Nachbarin gejoggt. Nachdem ihr allerdings klargeworden war, dass sie von ihrem Mann nicht nur mit einigen seiner Studentinnen, sondern auch mit genau dieser Nachbarin betrogen worden war, hatte sie mit dem gemeinschaftlichen Sport aufgehört.

Jetzt ging sie allein spazieren. Und das wollte sie von nun an regelmäßig tun. Heute war ein neuer Tag und für sie war es an der Zeit, ihr neues Leben zu strukturieren. Sie müsse sich endlich darüber Gedanken machen, wie sie es ohne ihren Mann gestalten wollte, hatte Brunner ihr gestern deutlichgemacht. Ein neues Leben, ja, und bestimmt auch ohne ihren Ehemann. Aber auf keinen Fall ohne ihre Literatur.

„Christian Morgenstern hat völlig recht", murmelte sie vor sich hin, während sie unterhalb der hölzernen Kurpromenade am nördlichen Strand Westerlands dem Flutsaum folgte. „Gedanken wollen oft – wie Kinder und Hunde –, dass man mit ihnen im Freien spazieren geht."

Mit dem Spazierengehen im Freien hatte sie heute erfolgreich begonnen. Aber wohin sollte es führen? Eine Insel wie Sylt, die einen Strand besaß, der vom äußersten Süden bis in den obersten Norden reichte, machte es ihr nicht leicht damit, ein Ziel für ihren Spaziergang zu definieren. Wie lang sollte ein morgendlicher Gedanken-Spaziergang sein? Und bewegte man sich dafür am besten immer nur in einer Richtung und nahm den Bus zurück oder war der Rückweg ein notwendiger Teil des Spaziergangs?

Wie Heinrichs Tetrapoden wohl mittlerweile aussahen? Hatte Matthias ihr nicht erzählt, die junge Künstlerin plane, auch noch die beiden anderen Betonriesen zu verschönern? Wie weit war es eigentlich zu gehen bis zum ‚Grillrestaurant am Kliff'?

Ella schritt schnell aus und erreichte nach einer guten halben Stunde die beeindruckende Strandtreppe Wenningstedts, an deren Fuß einige Handwerker mit schwerem Gerät dabei waren, die Reste einer Bretterbude vom Strand zu entfernen. Der wenig idyllische Lärm der Baufahrzeuge begleitete sie den Weg hinauf.

Ab etwa der Hälfte der Treppe kam das geschwungene Dach von Heinrichs elegantem Restaurant in ihr Blickfeld; mit jeder Stufe, die sie sich der Promenade weiter näherte, vervollständigte sich die Glasfassade Stück für Stück. Die Tetrapoden, die daneben auf der Wiese standen, wurden erst sichtbar, als Ella den ersten Fuß auf die steinerne Promenade gesetzt hatte. Waren es nur noch zwei Betonriesen oder unterlag sie einer optischen Täuschung? Bei ihrem letzten Besuch hatten doch definitiv drei Tetrapoden nebeneinander auf dem Rasen gestanden, der mittlere von der Sprayerin verschönert, der rechte nur etwa einen Meter vom Restaurant entfernt.

Ella ging auf den Glasbau zu. Auf der Wiese befanden sich tatsächlich nur noch zwei Tetrapoden, der künstlerisch aufgewertete und links daneben ein unbemalter. Ganz rechts, dort, wo zuvor der dritte Tetrapode gestanden hatte, sah sie tiefe Spurrillen eines schweren Fahrzeugs im Gras. Matschige Reifenspuren führten auf die Promenade und wurden dort mit jedem Meter in Richtung ‚Haus am Kliff' weniger deutlich.

Die Fenster des Restaurants waren noch dunkel. Ein Blick auf ihre Uhr klärte Ella darüber auf, dass es erst zwanzig Minuten vor Neun war. Natürlich war ein Grillrestaurant um diese Zeit noch geschlossen. Falls sie Heinrich auf den fehlenden Betonriesen ansprechen wollte, würde sie ihn anrufen müssen. Aber vielleicht hatte ja auch alles seine Richtigkeit und Heinrich hatte den dritten Tetrapoden vor eines seiner anderen Restaurants transportieren lassen. Die verbliebenen Reifenspuren sprachen allerdings dafür, dass der Tetrapode erst am frühen Morgen weggefahren worden war; es hatte fast die ganze Nacht geregnet.

Hin- und hergerissen zwischen den beiden Optionen, zu bleiben und Heinrich anzurufen oder einfach wieder zu gehen, beobachtete Ella, wie ein Streifenwagen auf die Promenade fuhr und nur wenige Schritte vom Bauzaun gegenüber dem Kurhaus entfernt stehen blieb. Die matschigen Spurrillen meidend, ging Ella auf den Wagen zu. Sie war neugierig, weshalb die beiden Uniformierten nach Wenningstedt gerufen worden waren. Wegen des fehlenden Tetrapoden waren sie offenbar nicht gekommen, denn dann wären sie sicher nicht am nördlichen Ende der Promenade stehen geblieben, sondern direkt bis vor Heinrichs Restaurant gefahren.

„Moin, haben Sie etwas gesehen?", sprach einer der Polizisten sie freundlich an, als sie neben dem Streifenwagen stehen blieb.

„Moin", antwortete sie irritiert. „Leider weiß ich nicht, weshalb Sie hergerufen wurden. Hat es etwas mit dem fehlenden Tetrapoden zu tun?"

Fragend sah sie der mittefünfzigjährige Streifenbeamte an, der auf Ella einen zwar netten, aber nicht zu intelligenten Eindruck machte.

„Nein, wir sind wegen des Baggers hier", antwortete er kopfschüttelnd.

„Offenbar ist heute Nacht einer der drei Tetrapoden entfernt worden, die vor dem ‚Grillrestaurant am Kliff' stehen. Aber ob das im Auftrag von Herrn Nissen passiert ist, kann ich nicht sagen."

„Vor Heinrich Nissens Restaurant?", fragte der Polizist und sah jetzt deutlich interessierter aus als zuvor.

„Ja, genau dort."

„Bleiben Sie bitte mal kurz hier stehen."

Der Streifenbeamte drehte sich um und ging zu seinem Kollegen, der neben dem Bauzaun stand und mit einem der Arbeiter sprach. Nach ein paar Worten kehrte der Mittefünfzigjährige zusammen mit seinem jüngeren Kollegen zu Ella zurück.

„Moin, Polizeiobermeister Rainer Müller", sprach sie der zweite Uniformierte an. „Es fehlt ein Tetrapode, haben Sie gesagt?"

„Dass er entfernt wurde, habe ich gesagt", korrigierte Ella. „Ob das seine Richtigkeit hat und im Auftrag von Herrn Nissen passiert ist, weiß ich nicht."

„Der Betonklotz mit dem Kunstwerk?", fragte der Beamte, wartete aber ihre Antwort nicht ab, bevor er sich auf den Weg zum Restaurant machte.

Ella folgte ihm.

„Nein, nicht der Tetrapode, den die Sprayerin verschönert hat", antwortete sie zu seinem Rücken.

Erneut die matschigen Spuren umgehend, erreichten sie die Wiese neben dem Restaurant.

„Eigenartig", war der einzige Kommentar, den Polizeiobermeister Müller von sich gab.

„Müssten die Spuren nicht längst weggewaschen sein, wenn der Tetrapode bereits gestern am Tag entfernt worden wäre?", fragte Ella.

„Ich muss Kriminalhauptkommissar Brunner anrufen."

Erneut ließ Polizeiobermeister Müller Ella stehen und machte sich auf den Rückweg zum Streifenwagen.

Die Rückkehr des Streifenpolizisten und die mögliche Ankunft ihres Bruders wartete Ella nicht ab. Wenn sie jetzt wieder auf den Strand ging, erfuhr Brunner vielleicht nicht, wer die neugierige Frau war, die seine Kollegen auf den fehlenden Betonriesen aufmerksam gemacht hatte. Und sie ersparte sich mögliche Vorwürfe, Heinrich schamlos nachzulaufen, und erneute Warnungen vor seinem Umgang mit Frauen.

DONNERSTAG, 17. MÄRZ 2022

Auf der Promenade in Wenningstedt – ein paar nasse, kalte Stunden nach Mitternacht

Wenn Bernhard Meier an einem nie gezweifelt hatte, dann war es der deutlich erfreulichere Ablauf seines nächsten Zusammentreffens mit dem Dieb des Tetrapoden. Selbstverständlich würde der lange Lulatsch pünktlich um Mitternacht am vereinbarten Treffpunkt erscheinen, um ihm das zugesagte Geld vollständig auszuhändigen.

Schon frühzeitig stand Bernhard auf der Wenningstedter Promenade und wartete. Den ganzen Tag lang hatte er Pläne geschmiedet, was er mit den vierzigtausend Euro anfangen wollte, die er gleich in Händen halten sollte. Die Insel zu verlassen, stand ganz weit oben auf seiner Liste. Auf Sylt hielt ihn nichts mehr. Das Festland bot ausreichend Entfernung zu dem möglicherweise gefährlichen Tetrapodendieb und allen schlechten Erinnerungen, die die Insel ihm in den letzten Wochen verschafft hatte. Und wahrscheinlich war es auch besser, wenn ihn dort niemand kannte, wo er neu anfangen wollte.

Nicht nur wegen der feuchten Kälte unruhig von einem Fuß auf den anderen tretend, wartete Bernhard auf seinen Geldgeber. Mit jeder Minute, die verging, wuchs die Unsicherheit, ob er seine schönen Pläne würde umsetzen können. Ein Blick auf die Uhr seines Handys bestätigte schließlich seine Befürchtung: Es war schon fast 01:30 Uhr und der verbrecherische Riese war immer noch nicht da. Dass er in dieser Nacht noch käme, um seine Schulden zu bezahlen, war damit mehr als unwahrscheinlich.

„Scheiße", fluchte Bernhard leise. Warum hatte er sich bei ihrer ersten Begegnung mit nur vierhundert Euro abspeisen lassen? Und wieso hatte er sich auch noch dazu überreden lassen, für den dreisten Dieb den Bagger auf seinen ursprünglichen Platz auf der Promenade abzustellen? Welche Beweise hatte er denn nun noch, die es ihm gestatteten, die Daumenschrauben fester anzudrehen?

Nur eine gute Stunde nachdem er das Fahrzeug zur Baustelle zurückgebracht hatte, war die Polizei dort erschienen. Natürlich hatten die Arbeiter bemerkt, dass der Bagger kurzgeschlossen worden war. Und vielleicht hatte das Monstrum auch nicht genau auf dem Platz gestanden, auf dem sie ihn zuvor abgestellt hatten, obwohl Bernhard sich alle Mühe gegeben hatte.

Einer seiner ehemaligen Gäste hatte beobachtet, wie die Streifenhörnchen akribisch alle Spuren gesichert hatten. Auf dem Lenkrad des Baufahrzeugs waren bestimmt seine Fingerabdrücke gefunden worden, die der Polizei allerdings bisher noch nicht bekannt waren. Sollte er jemals in Verdacht geraten und auf ein Revier mitgenommen werden, wäre es mit dieser Anonymität schnell vorbei. Wie sollte er dann erklären, dass er das Fahrzeug zwar gefahren, den bunten Betonriesen aber nicht gestohlen hatte? Und vor allem, dass er nichts davon wusste, was mit dem Tetrapoden und dem Zwerg, der ihn verschönert hatte, noch passiert war?

„Scheiße, scheiße, scheiße", fluchte Bernhard leise weiter und überlegte dabei fieberhaft, was er tun konnte, ohne ins Radar der Polizei zu gelangen. Das ihm zustehende Geld wollte er bekommen. Wenn er über seine Erlebnisse der vorletzten Nacht schweigen sollte, waren vierzigtausend Euro eigentlich viel zu wenig.

Das Geräusch eines Autos, das bis zur südlichen Absperrung der Promenade fuhr und dort stehen blieb, belebte Bernhards erloschene Hoffnung. Vorsichtig machte er ein paar Schritte in Richtung Grillrestaurant. Erst als er bereits viel zu nah vor dem Fahrzeug stand, erkannte er, dass es sich um einen

Streifenwagen handelte. Noch bevor sich Fahrer- und Beifahrertür öffneten, lief Bernhard zum Bauzaun zurück. Eine Lücke zwischen zwei Drahtelementen erlaubte es ihm, sich notdürftig auf dem abgesperrten Bereich in Sicherheit zu bringen. Eingeschlossen von Bagger und Container kniete er auf der feuchten Promenade und bereute in Gedanken seine Naivität dem verlogenen Tetrapodendieb und Mörder gegenüber.

Im nächsten Moment, während er die Polizisten auf sich zugehen sah, verfluchte er die Wahl seines eilig gewählten Schlupflochs. Verzweifelt hielt er den Atem an; jetzt nur keinen Lärm machen, nur nicht auffallen. Warum versuchte er sich ausgerechnet auf dem Teil der Promenade zu verstecken, an dem die Polizisten mit Sicherheit das größte Interesse hatten? Hätte er trotz seiner Panik nicht auch auf die rechte Seite der Promenade laufen können? Hatte er vielleicht sogar Fußspuren auf der regennassen Promenade hinterlassen, die die Beamten jetzt direkt zu ihm führten?

‚Scheiße‘, fluchte er in Gedanken wieder. Der verbrecherische Mistkerl drückte sich nicht nur vor der Zahlung seiner Schulden. Wahrscheinlich hatte er sogar die Polizei alarmiert, anonym natürlich. Der arrogante Schnösel hoffte wahrscheinlich, sich auf diese Art seinen Erpresser von der Polizei aus dem Weg räumen zu lassen. Und wenn Bernhard nicht innerhalb der nächsten Sekunden ein besseres Versteck fand, dann ging der Plan des feigen Mörders sogar auf.

Mit einem Hechtsprung, den er sich selbst nicht mehr zugetraut hatte, flüchtete Bernhard aus dem Schatten des Baggers hinein in das Innere des orangefarbenen Containers. Nur mühsam unterdrückte er einen Schmerzensschrei, als er gegen die harte Kante einer Holzplanke prallte, die im vordersten Bereich des Containers an eine der Seitenwände gelehnt war und nun drohte, mit lautem Scheppern auf den Boden des Containers zu kippen. Nur dank seiner schnellen Reflexe und einer innigen Umarmung des Bretts fing er es rechtzeitig auf.

Sein Sprung und die darauffolgende Rettungsaktion hatten durchaus ein paar leise Geräusche verursacht; Bernhard hoffte inständig, dass die Polizisten nichts davon mitbekommen hatten. Mit dem linken Arm die Holzplanke umklammernd, lauschte er auf die Schritte der beiden Beamten. Es wurde still. Die Uniformierten mussten stehengeblieben sein.

Vorsichtig tastete Bernhard über seine linke Wange, mit der er auf das Holz geprallt war. Blut rann aus einem langen Kratzer. Wahrscheinlich würde am nächsten Tag ein ordentlicher blauer Fleck an der Stelle sichtbar sein. Während er erneut in Gedanken vor sich hin fluchte, hörte er nur wenige Schritte vom Container entfernt einen der Polizisten.

„Totaler Blödsinn, uns bei dem Wetter hierher zu schicken", maulte der Beamte. „Außer Regen kann ich nichts entdecken."

Grummelnde Zustimmung war vom zweiten Uniformierten zu hören.

„Lass uns auf die Wache zurückkehren, bevor wir erfrieren", schlug der Erste zu Bernhards Erleichterung vor. „Da hat sich wahrscheinlich nur jemand einen Scherz mit der Polizei erlaubt."

Bernhard wagte es erst, seinen Griff um das Brett zu lösen, als er hörte, wie der Motor des Streifenwagens angelassen wurde. Erleichtert sank er auf die Knie. Splitter der roh bearbeiteten Holzbalken, die überall im Container unordentlich übereinandergeworfen herumlagen, bohrten sich in die Haut seiner Schienbeine und Hände. Mit einem erneuten Fluch auf den Lippen stand er auf, zog sein Handy aus der Jackentasche und schaltete die Taschenlampenfunktion ein. Wenn er ohne weitere Blessuren aus dem Container kommen wollte, brauchte er etwas Licht.

Vorsichtig schob er mit dem Schuh einen Holzbalken neben sich zur Seite. Im Licht des Handys kam der Zipfel einer dunklen Plastikfolie zum Vorschein. Das Material erinnerte ihn an die Plane, die er zwei Abende zuvor im Garten des

Tetrapodendiebs gesehen hatte. Neugierig geworden, ließ Bernhard sich erneut auf die Knie sinken. Der Strahl der kleinen Lampe landete auf etwas Blassem, das unter der Folie hervorlugte. Drei Sekunden brauchte Bernhards Gehirn, bevor es begriff, was vor ihm lag. Hastig räumte er so lange weitere Balken zur Seite, bis er die Plastikfolie ein Stück weiter hochschieben konnte. Ein schlaffer, nackter Fuß wurde sichtbar, klein und blass, der Fuß eines Kindes oder einer Frau.

„Scheiße." Dieses Mal erklang sein Fluch laut und deutlich.

Vor Bernhard lag ein toter Mensch, daran hatte er keinen Zweifel. Damit hatte er wohl mit seiner Vermutung recht gehabt, dass es sich um die Plane aus dem Garten des Tetrapodendiebs handelte. Und in der Folie steckte das kleine Wesen, das vor seinen Augen unter das Betonmonster geraten war. So hatte sich der dreiste Mörder das also gedacht. Die Bullen sollten ihn zusammen mit der Leiche entdecken. Und fast hätte es funktioniert.

„Scheiße, scheiße, scheiße."

Am liebsten wäre Bernhard aus dem Container gesprungen und weggelaufen. Hätte, ohne in seiner Wohnung in Braderup Halt zu machen, die Insel verlassen. Ohne jedes Gepäck. Ohne irgendetwas, das ihn an Sylt und die Erlebnisse der letzten achtundvierzig Stunden erinnerte. Einfach zu Fuß über den Hindenburgdamm. Einfach nur weg und erst anhalten, wenn er alles hinter sich gelassen hatte. Aber so leicht würde er es dem dreisten Verbrecher nicht machen. Ein Bernhard Meier ließ sich nicht derartig verarschen und an die Bullen verraten. Er würde den Spieß umdrehen. Für diesen Versuch, ihn als Schuldigen am Tod des kleinen Wesens darzustellen und der Polizei auszuliefern, würde er sich rächen. Auch wenn er dafür etwas tun musste, was er sich bislang nie hatte vorstellen können.

Vorsichtig stieg er aus dem Container und machte sich im Dunkeln auf den Weg nach Hause. Er würde wiederkehren. Er musste wiederkehren. Und ganz allein der Tetrapodendieb und Mörder trug die Schuld daran, dass die arme Kreatur in der Plane keine Ruhe finden würde.

Vor lauter Aufregung und Ekel hatte Bernhard Meier die Tätowierung übersehen. Einmal vollständig um den schmalen Knöchel des linken Fußes hatte sich das Tattoo geschlängelt. Jetzt war es zerstört. Nur wer wusste, was vor Kurzem in einem eleganten Schwung von einem begabten Tätowierer in die Haut geritzt worden war, konnte auch jetzt noch an wenigen Stellen den Stacheldraht erkennen, der ganz in Schwarz die ehemals rosige Haut geziert hatte. Bernhard, in dessen Hand der Fuß nun lag, achtete nicht darauf.

Die Haut am Fußgelenk war eingerissen. Dreck und ein wenig Blut waren vom Regen rund um die Wunde verteilt worden. Dort, wo die Tropfen nicht mehr hinkamen, bildeten sich dunkle Flecken. Unterhalb des Tattoos war der Fuß bleich und kalt. Oberhalb des tätowierten Stacheldrahts war nichts mehr.

Warum er für seine Rache ausgerechnet auf die Idee verfallen war, dem toten Wesen beide Füße abzuhacken, wurde Bernhard mit jeder Sekunde unverständlicher, die er damit zubrachte, sein Werk zu vollenden. Auch der Himmel schien am Verstand des verzweifelten Schlächters zu zweifeln. Kalte Tropfen fielen auf Bernhard herab und liefen eisig innerhalb der Jacke seinen Rücken hinab. Er zitterte vor Kälte. Und vor Ekel. Nur mit Mühe unterdrückte er das Würgen, das ganz tief in seinem Inneren von ihm Besitz ergriffen hatte.

Das erste dämmrige Licht am Himmel machte ihm klar, dass er sich beeilen musste. Eilig stellte er beide Füße in einen blauen Müllsack, dessen oberen Rand er eng zusammenrollte. Dann wickelte er die Folie fest um die Beinstümpfe, nahm ein paar der zerbrochenen Latten, auf denen er gerade noch gekniet hatte, und bedeckte die Tote in der Plastikplane sorgfältig damit. Danach zog er sich bis auf die Unterwäsche aus. In einen zweiten Beutel warf er seine verdreckte Hose, den verschwitzten Pullover, seine Regenjacke, seine Gummistiefel, die Axt und seine schwarzen Gummihandschuhe. Mit frischen, sauberen Handschuhen knotete er den zweiten blauen Beutel fest zu und ließ beide Säcke über den seitlichen Rand des Containers nach außen gleiten. Die zwei Schritte bis zum vorderen Rand des Containers legte er ohne Hemd und Hose auf Socken zurück. Akribisch achtete er darauf, die dort abgestellten Holzlatten nicht noch einmal zu berühren, während er über die Kante nach draußen kletterte. Vor dem Container warteten saubere Kleidung und ein paar Sneaker auf ihn.

Jetzt musste er nur noch die abgetrennten Füße dorthin transportieren, wo sie gefunden werden sollten. Danach würde er den zweiten Müllsack mit seinem gesamten Inhalt vernichten. Der Rest der Leiche würde wahrscheinlich bald entdeckt werden. Diese Aufgabe fiel einem der Arbeiter zu, die an der Zerstörung des ‚Piratennest' beteiligt waren. Wenn alles gutging, hatte er selbst dann bereits die Insel verlassen. Wer würde auf die Idee kommen, ihn mit der verstümmelten Toten in Verbindung zu bringen? Niemand. Lebend war er der armen, kleinen Gestalt ja nur in der schicksalshaften Nacht vor zwei Tagen begegnet.

Auch seine Kleidung und die Sneakers, die er jetzt trug, würde er verbrennen müssen. Schade drum. Aber sicher war sicher. Hauptsache, er blieb ruhig und machte keine Fehler.

Mit einem letzten Blick vergewisserte sich Bernhard, dass nichts in seinem Umfeld darauf hinwies, was in der letzten halben Stunde passiert war. Dann hob er die beiden Müllsäcke auf und machte sich auf den Weg.

Wenningstedt – Früher Vormittag

Ohne darüber nachzudenken, marschierte Ella Wessel auch an diesem Morgen in Richtung Wenningstedt. Wie zwei Tage zuvor hatte sie ihren Spaziergang zusammen mit ihrem Bruder begonnen. Nachdem Brunner sich verabschiedet hatte, war sie weiter nach Norden gegangen, und der Strand führte nun einmal an Heinrichs ‚Grillrestaurant am Kliff' entlang.

Der gestohlene Tetrapode war zwischen ihr und Brunner während der letzten beiden Tage kaum zur Sprache gekommen. Stattdessen hatte ihr Bruder mehrere Male darauf gedrängt, sie müsse endlich eine Entscheidung für die Gestaltung ihres weiteren Lebens treffen. Zwischen den Zeilen hatte er sie damit aufgefordert, sich eine andere Unterkunft zu suchen, falls sie nicht gewillt war, zu ihrem Mann zurückzukehren.

Brunner hatte recht, dachte Ella. Sie fingen an, sich auf die Nerven zu gehen. Vielleicht sollte sie Matthias fragen, ob er sie für ein paar Tage aufnahm. Jetzt, da Martin wieder nach Hamburg zurückgekehrt war, freute er sich möglicherweise über etwas Gesellschaft. Für sie wäre das die perfekte Lösung, denn sie genoss es, mit Matthias ihre Zeit zu verbringen.

Beschwingt von ihrem Einfall, erreichte sie rasch die Prachttreppe von Wenningstedt. Auch an diesem Morgen war sie lange vor den meisten Touristen unterwegs; lediglich ein paar Hundebesitzer und Jogger waren ihr bislang begegnet. Und die Bauarbeiter hatten ihre Abrissarbeiten an der Düne bereits wieder aufgenommen. Laut und bedrohlich übertönten die schweren Baumaschinen das Wellenrauschen der Nordsee.

Schnell stieg Ella die Treppe des Strandzugangs hinauf. Matthias war bestimmt schon wach. Falls die Geschäfte bereits geöffnet hatten, konnte sie ein paar Zutaten für ein gemeinsames Frühstück einkaufen und ihren Freund damit überraschen. Die wenigen Schritte bis zum Dorfteich würde sie dafür nutzen, sich die richtigen Worte für ihre Bitte zurechtzulegen.

Wieder rückten Heinrichs Glasbau und die davor verbliebenen Tetrapoden mit jeder Treppenstufe ein wenig mehr in ihr Blickfeld. Als sie beide Füße auf die steinerne Promenade gesetzt hatte, konnte sie ihren Blick nicht von einem blauen Etwas abwenden, das links neben dem Restaurant im Wind flatterte, ohne wegzufliegen. Magisch von dem winkenden Blau angezogen, ging sie auf den Glasbau zu, obwohl der Dorfteich in genau der anderen Richtung lag.

Immer noch war der rechte Bereich der Wiese ein einziges Chaos aus Schlamm und Rasenresten. Mitten auf diesem unansehnlichen Gelände, dort wo sich am Sonntag noch der dritte Tetrapode befunden hatte, stand nun der Grund ihrer Neugier: ein dreckverschmierter, blauer Müllsack, dessen offene, obere Kante locker im Wind wehte.

Enttäuscht verzog Ella ihr Gesicht. Ein dreckiger Müllsack hatte sie zu sich gewunken, wie prosaisch. Dennoch betrat sie, die matschigen Spurrillen meidend, den Rasen und ging auf den blauen Beutel zu. Normalerweise war es nicht ihre Art in weggeworfenen Tüten zu stöbern, aber dieses fast nach ihr greifende Plastikteil wirkte auf dem zerstörten Rasen so deplatziert und gleichzeitig in Szene gesetzt, dass es sie neugierig machte.

Immer wieder blies eine Bö Luft in den oberen Teil der Tüte und blähte sie ein wenig auf. Fast sah es so aus, als atmete der Müllbeutel, als lebte er. Aber nie öffnete sich der Sack weit genug, dass der Inhalt für Ella sichtbar wurde. Auf keinen Fall war er leer. Vielleicht war er lediglich mit Regenwasser der vergangenen Nacht gefüllt. Auf jeden Fall hatte sein Inhalt ausreichend Gewicht, um den Sack davor zu schützen, vom Wind erfasst und angehoben zu werden.

Sie erreichte den blauen Müllbeutel und beugte sich über ihn. In genau dem Moment blies erneut eine Bö den Rand auf; dieses Mal wurde das Innere für Ella sichtbar. Mit einem Schrei sprang sie zurück. Sich nicht zu übergeben, nicht gerade hier, auf einen möglichen Tatort, war alles, was sie im nächsten Moment denken konnte. Die Arbeit ihres Bruders hatte doch mehr Einfluss auf sie ausgeübt, als ihr lieb war.

Als sie sich ein wenig gefasst hatte, zog sie ihr Handy aus der Tasche. Mit zittrigen Fingern wählte sie Brunners Nummer.

„Du musst sofort herkommen", brachte sie mühsam hervor, nachdem er sich gemeldet hatte.

Fast hätte Kriminalhauptkommissar Brunner das Telefongespräch nicht angenommen, als er die Nummer seiner Schwester auf dem Display sah. Aber nun war er froh, seine Besprechung für sie unterbrochen zu haben. Ella klang schockiert, ihre Stimme war eigentümlich heiser.

„Ich kann hier jetzt nicht weg. Wir sind mitten in der Einsatzplanung für unsere Festlandunterstützung. – Kann ich dir einen uniformierten Kollegen schicken? Oder reicht es, wenn wir uns zum Mittagessen treffen?"

„Du selbst musst herkommen, und zwar jetzt!" Ungeduld war aus ihrer Stimme zu entnehmen.

„Was ist nun schon wieder los?", fragte Brunner resigniert. „Hast du etwas angestellt?"

„Nichts habe ich angestellt. Ich habe etwas gefunden. Aber falls es dir lieber ist, dass ich den Notruf wähle, dann leg jetzt auf, Bruder."

Das klang schon eher wieder nach seiner Schwester, registrierte Brunner erleichtert. „Jetzt sprechen wir ja schon miteinander. Was hast du gefunden und wo?"

„Ich stehe vor Heinrich Nissens ‚Grillrestaurant am Kliff' in Wenningstedt", kam es wieder etwas gefasster von Ella. „Und neben mir liegen die abgetrennten Füße eines Menschen in einem Plastiksack."

Heinrich Nissen schaffte es noch vor der Polizei zu seinem Restaurant in Wenningstedt. Das war aber auch nur möglich, weil er sowieso gerade auf dem Weg dorthin war, als Brunner ihn auf dem Handy anrief.

„Ich weiß nicht genau, was vor deinem Restaurant passiert ist, aber meine Schwester meint, dort einen grausigen Fund gemacht zu haben", war die einzige Information, die Brunner ihm gab. „Vielleicht ist Ella auch nur das Opfer eines üblen Scherzes geworden."

„Was hat sie gefunden?", fragte Heinrich knapp.

„Ich bin mir nicht sicher, ob ich sie richtig verstanden habe. – Aber im Moment bin ich gerade zusammen mit zwei uniformierten Kollegen auf dem Weg dorthin. In einer halben Stunde kann ich dir Genaueres sagen."

Brunner beendete das Gespräch. Heinrich stellte sich darauf ein, selbst herausfinden zu müssen, was passiert war. Eilig fuhr er mit seinem Wagen direkt auf die Promenade. Ella saß in einem der wenigen Strandkörbe schräg gegenüber dem Haupteingang zu seinem Grillrestaurant. Soweit er es erkennen konnte, starrte sie geradeaus auf die Wiese neben dem Restaurant. Heinrich lief auf sie zu, aber sie reagierte nicht.

„Geht es dir gut?", sprach er sie an. Im Hintergrund hörte er bereits das Martinshorn eines Streifenwagens. „Was ist passiert?"

„Zwei Füße." Sie sah zu ihm auf. „In der blauen Mülltüte neben den beiden Tetrapoden liegen die abgetrennten Füße einer Frau. Oder eines Kindes, was nicht weniger schlimm wäre."

Heinrich sog deutlich hörbar Luft ein.

Er setzte sich neben Ella und griff nach ihren Händen. „Bist du dir sicher, dass es echte menschliche Füße sind?"

„Natürlich bin ich das", erwiderte sie verärgert.

„In Ordnung. Dein Bruder ist jeden Moment bei uns. – Darf ich dich kurz alleinlassen und nachsehen?"

„Nein." Sie hielt ihn fest. „Wenn du gehst, dann begleite ich dich."

Zusammen gingen sie auf den schmutzigen, blauen Plastiksack zu, der genauso aussah wie die Mülltüten, die sie in seinen Restaurants verwendeten. Halb geöffnet stand er rechts neben den verbliebenen Tetrapoden. Der Wind spielte mit der offenen Kante der Tüte, aber noch konnte Heinrich ihren Inhalt nicht sehen.

Im nächsten Moment passierten zwei Dinge gleichzeitig: Brunner sprang „Stopp!" rufend aus einem Streifenwagen, der nur wenige Meter von den Tetrapoden entfernt angehalten hatte, und der Wind öffnete die Tüte so weit, dass Heinrich zumindest einen der Gegenstände im blauen Plastik erkennen konnte.

„Ich glaube, da drin liegt wirklich mindestens ein Fuß", stieß er atemlos aus. „Verdammt, Brunner. Bitte schau selbst nach und sag mir, dass das ein Scherzartikel ist."

So schnell schien Brunner ihm den Gefallen nicht tun zu wollen. Stattdessen nahm er seine Schwester am Arm. Ihren Widerstand nicht beachtend, führte er sie zurück zu den Strandkörben und forderte sie auf sich zu setzen. Heinrich folgte ihnen.

„Ihr beide bleibt jetzt erst einmal hier. – Ihr könnt auch ins Restaurant gehen, ganz egal. Vielleicht ist das sogar besser bei dem Wind und der Kälte. – Aber bitte sprecht mit niemandem und lasst mich und die Kollegen jetzt erst einmal feststellen, was sich da wirklich in dem blauen Plastiksack befindet."

Noch während er sich wegdrehte, zog Brunner dünne blaue Einmalhandschuhe aus einer seiner Jackentaschen. Die Handschuhe hatten fast die gleiche Farbe wie die Mülltüte, registrierte Heinrich, über sich selbst verwundert.

Innerlich den Kopf schüttelnd ging er Ella voran in Richtung Personaleingang.

‚Wo deine Füße steh'n ist der Mittelpunkt der Welt' – Diese wunderbare Passage aus einem Songtext von Sven Regener ging Ella Wessel nicht aus dem Kopf, während sie Heinrich in sein Restaurant folgte. „Wo deine Füße steh'n ist der Mittelpunkt der Welt", flüsterte sie kaum hörbar.

„Trinkst du einen Kaffee? Oder möchtest du lieber einen Schnaps haben?" Heinrich sah sie ernst an. „Vielleicht klärt sich ja gleich alles auf und wir lachen darüber."

„Hoffentlich."

Heinrich umrundete die lange, hohe Essenstheke und ging auf den Getränkebereich zu. Ella blieb vor der Theke stehen.

„Trinkst du einen Kaffee?", fragte Heinrich erneut. „Es wird allerdings ein paar Minuten dauern, bis ich die Maschine in Gang gebracht habe."

„Warum stiehlt jemand in der einen Nacht einen Tetrapoden und stellt achtundvierzig Stunden später an dessen Stelle die abgehackten Füße eines Menschen ab? Und warum ausgerechnet bei dir?" Das waren ganz und gar nicht die Gedanken, mit denen Ella hatte Spazierengehen wollen.

„Ich weiß es nicht." Heinrich klapperte mit Geschirr. „Trinkst du deinen Kaffee mit Milch und Zucker?"

Ella antwortete nicht. Reglos beobachtete sie Heinrich. Sie sah ihm zu, wie er mit sicheren Handgriffen die Kaffeemaschine zum Leben erweckte, wie er Schränke öffnete, ein Tablett und Geschirr herausnahm, sogar einen Teller mit Keksen füllte und sich schließlich zu ihr umdrehte. Ganz offensichtlich war Beschäftigung seine Strategie, um die Wartezeit bis zur erhofften Erlösung oder der gruseligen Gewissheit zu überbrücken. Nachdem er das Tablett mit dem Gebäck zwischen sie gestellt hatte, umrundete er den Tresen, ging zum Haupteingang des Restaurants und schloss die hölzerne Doppeltür auf.

Sie selbst hätte sich am liebsten von der Welt abgeschirmt. Wäre sie in ihrer Wohnung in Hamburg gewesen, hätte sie sich tief in ihren Lieblingssessel zurückgezogen und ihre Nase in eines ihrer Lieblingsbücher gesteckt. Literatur half ihr, wenigstens für kurze Zeit nicht über unangenehme Dinge nachzudenken. Und der Fund abgehackter menschlicher Extremitäten war eindeutig etwas Unangenehmes. Aber ausgerechnet heute war sie ohne ein Buch in der Tasche aus dem Haus gegangen und es bot sich ihr kein einziger sicherer Rückzugsort. Also musste sie sich der Realität und den dazugehörigen schlimmen Gedanken stellen.

„Wenn das echte Füße sind, ist der Mensch dazu wohl nicht mehr am Leben", sprach sie leise einen ihrer Gedanken aus.

„Falls sie echt sind!" Heinrich stand wieder ihr gegenüber auf der anderen Seite des Tresens und stellte zwei Becher mit dampfendem Kaffee auf das Tablett.

Ella ignorierte das Getränk. „Die Füße sahen wirklich echt aus. Und die ganze blaue Tüte war dreckig, wahrscheinlich blutverschmiert."

„So sah es zumindest aus."

„Wenn ihr euren Kaffee nicht trinkt, nehme ich einen davon." Kriminalhauptkommissar Brunner war dicht hinter seine Schwester getreten, die sein Eintreten ins Restaurant überhaupt nicht bemerkt zu haben schien. Ohne sie zu berühren, angelte er nach einem der Becher.

„Wann hat sich denn jemand mit roher Gewalt an deinen Eingangstüren zu schaffen gemacht, Heinrich?", fragte er.

„Das muss in der Nacht von Montag auf Dienstag passiert sein", antwortete sein Freund. „Ist mir erst aufgefallen, nachdem du mit deinen Leuten bereits wieder abgezogen warst."

„Und da hast du es nicht mehr für nötig gehalten, eine Anzeige aufzugeben?"

„Was zum Teufel soll das bringen? Wenn einer der Bewohner oder Gäste der umliegenden Häuser einen Einbrecher beobachtet hätte, wärt ihr bestimmt schon auf mich zugekommen. Ihr habt sie doch alle befragt."

„Eine entsprechende Zeugenaussage ist mir nicht bekannt. Aber ich werde die Kollegen noch einmal darauf ansetzen. –

Nach dem heutigen Fund müssen wir sowieso ein weiteres Mal jeden befragen, der die Nacht in einem der umliegenden Häuser verbracht hat."

Während Brunner seinen Kaffeebecher austrank und sich für die nächsten Sätze sammelte, blieb es still im Restaurant. Weder sein Freund noch seine Schwester stellten die Frage, mit der er gerechnet hatte. Offenbar wollten beide keine Bestätigung ihrer Befürchtungen von ihm erhalten. Heinrich hatte ihm den Rücken zugedreht und beschäftigte sich mit der kompliziert aussehenden Kaffeemaschine. Ella sah gebannt aus dem Fenster in Richtung Nordsee.

„Es sind echte, menschliche Füße", gab Brunner ihnen schließlich die Antwort, nach der sie nicht gefragt hatten. „Es sind die Füße eines jungen Menschen, wahrscheinlich weiblich."

„Weiblich?" Heinrich drehte sich um und sah ihn eindringlich an. „Gibt es eine Chance, schnell herauszufinden, von wem sie sind?"

„In jedem Fall werden wir bald Gewissheit haben, ob sie zu einer Frau oder einem Kind gehören. – Hast du vielleicht einen Verdacht, um wessen Füße es sich handeln könnte?"

„Nein, natürlich nicht." Heinrich wandte sich wieder der Kaffeemaschine zu und füllte einen dritten Becher.

„Damit habe ich jetzt drei Verbrechen aufzuklären, die innerhalb von nicht mehr als achtundvierzig Stunden vor deinem Restaurant passiert sind, Heinrich. Den Einbruchsversuch an deiner Vordertür, den Diebstahl deines Tetrapoden und das Zurücklassen zweier menschlicher Füße auf deiner Wiese. Das sieht für mich nicht nach Zufall aus."

„Was willst du mir sagen, Brunner?"

„Hilf mir, Heinrich. Sag mir, was du darüber denkst."

„Der Einbruchsversuch war reiner Dilettantismus. Das Holz meiner Eingangstür ist dabei kaum beschädigt worden. Mehr als Vandalismus war das also nicht."

Brunner ging zum Eingang und sah sich die Tür genauer an, als er es beim Eintreten getan hatte.

„Das sieht nach mehreren Axthieben aus", kommentierte er, als er wieder zu seiner Schwester und seinem Freund zurückgekehrt war. „Ein professioneller Einbrecher wäre wohl anders vorgegangen. Fällt dir jemand ein, der den Wunsch hat, dir zu schaden?"

Mit einem ironischen Lächeln auf den Lippen sah Heinrich ihn an und schwieg.

„In Ordnung, einige deiner Mitmenschen also. Und wer aus dieser offensichtlich umfangreichen Menge wäre in der Lage, einen Tetrapoden abzutransportieren und verschwinden zu lassen?"

„Verschwunden ist er bestimmt nicht", mischte sich Ella ein. „Irgendwo auf der Insel muss er immer noch stehen. So schwer kann ein solches Monstrum aus Beton doch nicht wiederzufinden sein."

„Das ist wahr", stimmte ihr Brunner zu. „Irgendwo auf der Insel steht er wahrscheinlich noch. Aber leider sieht ein Tetrapode aus wie der andere."

„Diesen würde ich wiedererkennen", widersprach Heinrich. „Er hat auf einem seiner vier Füße eine kleine, mit grauem Lack besprühte Fläche. Darunter befindet sich roter Lack."

Die beiden Geschwister an seine erste Begegnung mit Mave zu erinnern, kostete Heinrich Nissen nur wenige Worte. „Ich verstehe bloß nicht, weshalb ausgerechnet dieser Tetrapode gestohlen worden ist", schloss er seine Erklärung ab. „Warum nicht der mittlere? Der mit dem Bild von Putin?"

„Und warum hinterlässt jemand zwei Nächte später zwei menschliche Füße neben deinem Restaurant?", setzte Brunner die Liste der Fragen fort. „Warum nicht direkt nach dem Diebstahl? Immerhin standen sie genau an der Stelle, auf der vorher der Tetrapode seinen Platz hatte."

„Vielleicht hatte er sie bereits in der Nacht von Montag dabei und wollte sie eigentlich in meinem Restaurant hinterlassen," vermutete Heinrich. „Da er es nicht geschafft hat, die Eingangstür aufzubrechen, hat er sie wieder mitgenommen."

„Und nach zwei Tagen Denkpause hat er sie dann vor deinem Restaurant abgelegt?" Brunners Frage ließ deutlich seine Skepsis erkennen. „Wir werden bald wissen, wann die beiden Füße in etwa vom Körper abgetrennt wurden."

„Dann erfährst du sicher auch, wann das vierte Verbrechen passiert ist, das du aufzuklären hast." Ella sah ihren Bruder eindringlich an.

„Das Tötungsdelikt, meinst du?", fragte Brunner sehr direkt.

Seine Schwester nickte. „Kann es sein, dass die Frau oder das Kind noch gelebt hat, als …?" Offenbar mochte sie die Frage nicht zu Ende aussprechen.

„Das denke ich nicht. Es war kaum Blut an den Füßen zu sehen. – Aber auch das wird die Rechtsmedizin uns sagen."

Schweigen machte sich breit. Jeder von ihnen schien seinen eigenen trüben Gedanken nachzuhängen.

„Vielleicht ist der Tetrapode, der gestohlen wurde, zuvor von deiner jungen Sprayerin verschönert worden." Ella Wessel hatte sich an einen Satz erinnert, den Matthias zu ihr gesagt hatte. „Sie war im Baumarkt und hat Spraydosen gekauft."

„Woher weißt du das?", kam es sofort von ihrem Bruder.

„Matthias Belting hat sie zufällig am Montag vor dem Regal mit den Spraydosen beobachtet."

„Am Montag?", fragte Heinrich rasch.

„Ja."

„Dafür wollte die Kleine die zweihundert Euro also haben. Ich glaube, du kannst recht haben, Ella." Heinrich wurde sichtbar bleich. „Dann war sie möglicherweise in der Nacht von Montag auf Dienstag hier."

„Du meinst ..." Wieder brachte Ella ihren Satz nicht zu Ende.

„Ja, verdammt. Auch wenn ich den Zusammenhang der Ereignisse noch nicht verstehe, habe ich allmählich wirklich Angst, dass es Maves Füße sind, die in dem blauen Sack liegen."

„Würdest du die Füße der jungen Frau wiedererkennen?", kam es betont langsam von Brunner.

Heinrich sah ihn nur an.

„Im Moment kann ich dir unsere Fundstücke nicht zeigen; zuerst einmal gehen sie zur Rechtsmedizin", ergänzte Ellas Bruder. „Aber in ein paar Stunden werden die Kollegen sie gesäubert und fotografiert haben. Ich komme wieder her, sobald ich die Fotos habe. Es wäre schön, wenn ich dich dann hier anträfe."

Erneut war ein stummer Blick die einzige Antwort, die Heinrich seinem Freund gönnte.

Braderup – Vormittag

Mit einer Flasche Bier in der Hand saß Bernhard Meier auf seinem Sofa und starrte auf den Fernseher, ohne auch nur das Geringste des ausgestrahlten Programms wahrzunehmen. Schlafen konnte er nicht, fernsehen auch nicht. Immer wieder sah er sich selbst im Container stehen und tun, wozu er sich vorher nie in der Lage gesehen hätte.

Der Tetrapodendieb war schuld an allem.

Bestimmt hätte Bernhard schon beim ersten Mal mehr Geld von ihm verlangen müssen. Und er hätte viel bedrohlicher auftreten sollen; ganz besonders nach dem, was im Garten passiert war. Dass er sich danach noch dazu hatte überreden lassen, bei der Vertuschung des Baufahrzeugdiebstahls zu helfen, war nur seinem Schock zuzuschreiben. Wahrscheinlich hatte ihn der lange Dürre genau deshalb nicht ernstgenommen. Der Verbrecher hatte sich viel zu sicher gefühlt. Andernfalls wäre er doch niemals auf die Idee gekommen, genau in dem Moment der vereinbarten Geldübergabe seinem Erpresser die Polizei auf den Hals zu hetzen, statt zu bezahlen.

Der feine Pinkel hatte viel Geld, das konnte man dem Haus ansehen. Und bestimmt hatte er mindestens genauso viel Angst, wegen des Diebstahls bloßgestellt zu werden. Für den Todesfall in seinem Garten und dessen Vertuschung wollte er sicher nicht für den Rest seines Lebens in den Knast wandern. Die Möglichkeit, wegen Beihilfe angeklagt zu werden, raubte auch Bernhard den Schlaf. Irgendwie war er da in etwas hineingeraten, das sich ganz und gar nicht gut anfühlte.

Am nächsten großen Schluck Bier und dem Gedanken, der sich allmählich in seinem betäubten Gehirn breit machte, wäre er fast erstickt. Laut hustend beugte er sich nach vorne und warf dabei mehrere leere Flaschen vom Tisch, die gerade noch sauber aufgereiht vor ihm gestanden hatten. Läge er jetzt vielleicht ebenfalls im Container, wenn der Tetrapodendieb ihn und seine Erpressung ernstgenommen hätte? Wenn er geahnt hätte, dass Bernhard alles gesehen hatte, was da in der Grube passiert war? Immerhin war der großgewachsene Mann abgebrüht genug, den Leichnam des kleinen, dunklen Wesens zu entkleiden, in die restliche Folie zu wickeln und zur Promenade zu transportieren. Dass er danach versucht hatte, seinem Erpresser die Sache in die Schuhe zu schieben, war zwar nicht bewiesen, aber ziemlich wahrscheinlich. Warum sonst hätten die Bullen gerade zu der Zeit an der Baustelle auftauchen sollen, als Bernhard sich dort aufhielt und auf den hinterhältigen Verbrecher wartete.

War er mit seiner Idee, dem toten Körper – Bernhard dachte bewusst nicht darüber nach, dass es vor gut achtundvierzig Stunden noch ein lebendiger Mensch gewesen war – die Füße abzuhacken und diese auf den Platz des entwendeten

Tetrapoden zu stellen, zu weit gegangen? Oder hatte er den Spieß jetzt umgedreht und dem Lulatsch einen ausreichenden Schreck eingejagt? Auch eine noch so begriffsstutzige Polizei musste nun doch ahnen, dass bei dem Diebstahl des Tetrapoden ein Mensch gestorben war. Fanden sie den Tetrapoden, hatten sie auch den Mörder identifiziert. Und bei ihm, Bernhard Meier, lag der Betonriese nicht im Garten vergraben.

Er würde der Presse noch etwas Zeit geben, den Fund der Füße im Internet zu verbreiten, dann stand ein zweiter Besuch in dem schicken Haus am Dorfteich an. Spätestens am Wochenende wollte er sein Geld in Händen halten. Die Zeit bis dahin konnte er zum Packen nutzen.

Bernhard sehnte sich nach Gesellschaft. Und nach der helfenden Hand von Mandy Schranz. Und einem weiteren Schluck Bier. Er stand auf, legte leicht torkelnd die wenigen Schritte bis zum Kühlschrank zurück und nahm die letzte Flasche Bier heraus. Auf dem Weg zurück zum Sofa wäre er fast über eine der leeren Flaschen gestolpert, die er selbst vor wenigen Minuten vom Sofatisch gestoßen hatte. Wenn Mandy jetzt da wäre, sähe es hier anders aus, dachte er. Falls sie rechtzeitig zu ihm zurückkehrte, würde er sie aufs Festland mitnehmen. Eigentlich hatten sie sich doch immer gut verstanden.

Dieses Mal würde er mehr als Vierzigtausend verlangen. Falls die Angst des dürren Schnösels, als Dieb dazustehen, nicht ausreichte, musste er ihn doch nur darauf hinweisen, dass die Füße nicht von allein aus dem Container gestiegen waren. Einhunderttausend war eine schöne runde Summe. Mit einhunderttausend Euro konnten er und Mandy sich problemlos ein neues Leben aufbauen.

Zufrieden lächelnd nahm Bernhard einen tiefen Schluck aus seiner Flasche und rülpste.

Das Schicksal meinte es endlich wieder gut mit ihm.

Wenningstedt

Statt Matthias Belting weiter mit Vorwürfen und Ermahnungen zu überschütten, war sein Mann am späten Mittwochvormittag zurück nach Hamburg gefahren. Zuvor hatten sie zusammen einen Großteil der Zeit dafür genutzt, die Fehler, die Matthias nach Martins Ansicht gemacht hatte, zu korrigieren.

Ohne jeden Widerspruch hatte Matthias getan, was sein Mann von ihm verlangt hatte. Als erstes hatte er sein Fahrrad von der Promenade geholt und es in den Kofferraum von Martins Dodge geladen. Ein wenig tat es ihm leid, sich für immer von dem Rad verabschieden zu müssen, aber Martin wollte alles loswerden, das mit dem Tetrapodendiebstahl im Zusammenhang stand. Und wahrscheinlich hatte er damit auch recht. Den Rest des Dienstags hatten sie gebraucht, um den Tetrapoden sorgfältig in Folie zu wickeln, so dass das gesprayte Kunstwerk keinen weiteren Schaden nahm, und die Grube wieder zuzuschaufeln. Das Betonmonster lag nun durchgehend mindestens fünfzig Zentimeter unter einer festgestampften Schicht aus Erde und Matsch. Todmüde waren sie beide abends nebeneinander ins Bett gefallen, um wie betäubt die Nacht hindurch zu schlafen.

Die überschüssige Erde hatten sie am Mittwochvormittag in große Mülltüten gefüllt, die nun in der sonst weitestgehend leeren Garage darauf warteten, entsorgt zu werden. Um sie auf die Deponie zu bringen oder irgendwo in der Heide auszuleeren, hatte beiden Männern die Kraft gefehlt. Noch nie in seinem Leben musste Matthias derartig anstrengende Arbeit leisten. Immer noch tat ihm jeder Muskel weh. Und auch für Martin war es deutlich ermüdender gewesen als jedes Workout in seinem Fitnesscenter.

Neben seinem Muskelkater litt Matthias auch ein wenig darunter, sein Versprechen Mave gegenüber nicht eingehalten zu haben. Die junge Künstlerin wusste vielleicht noch nicht, dass

Martin ihn davon abgehalten hatte, den von ihr zum Kunstwerk gemachten Tetrapoden an Heinrich zurückzugeben. Wann genau sie das Haus am Dorfteich verlassen hatte, war Matthias unbekannt. Als er am Dienstagmorgen mit dem Fahrrad von der Promenade zurückgekehrt war, hatte Martin bereits schwitzend in der Grube gestanden und die Erde rund um den Tetrapoden verdichtet. Also war ihm nichts anderes übriggeblieben, als seinem Mann direkt zur Seite zu eilen. Mave hatte er in dem Moment vollständig vergessen. Und als er das erste Mal wieder an sie dachte, irgendwann am Dienstag zur Mittagszeit, war sie fort. Der Eisbeutel lag auf dem Küchentisch. Ein paar Dreckspuren auf einem Sitzpolster und dem Boden zeigten noch, auf welchem Küchenstuhl sie gesessen hatte. Aber sonst war nichts mehr zu finden, das an die junge Künstlerin erinnerte. Bis auf den Tetrapoden im Garten.

Und nun war auch Martin aufgebrochen und nach Hamburg zurückgekehrt. Bewegungslos hatte Matthias den Rest des Mittwochs an einem der Fenster zum Garten gesessen und darauf gewartet, dass Mave zurückkehrte, mit einem wütenden Heinrich Nissen an ihrer Seite.

Während der darauffolgenden Nacht war für ihn an Schlafen kaum zu denken gewesen; stattdessen hatte er fast ohne Unterlass über die möglichen Folgen seiner Tat nachgedacht. Wenn es ihm zwischendurch doch gelungen war, für kurze Zeit einzuschlafen, dann hatte ihn jedes Mal ein Traum hochschrecken lassen, in dem er sich im Gefängnis oder fünfzig Zentimeter tief unter festgestampftem Lehm wiederfand. Schweißnass verließ Matthias sein Bett.

Erholsamer Schlaf war etwas anderes, aber wenigstens war die lähmende Schwere des Mittwochnachmittags gewichen, die ihn davon abgehalten hatte, logisch über seine Situation nachzudenken. Alles war anders gelaufen, als er es geplant hatte. Was er ursprünglich als reizvolle Idee angesehen hatte, als Wink des Schicksals, hatte sich im Laufe des frühen

Dienstagmorgens in einen Alptraum verwandelt. Dass er das ganze Risiko auch noch für nichts und wieder nichts auf sich genommen hatte, machte die Situation nicht erträglicher. Die Künstlerin war weg und würde wahrscheinlich auch nie ihr Einverständnis dafür geben, dass Martin und er den Tetrapoden behielten. Heinrich Nissen reinen Wein einschenken zu müssen, würde eine totale Erniedrigung bedeuten. Und ein Verrückter meinte, ihn erpressen zu können.

Matthias entschied, keine weitere Sekunde damit zu warten, die Arbeit abzuschließen, die Martin und er während der letzten Tage im Garten geleistet hatten. Erst dann war der noch verbliebene Beweis seiner Wahnsinnstat endgültig verschwunden und der Tetrapode für jeden außer ihm und Martin unauffindbar. Er musste die überschüssige Erde loswerden. Matthias übersprang seine übliche, zeitaufwändige Zeremonie der umfangreichen, morgendlichen Körperhygiene und kleidete sich direkt an.

In der Garage standen etwa dreißig gut gefüllte Müllsäcke und im Garten lagen noch die Werkzeuge, die er nach Martins Anweisung ebenfalls loswerden musste. Eine Schubkarre besaßen sie nicht, auch wäre es vielleicht zu auffällig gewesen, damit mehrfach zwischen ihrem Garten und einer freien Fläche außerhalb ihres Grundstücks hin- und herzufahren. Matthias entschied, dass er etwa die Hälfte der Erde mit dem Aushub für seine offiziell gekauften Tetrapoden erklären konnte. Diesen Teil konnte er am nächsten Tag dem Gärtner mitgeben. Den Rest, also genau sechzehn Müllsäcke voll, musste er unauffällig verteilen.

Sein Kopf war leer. Vor sich sah er nur den großen Haufen Matsch und Erde, den er loswerden musste. Einen komplett gefüllten Müllbeutel konnte er unmöglich allein tragen. Es blieb ihm also nichts anderes übrig, als die Erde in stabile Einkaufstaschen umzufüllen und diese einzeln irgendwo auszuleeren. Jeder Müllsack voller nasser Erde, den er auf diese Weise loswurde, würde ihn in der nächsten Nacht besser schlafen lassen. Als Ablagestelle für den Inhalt der ersten Einkaufstaschen hatte er sich den Friedhof neben der Friesenkapelle ausgesucht. Tapfer füllte er die ersten zwei Tüten und marschierte los. Mehrfach wiederholte er den Prozess und legte immer wieder den gleichen Weg zurück, ohne sichtbare Aufmerksamkeit bei den wenigen Spaziergängern zu erregen. Als er gerade wieder in der Garage stand und die nächsten Taschen füllte, hörte er leise die Türklingel läuten. Unwillig, eine Pause einzulegen, setzte er die Befüllung fort; mit jedem weggetragenen Kubikmeter Erde näherte er sich seiner Erlösung. Ein weiteres Läuten der Türglocke, lang und eindringlich, zwang ihn mitten in der Bewegung zu stoppen. Eilig schlüpfte er aus den Gummistiefeln und betrat das Haus.

„Moment", rief er und entledigte sich gleichzeitig seines verdreckten Troyers. „Einen Moment bitte, ich muss mir erst etwas anziehen."

Im Badezimmer stieg er aus der verdreckten Jeans, wusch sich schnell Gesicht und Hände und wickelte sich in seinen weißen Bademantel. Mit Entsetzen sah er auf die Dreckränder unter seinen Fingernägeln; wer ihn kannte, wusste sofort, dass etwas nicht in Ordnung war, wenn er ihn derartig ungepflegt sah. Einem Impuls folgend lief er in die Küche und griff nach den dünnen Latexhandschuhen, die dort für geruchsintensive Arbeiten bereitlagen. Bisher nicht genutzte Corona-Schutzmasken steckten direkt daneben im Fach. Er setzte sich eine davon auf und lief zur Haustür.

„Wer ist da?", rief er mit übertrieben leidender Stimme durch die geschlossene Tür.

„Ich bin es, Ella. Mach bitte auf; ich muss mit dir reden."

„Ella?" Seine ungeheure Erleichterung ließ Matthias die Hand lösen, die verkrampft auf dem Türgriff gelegen hatte. „Ella, ich bin krank."

„Krank?"

Eine Pause entstand, während der Ella über die unerwartete Neuigkeit nachzudenken schien.

„Lass mich bitte trotzdem rein; es ist doch lächerlich, sich durch die Tür zu unterhalten", bat sie schließlich. „Bestimmt kann ich etwas für dich tun."

„Ich habe mich getestet: Ich bin Corona-positiv."

„Lass mich bitte trotzdem rein", wiederholte Ella.

Matthias stöhnte innerlich über die Hartnäckigkeit seiner Freundin. Dann kontrollierte er schnell noch einmal sein Outfit und öffnete die Haustür einen Spalt breit. „Ich bin noch nicht einmal aufgestanden, wie du siehst."

„Du Armer." Ella musterte ihn und fing zu lachen an. „Entschuldige bitte, aber Handschuhe und Maske …"

„Ich wusste ja nicht, ob vielleicht der Postbote vor der Tür steht und ich etwas unterschreiben muss."

„Schatz, du siehst aus, als hättest du Fieber. Hast du ein Thermometer?"

„Nein. Aber ich schwitze ordentlich."

„Soll ich für dich zur Apotheke gehen?"

„Nein, nein, vielen Dank. Ich fühle mich nur etwas schwach." Matthias hustete. „Ich brauche bestimmt nur ein paar Tage Bettruhe, dann geht es wieder."

„Vielleicht …" Ella schien zu überlegen, was sie für ihren Freund tun konnte. „Ist Martin da?"

„Nein, er war da, ist aber zurück nach Hamburg gefahren, als ich das erste positive Testergebnis bekam. Wir können es uns nicht leisten, beide krank zu sein. Deshalb bleibt Martin auch in Hamburg, bis ich wieder gesund bin. – Auch du, Ella, gehst jetzt besser, bevor du dich noch ansteckst. – Ich melde mich, sobald mein Test zum ersten Mal wieder negativ ausgefallen ist."

„Aber …"

„Ella, ich möchte einfach nur meine Ruhe haben."

„Aber du meldest dich bei mir, wenn ich etwas für dich tun kann. Versprochen?" Ella schob ihm eine Papiertüte mit Lebensmitteln durch den Türspalt.

„Ich melde mich bei dir, versprochen."

Als er die Haustür wieder fest verschlossen hatte, wurde Matthias erst richtig klar, welcher Katastrophe er gerade entgangen war. Wenn nicht seine Freundin, sondern die Polizei vor der Tür gestanden hätte, wäre alles aufgeflogen. Schnell zog er sich erneut die verdreckte Kleidung an und begab sich zurück in die Garage.

Die Sonne war immer noch hinter dichten Wolken verborgen, als Ella Wessel erneut das ‚Grillrestaurant am Kliff' betrat. Das Wetter passte gut zu ihrer gedrückten Stimmung; Wolken gehörten wirklich zur Erde und nicht zum Himmel, so wie sie es einmal gelesen hatte.

Nissen registrierte ihre Anwesenheit mit einer Handbewegung in Richtung des einzigen freien Tisches des Hauptraums und widmete sich dann wieder seinen Gästen. Ein Tisch direkt neben dem Eingang erschien Ella als der richtige Ort, auf die Rückkehr ihres Bruders zu warten. Sie ließ sich einen Becher Kaffee bringen und versteckte sich damit hinter den Sylter Nachrichten, die sie zusammen mit den Leckereien für das Frühstück mit Matthias gekauft hatte.

Gegen 15:30 Uhr erschien Brunner mit einem großen braunen Umschlag in der Hand. Ella hatte sich mittlerweile in eines der Büros oberhalb des Küchentrakts zurückgezogen und wartete dort, in Zeitungen vertieft, auf Neuigkeiten. Heinrich hatte es vorgezogen, sich im Restaurant mit Arbeit abzulenken. Als die beiden Männer das Büro betraten, sah Ella nichts Gutes ahnend von ihrer Lektüre auf.

„Hast du die Fotos dabei?", begrüßte sie ihren Bruder.

Wortlos nahm Brunner acht Aufnahmen der gesäuberten Fundstücke aus dem braunen Umschlag und breitete sie auf dem Schreibtisch aus.

Ella mochte kaum hinsehen, aber die beiden Männer betrachteten jedes der Bilder ausgiebig.

„Es ist nicht Mave", kam es nach einer knappen Minute erleichtert von Heinrich. „Die Kleine lebt."

Brunner warf ihm einen fragenden Blick zu. „Das sind also nicht die Füße deiner jungen Sprayerin? Wie kannst du dir so sicher sein? Die Rechtsmediziner haben mir gesagt, dass es die Füße einer jungen Frau sind, maximal fünfunddreißig Jahre alt. Mave würde also passen."

„Nein, es sind nicht ihre Füße." Heinrich zeigte auf eines der Fotos. „Schaut doch mal genau hin. Da ist ein Tattoo. Mave hat kein Tattoo am Knöchel."

Kriminalhauptkommissar Brunner nickte. Ihm war die Tätowierung zuerst nicht aufgefallen, aber ein Kollege aus der Rechtsmedizin hatte ihn darauf aufmerksam gemacht. „Eine relativ frische Tätowierung, sogar. Stacheldraht, der sich um den Knöchel windet. Laut dem Mediziner muss sie vor etwa ein bis sechs Monaten gestochen worden sein. Die Tätowierung ist zwar oberflächlich verheilt, aber der Heilungsprozess hat noch nicht vollständig in allen Hautschichten stattgefunden."

„Dann ist es nicht Mave", bekräftigte Heinrich seine Aussage.

„Und das weißt du so genau, weil ...?" Brunner musterte seinen Freund kritisch.

„Weil Mave zwei Nächte in meinem Haus zugebracht hat", antwortete Heinrich mit einem süffisanten Lächeln auf den Lippen.

„Natürlich – ich hoffe, du hast sie vorher gefragt, ob sie volljährig ist", kam es ärgerlich von Brunner, der seine Bemerkung schon bereute, bevor er sie ganz ausgesprochen hatte. Es ging ihn nichts an, wie sein Freund sein Liebesleben gestaltete. Glücklicherweise war das bislang nie ein Thema zwischen ihnen gewesen.

„Mave hat es mir von sich aus mitgeteilt", antwortete Heinrich Nissen. „Ihr achtzehnter Geburtstag ist allerdings noch nicht lange her."

Wenn es nicht immer noch um die Frage gegangen wäre, wer die tote Frau war, deren Füße sie gerade betrachteten, hätte ihn das sichtbare Unbehagen seines Gegenübers amüsiert.

„Bevor du fragst", setzte er seine Erklärung fort. „Es waren die beiden Nächte von Samstag bis Montag. Ich habe ihr nur ein Dach über dem Kopf angeboten, mehr nicht. Und seitdem habe ich Mave nicht mehr gesehen."

Brunner enthielt sich jedes weiteren Kommentars, auch wenn es ihm sichtbar schwerfiel. Ella schien die Information erst einmal verarbeiten zu müssen.

„Mave hat nur bei mir übernachtet", betonte Heinrich ein weiteres Mal und sah Brunners Schwester dabei an. „Und außerdem ist nicht die Hälfte von dem wahr, was man über mich und meine Affären erzählt."

„Was unternimmt die Polizei denn jetzt, um herauszufinden, wessen Füße es sind?", wandte Ella sich in betont sachlichem Ton an ihren Bruder.

„Wenn die DNS nicht gespeichert ist, können wir nur auf die Vermisstendatenbank hoffen oder den Tätowierer ausfindig machen, der den Stacheldraht gestochen hat."

„Ich verstehe." Ella zögerte, dann stellte sie die Frage, die auch Heinrich auf der Zunge gelegen hatte: „Hat die Frau noch gelebt, als ihr die Füße abgetrennt wurden?"

„Nein, das hat sie definitiv nicht. Laut Rechtsmedizin liegen zwischen ihrem Todeszeitpunkt und ihrer Verstümmelung mindestens sechsunddreißig Stunden." Brunner sah wieder eindringlich zu Heinrich. „Das Tatwerkzeug war eine Axt.

Deshalb haben die Kollegen von der Rechtsmedizin darum gebeten, die Spuren der Axthiebe an deinen Restauranttüren sehen zu dürfen. Es wird also nachher die Spurensicherung zu dir kommen. Bis dahin lässt du bitte alles wie es ist."

Heinrich nickte. „Was wisst ihr mittlerweile über die Ereignisse der letzten Tage? Es muss doch jemand etwas gesehen oder gehört haben."

„Die Reifen des Baggers auf der Promenade passen zu den Reifenspuren auf dem Rasen neben deinem Restaurant. Und an der Gabel des Baggers wurden minimale Betonreste und Lackspuren sichergestellt. Wir wissen also, womit der Tetrapode abtransportiert wurde. Der Lack ist ein Sprühlack, den Sprayer benutzen. Eine leere Dose mit schwarzem Lack haben wir halb vom Matsch begraben auf der Wiese gefunden. Es kann also, muss aber nicht sein, dass auch der gestohlene Tetrapode mindestens ein ‚tag' hatte. – Leider hat der Regen ganze Arbeit geleistet. Wohin der Bagger gefahren ist, nachdem er die Promenade verlassen hat, ist wegen der weggewaschenen Reifenspuren nicht mehr zu bestimmen."

„Hat denn niemand den Motor dieses Monstrums gehört?"

„Doch, zwei Zeugen haben wir gefunden; sie wohnen nur wenige Meter von der Promenade entfernt. Leider haben beide in der Nacht weder die Notwendigkeit gesehen, die Polizei anzurufen, noch selbst etwas zu unternehmen. Damit wissen wir zwar, dass der Bagger die Promenade in Richtung Osten verlassen hat, aber mehr auch nicht. Noch nicht einmal die genaue Uhrzeit konnten die Herrschaften uns sagen."

Schweigend sahen alle drei noch einmal auf die Fotos auf dem Tisch. Dann nahm Michael Brunner sie wieder an sich und schob sie in den braunen Umschlag.

„Soll ich dich mitnehmen, Ella?", fragte er. „Ich nehme ein Taxi nach Westerland."

„Wenn es Heinrich recht ist, bleibe ich noch etwas hier. – Allein in deiner Wohnung zu sitzen und über den Tod der armen Frau oder über mein eigenes Leben nachzudenken, sind keine Aussichten, die mich begeistern."

„Für heute reicht es mir hier", antwortete Heinrich. „Aber du kannst mich sehr gern nach Morsum begleiten, Ella. Ein wenig Gesellschaft wird auch mir heute Abend guttun."

Gespannt wartete Brunner auf die Antwort seiner Schwester. Dass sie nach kurzem Zögern Heinrichs Angebot annahm, ärgerte ihn.

„Dann warte ich wohl nicht mit dem Abendessen auf dich", brachte er gequält hervor, bevor er das Büro seines Freundes verließ.

Morsum – Abend

Heinrichs Zuhause überraschte Ella Wessel. Und dass es sie überraschte, beschämte sie gleichzeitig. Wo sie ein protziges Landgut mit seelenloser Einrichtung erwartet hatte, begrüßte sie ein mit viel Feingefühl umgebauter und möglicherweise auch erweiterter Bauernhof, dessen Haupthaus zwar großzügige Räume besaß, aber immer noch den ursprünglichen bäuerlichen Charme zeigte. Eine ältere Dame begrüßte sie freundlich, als sie mit Heinrich zusammen die Eingangshalle betrat.

„Ella, das ist Marlene Abelung", stellte Heinrich sie ihr ohne jede weitere Erklärung vor. „Marlene, Ella und ich kommen heute Abend allein zurecht. Wenn du magst, kannst du nach Hause gehen."

Die ältere Dame zeigte keine Überraschung. „Ich hatte Seezunge und Gurkensalat für dein Abendessen vorgesehen. Ich denke, der Fisch wird auch für zwei Personen ausreichen."

Nissen bedankte sich. Dann nahm er Ella den Mantel ab und hängte ihn neben seine Jacke an einen der Garderobenhaken.

Seine Schuhe stellte er darunter. „Möchtest du einen Aperitif trinken, bevor wir mit dem Kochen anfangen?"

Ella schlüpfte ebenfalls aus ihren Schuhen und stellte sie neben Heinrichs große Schnürschuhe vor die Garderobe. Unangenehm berührt wandte sie sich ab; ein Frösteln lief durch ihren Körper. Ihre ausgezogenen Stiefeletten erinnerten sie zu sehr an die abgetrennten Füße, die sie gerade noch auf den Fotos hatte ansehen müssen.

Heinrich, der sie beobachtet hatte, reichte ihr seine Hand und führte sie aus der hellerleuchteten Eingangshalle in einen angrenzenden Raum, der nur von dem lodernden Feuer eines Ofens beleuchtet wurde. Ein Sessel wartete zum Ofen gerichtet auf seinen Besitzer. Zwei weitere Sessel standen an einer der Längsseiten des Raums zusammen mit einem niedrigen Tischchen vor einer Reihe von Bücherregalen. Die Fenster an der Wand gegenüber zeigten zur Einfahrt.

„Setz dich und wärm dich erst einmal auf, Ella. Ich bin gleich zurück."

Es dauerte einige Minuten, bis Heinrich in den Raum zurückkehrte. In beiden Händen hielt er je ein Glas, beide mit bernsteinfarbener Flüssigkeit gefüllt. Er stellte die Gläser auf dem Tischchen ab, rückte einen weiteren Sessel und den Beistelltisch an den Ofen heran und setzte sich.

Niemand sprach ein Wort, bis Ella die Stille unterbrach: „Entschuldige bitte, dass ich mich so anstelle. Vielleicht hätte ich lieber mit meinem Bruder zurück nach Westerland fahren sollen."

„Es ist alles in Ordnung", beruhigte sie Heinrich. „Auch ich sehe nicht jeden Tag abgetrennte menschliche Füße. Vielleicht trinken wir erst einmal einen Schluck. Und wenn du dann immer noch gehen möchtest, fahre ich dich natürlich."

Heinrich reichte ihr ein Glas. „Dieser Whisky ist für mich fast so etwas wie Medizin. Vielleicht hilft er auch dir gegen die unangenehmen Gedanken."

Ella roch an dem Glas und musste husten. „Nachdem wir das getrunken haben, sollte ich wohl lieber ein Taxi rufen, wenn ich zurück nach Westerland möchte."

Vorsichtig nahm sie einen Schluck und ließ ihn im Mund kreisen, sorgfältig darauf achtend, dabei nicht einzuatmen.

„Karl Marx war der Meinung, die einzige Medizin gegen seelisches Leiden sei physischer Schmerz", sagte sie schließlich. „Vielleicht hat er damit das Gefühl gemeint, das dieser Whisky beim Herunterschlucken verursacht."

Heinrich Nissen lachte und spürte, wie gut ihm das tat. Erst jetzt bemerkte er, wie angespannt er den ganzen Tag über gewesen war.

„Du bist eine Banausin, Ella Wessel!"

Sie fiel in sein Lachen ein, wurde aber schnell wieder ernst.

„Wie können wir lachen, während irgendwo der verstümmelte Leichnam einer jungen Frau liegt und darauf wartet, von uns entdeckt zu werden?", wollte sie wissen.

„Weil das Leben anders nicht zu ertragen wäre, Ella." Auch Heinrich war wieder ernst geworden. „Es erweckt die arme Frau nicht wieder zum Leben, wenn wir aufhören, zu lachen und unser Leben zu genießen. Aber vielleicht verschafft es ihr ein wenig Gerechtigkeit, wenn wir ihren Mörder finden und bestrafen."

„Das klingt fast wie etwas, das mein Bruder hätte sagen können."

„Nein, Ella, ganz und gar nicht. Ich glaube nicht, dass Brunner sein Leben zu genießen weiß. Vielleicht halten sein Beruf und die Abgründe der menschlichen Natur, denen er fast jeden Tag begegnet, ihn davon ab. Vielleicht hat er sein Leben auch noch nie wirklich genossen. In jedem Fall nimmt er alles viel zu ernst. Aber vielleicht ist genau das der Charakterzug, den ich besonders an ihm mag."

„Möglicherweise hat mein Bruder auch nur eine andere Art als du, sein Leben zu genießen, Heinrich."

„Möglicherweise."

Er erhob sich. „Apropos genießen, wir sollten etwas essen. – Danach können wir gern weiter über das Leben philosophieren, auch wenn ich befürchte, dass ich dir in der Beziehung nicht das Wasser reichen kann."

Das Gespräch, das sie während des Kochens führten, verlief recht einseitig. Nachdem Heinrich festgestellt hatte, dass für Ella die Zubereitung von warmen Mahlzeiten etwas Ungewohntes war, entwickelte er den Ehrgeiz sie darin zu unterweisen. So aufmerksam sie seinen Anweisungen lauschte, so amüsiert sah Heinrich ihr bei der ungeschickten Umsetzung zu. Schließlich verlor er die Geduld, drückte ihr ein Glas Weißwein in die Hand und beendete die Zubereitung des gemeinsamen Abendessens allein.

Erst nachdem sie am langen Tisch in der Küche sitzend die Seezunge und alle Beilagen restlos verspeist hatten, brachte Ella ihr Gespräch zu dem Thema zurück, an das beide während der letzten beiden Stunden kaum gedacht hatten.

„Mir vorzustellen, dass ich vielleicht nie erfahren werde, wer die Frau war, deren Füße ich gefunden habe, macht mich traurig", sagte sie.

„Oder wer sie getötet und ihr die Füße abgehackt hat," ergänzte Heinrich.

„Glaubst du, dass es derselbe Mann war? Immerhin liegen zwischen beiden Taten mindestens sechsunddreißig Stunden."

„Du gehst also davon aus, dass die Tat von einem Mann begangen wurde?"

Ella ließ sich Zeit, Heinrichs Frage zu beantworten.

„Ja", gab sie schließlich zu. „Ja, ich bin davon überzeugt, dass es ein Mann war. Aber ich gebe zu, dass bestimmt auch Frauen zu solchen Taten fähig wären."

„Da der Rest des Leichnams nicht gefunden wurde, muss es wohl derselbe Täter gewesen sein, egal ob Mann oder Frau."

„Warum?"

„Die Tote muss irgendwo versteckt sein. Klingt es nicht abwegig, dass jemand, der sie nicht getötet, aber zufällig gefunden hat, danach nichts Besseres zu tun hatte, als ihr die Füße abzuhacken?"

Ella nickte nachdenklich. „Also hat dieser Jemand sie sowohl getötet als auch verstümmelt. Und er muss etwas gegen dich haben, Heinrich. Warum sonst hätte er die Füße neben deinem Restaurant abgestellt?"

„Das schränkt den Täterkreis nicht besonders ein." Ein sarkastisches Lächeln machte sich auf seinem Gesicht breit. „Zumal ich mir nicht sicher bin, dass das wirklich das Motiv für die Taten ist."

„Was sonst? Warum stiehlt jemand einen Tetrapoden von dir und stellt achtundvierzig Stunden später an dessen Stelle zwei menschliche Füße ab?"

„Ich habe keine Antwort auf deine Frage, Ella."

„Und ist es derselbe, der auch versucht hat, in dein Restaurant einzubrechen?"

„Das würde den Kreis der Verdächtigen erheblich einschränken."

Ella sah Heinrich fragend an.

„Ich weiß, wer auf so dilettantische Art und Weise versucht hat, meine Eingangstür zu zerstören. Dafür kommt nur Bernhard Meier infrage. Ein niederträchtiger Mensch zwar, aber einen Mord traue ich ihm nicht zu."

Ellas Blick wurde nicht weniger fragend.

„Meier liebt es, auf Kosten anderer zu leben", erklärte Heinrich. „Vorwiegend auf Kosten seiner jeweiligen Lebensgefährtinnen. Sobald sie ihm finanziell nichts mehr zu bieten haben, schickt er sie in die Wüste."

„Und was hat das mit dir zu tun?"

„Eine dieser ausgenutzten Frauen war als Lagerleiterin bei mir angestellt. Als sie kein Geld mehr für Meier zur Verfügung hatte, hat sie Waren aus meinem Lager für ihn abgezweigt.

Natürlich bin ich irgendwann dahintergekommen, aber bevor ich sie zur Rede stellen konnte, hat sie sich aus dem Staub gemacht. Das Einzige, was ich tun konnte, war dafür zu sorgen, dass Meiers Restaurant geschlossen und abgerissen wurde."

Ein leichtes Hochziehen der Augenbrauen war Ellas einzige Reaktion.

„Das wäre etwas später ohne mein Zutun sowieso passiert. Die Gemeinde plant eine neue Plattform etwas dichter an der Prachttreppe und damit ohne die Notwendigkeit eines separaten Zugangs von der Promenade aus. Du siehst, ich habe das Ganze nur etwas beschleunigt. – Es war also eine milde Strafe."

„Und dieser Meier soll derjenige gewesen sein, der sich mit einer Axt an deiner Eingangstür zu schaffen gemacht hat?"

„Ich sage doch, seine Strafe fiel zu mild aus."

Nachdenklich sah Ella ihn an und schwieg.

„Es würde mich überraschen, wenn die Füße mit der Axt abgetrennt worden wären, die die Spuren an meiner Eingangstür hinterlassen hat. Einen Menschen auszunutzen, ist eine Sache, ihn zu töten und zu verstümmeln, traue ich Piraten-Meier nicht zu."

Immer noch musterte Ella ihn.

„Deiner Lagerleiterin hast du sicher auch nicht zugetraut, dich zu bestehlen", wandte sie schließlich ein. „Deine Menschenkenntnis ist also nicht unfehlbar."

Überrascht sah Heinrich sie an, dann brach er in sein ansteckendes Lachen aus. Ella konnte nicht anders, als sich ihm anzuschließen.

„Dafür, dass du mich gleich bitten wirst, dich heute Nacht hier schlafen zu lassen, bist du ganz schön frech", brachte er mühsam hervor.

Ella wurde schlagartig ernst. Ihr Wangen färbten sich glutrot.

„Als ich das Haus habe umbauen lassen, bin ich davon ausgegangen, zusammen mit einer Ehefrau und vielen Kindern hier zu wohnen. Ich habe also reichlich Gästezimmer, die nur darauf warten, dass sie jemand bewohnt. – Du kannst gern eine Weile hierbleiben, Ella." Heinrich grinste frech. „Ich kann mir vorstellen, dass dein Bruder, den ich als Freund wirklich schätze, dir schon ziemlich auf die Nerven geht."

„Und ich ihm", gab Ella zu. „Aber dennoch kann ich dein großzügiges Angebot nur annehmen, wenn ich mich dafür in irgendeiner Art erkenntlich zeigen darf."

Das erneute Lachen ihres Gastgebers brachte auch Ella wieder zum Lachen. Erschrocken hielt sie sich eine Hand vor den Mund. „Egal was du sagst, Heinrich, es kommt mir falsch vor, fröhlich zu sein."

Heinrich schüttelte den Kopf. „Mach nicht den gleichen Fehler wie dein Bruder, Ella. Die Unbekannte ist tot, nicht du. Und egal, was du tust, ob du lachst oder trauerst, glücklich bist oder aufhörst dein Leben zu leben, es ändert nichts an ihrem Tod. Das Einzige, was du jetzt noch für die arme Frau tun kannst, ist sicherzugehen, dass derjenige nicht straflos davonkommt, der ihr das Leben genommen hat."

Stille trat ein, in der Heinrichs Worte in Ellas Kopf nachhallten. „Sicherzugehen? Was willst du tun?", fragte sie schließlich.

„Ich werde der Polizei ein wenig helfen, falls sie diese Aufgabe nicht allein lösen kann."

„Das wird meinem Bruder nicht gefallen."

„Nein, das wird es nicht. – So wenig wie mein Angebot an dich, ein paar Tage bei mir zu wohnen."

„Ich kann das wirklich nur annehmen, wenn ich im Gegenzug auch etwas für dich tun darf."

„An was im Speziellen hast du gedacht?" Nissen grinste sie erneut frech an.

„Genau daran nicht, egal wie dankbar ich dir bin." Auch Ella grinste. „So wenig wie du, Heinrich. Da bin ich mir sicher."

FREITAG, 18. MÄRZ 2022

Wenningstedt – Vormittag

Wieder wachte Matthias Belting schweißnass auf, aber an diesem Morgen fühlte er sich deutlich erholter als am Vortag. Ein paar Stunden hatte er traumlos geschlafen, dann war der Alarm des Handys notwendig gewesen, um ihn zu wecken. Ob die erneute körperliche Erschöpfung durch die harte Arbeit ihm den Schlaf geschenkt hatte, oder die Gewissheit, jetzt wirklich alle Spuren beseitigt zu haben, war nicht wichtig. Hauptsache war, dass er allmählich wieder Herr der Situation wurde, und das war ausgeschlafen eindeutig eher der Fall.

Die oberste Spitze des gestohlenen Tetrapoden lag mindestens einen halben Meter unterhalb der frischen Erdschicht im Garten. Rechts davon standen harmlos die beiden offiziell erworbenen Tetrapoden. Nur noch sechzehn Mülltüten mit Erde warteten vor den beiden sichtbaren Betonmonstern darauf, vom Gärtner entsorgt zu werden. Sogar die Reifenspuren der schweren Baufahrzeuge, sowohl des offiziellen aus Westerland als auch des unerlaubt ausgeliehenen von der Wenningstedter Promenade, waren vollständig beseitigt. In einer Stunde sollte der Gärtnertrupp mit dem Rollrasen und den jungen Pflanzen erscheinen. Am Abend würde der Garten dann endlich so aussehen, wie ihn der Gartenarchitekt entworfen hatte.

Als Matthias die Zeitung aus dem Briefkasten zog, glitt ein billiger weißer Umschlag vor ihm auf die Fußmatte. Das Kuvert war vollständig unbeschriftet. Fast hätte man es für eine Reklamebeilage der Sylter Nachrichten halten können, aber dann wäre es wohl nicht zugeklebt gewesen. Mit seinem noch ungenutzten Frühstücksmesser schlitzte Matthias den Umschlag auf und entnahm ihm ein nachlässig zusammengefaltetes DIN A4-Blatt. Mit sichtbar verstellter Schrift stand darauf geschrieben:

Der Preis ist gestiegen!
Um Mitternacht erwarte ich dich mit 100.000 € an der bekannten Stelle. Solltest du erneut nicht erscheinen, kommt das Unglück auf nackten Füßen zu dir.

Irritiert las Matthias den Erpresserbrief mehrere Male. Unschlüssig legte er ihn neben seinen Frühstücksteller. Dieser Kretin, der ihm in der Nacht von Montag auf Dienstag aufgelauert hatte, gab also keine Ruhe. Das Auftauchen der Polizei während des ersten Übergabetermins hatte ihn nicht verschreckt. War es besser, den Brief zu verbrennen oder zu behalten? Was bedeutete die unsinnige Formulierung mit den ‚nackten Füßen'? Und wie kam der erpresserische Wicht auf die Idee, sein Opfer könne innerhalb eines Tages einfach mal so einhunderttausend Euro von seinem Konto abheben? Wie hoch war denn wirklich die Summe, die man maximal in bar bekam, ohne dass es auffiel?

Einem Impuls folgend, griff er zu einer Schachtel Streichhölzer und zündete den Erpresserbrief an. Als dieser bis auf ein Häufchen Asche verbrannt war, zündete er auch den Umschlag an und sah zu, wie er in Rauch aufging. Den Teller mit der Asche trug er vorsichtig zum Spülbecken, ließ den Wasserstrahl die Reste wegspülen und stellte das Frühstücksgeschirr danach in die Spülmaschine. Der Brief war beseitigt und alle Spuren waren getilgt. Aber das Problem mit dem Erpresser blieb bestehen.

Die Türklingel riss Matthias aus dem Grübeln; bestimmt war der Gärtnertrupp gekommen und wollte mit seiner Arbeit beginnen. Er setzte sich eine frische Corona–Schutzmaske auf, öffnete die Haustür und erklärte, er sei leider erkrankt. Der Gartenarchitekt schien nicht traurig darüber zu sein, vom Hausherrn ungestört seiner Arbeit nachgehen zu können. Er wünschte gute Besserung und versprach, zusammen mit den Gärtnern bis zum Abend mit allem fertig zu werden.

Vom oberen Schlafzimmer aus konnte Matthias den Arbeiten im Garten folgen. Die Fläche, auf der der Rasen ausgerollt werden sollte, wurde vorbereitet, die Löcher für die Neubepflanzung entlang des mannshohen Holzzauns gegraben. Die beiden sichtbaren Tetrapoden bekamen eine Kiesumrandung, der unsichtbare Tetrapode blieb unentdeckt und würde in Kürze unter dichtem Rasen liegen.

Während die Brachfläche hinter dem Haus allmählich zum Garten wurde, nahm auch Matthias' Plan für den Umgang mit dem Erpresser Gestalt an. Ganz offensichtlich war der Mann keine intellektuelle Größe. Aber er hatte mehr Glück als Verstand, denn immerhin war er in der ersten Übergabenacht rechtzeitig der Polizei aus dem Weg gegangen. Oder die Polizei war dem anonymen Hinweis nie nachgegangen. Martin hatte ihm eingebläut, dass man einer Erpressung niemals nachgeben durfte. Wenn man einmal auf die dreiste Forderung eines Erpressers einging, bestand die Gefahr, dass dieser immer wieder versuchte, Geld aus seinem Opfer herauszupressen. Jedes Mal, wenn der dreiste Kretin in finanziellen Nöten wäre, würde er sich melden und Geld fordern. Er durfte also von Anfang an keinen einzigen Euro bekommen. Und genau daran wollte Matthias sich auch halten.

Zufrieden mit seiner Entscheidung schlug er die Tageszeitung auf. Das Deckblatt zeigte eine Aufnahme von Heinrichs ‚Grillrestaurant am Kliff' und den fettgedruckten Titel ‚**Grausamer Fund auf der Wenningstedter Promenade**'. Nervös setzte Matthias seine Lesebrille auf. Der Untertitel ‚Zwei nackte Menschenfüße anstelle von vier Betonfüßen' ließ ihm den Schweiß ausbrechen. Nachdem er den gesamten Artikel gelesen hatte, der keine weitere Aufklärung über die Herkunft der abgetrennten Frauenfüße bot, wusste Matthias, was die merkwürdige Nachricht seines Erpressers bedeuten sollte. Der feige Wicht hatte ihn nicht nur dabei beobachtet, wie er den Tetrapoden abtransportiert hatte. Nein, der Erpresser musste noch mehr über ihn und seine vorangegangenen Raubzüge wissen. Wie sonst wäre er auf die Idee gekommen, seiner Forderung ausgerechnet mit abgetrennten Füßen Nachdruck zu verleihen? Die Füße an dem Platz zu hinterlassen, an dem er den Tetrapoden gestohlen hatte, war eine deutlich schwerwiegendere Drohung als jeder Erpresserbrief.

Ein neuer Plan musste her, ein sicherer Plan. Er hatte nie gewollt, dass jemand zu Schaden kam bei dem Diebstahl des Tetrapoden. Es war nur ein Scherz gewesen; ein kleiner Racheakt, weil Heinrich Nissen mit Ella geflirtet und sie es sofort erwidert hatte. Es durfte nicht sein, dass dieser unbedachte Diebstahl nun sein Leben zerstörte.

Er würde dem Erpresser Geld geben. Er musste ihm Geld geben. Aber einhunderttausend Euro waren unmöglich. Vielleicht reichten zehntausend, um sich ein wenig Zeit zu erkaufen. Zeit, um einen neuen Plan zu schmieden. Einen Plan, der alles wieder in Ordnung brachte.

Matthias bestellte ein Taxi zur Friesenkapelle und machte sich möglichst unauffällig auf den Weg. Würde später jemand den Gärtnertrupp fragen, ob er das Haus verlassen hatte, durften sie davon nichts mitbekommen haben.

Es dauerte zehn Minuten, bis der elfenbeinfarbene Mercedes neben ihm hielt. Als er sein erstes Ziel genannt hatte, wollte der Fahrer wegen der kurzen Strecke schon protestieren, aber dann machte Matthias ihm klar, dass er nicht nur diese eine Bank besuchen wollte. Nach neunzig Minuten und sechs Geldautomaten ließ er sich wieder an der Friesenkapelle absetzen. In seinen Manteltaschen steckten viele kleine Scheine; so viele, dass er sich regelrecht unförmig vorkam. Erstaunlich, wie viele Banknoten die Automaten ausgeben mussten, bis endlich zehntausend Euro zusammengekommen waren.

Westerland – Mittag

Auch wenn Kriminalhauptkommissar Brunner bislang weder gefrühstückt noch zu Mittag gegessen hatte, lehnte er es ab, sich mit seiner Schwester und Heinrich Nissen in dessen Restaurant in der Fußgängerzone von Westerland zu treffen. Viel zu sehr brannten ihm die offenen Fragen zu den Verbrechen der vergangenen Tage unter den Nägeln. Trotz intensiver Besuche nahezu aller Häuser rund um die Wenningstedter Promenade hatten sie keine brauchbaren Zeugenaussagen für die nächtlichen Ereignisse der vergangenen Tage erhalten. Und auch die Wegstrecke, die der Bagger zusammen mit dem Tetrapoden zurückgelegt hatte, war immer noch unbekannt.

Lustlos blätterte er durch die Berichte der Rechtsmedizin und der Spurensicherung, als sein Telefon klingelte.

„Zwei Besucher bitten darum, zu Ihnen in Ihr Büro kommen zu dürfen", klärte ihn der wachhabende Polizist auf. „Soll ich sie hinaufbegleiten?"

„Haben sie ihre Namen genannt?"

„Ella Wessel und Heinrich Nissen."

Brunner seufzte innerlich. „Vielen Dank. Ich komme selbst runter."

Die Papiertüte, die Heinrich ihm als Begrüßung wortlos entgegenhielt, enthielt einen Becher Kaffee, eine kleine Flasche Wasser und drei belegte Brötchen. Der Duft, den sie beim Öffnen entweichen ließ, war unwiderstehlich für Brunner.

„Wenn mein Bruder nicht zu mir kommen will, um etwas mit mir zu essen, dann komme ich eben mit dem Essen zu ihm", scherzte Ella und nahm ihn vor den Kollegen des Bereitschaftsdienstes in den Arm.

Peinlich berührt machte er sich frei und ging seinen Besuchern voran zu seinem Büro.

„Das wäre nicht nötig gewesen", murmelte er, nachdem sich alle gesetzt hatten. Den mitgebrachten Snack hatte er Stück für

Stück aus der Tüte genommen und auf einem unbeschriebenen Bogen Druckerpapier vor sich auf dem Schreibtisch arrangiert. „Außerdem ist das mitgebrachte Essen deutlich zu viel für eine Person."

„Dann helfen wir dir eben etwas", kam es von Heinrich, der im selben Moment nach der Flasche Wasser griff.

„Darf ich damit rechnen, dass du auch die nächsten Nächte nicht bei mir schläfst, Ella?" Brunner hatte das Essen noch nicht angerührt.

„Du wolltest doch, dass ich bei dir ausziehe", kam es leicht schnippisch von seiner Schwester. „Heinrich hat mir eines seiner Gästezimmer angeboten. Und ich habe seine großzügige Offerte angenommen. Bei Matthias konnte ich nicht einziehen, da er sich mit Corona infiziert hat."

„Wann holst du deine Sachen?"

Ella sah ihn wütend an.

Allmählich fand es Heinrich Nissen an der Zeit, sich einzumischen.

„Deine Schwester hat sich absolut korrekt ausgedrückt", sagte er mit sanfter Stimme. „Sie darf gern für die nächste Zeit bei mir wohnen, in einem der Gästezimmer. Mehr ist es nicht, Brunner, und mehr wird es auch nicht. Ich weiß, wie du dazu stehst."

Zwei Sekunden lang sahen sich die Männer in die Augen, dann wandte Brunner seinen Blick ab.

„Danke für das Mittagessen", sagte er leise und griff nach einem der belegten Brötchen. Das Fleisch zwischen den Brotdeckeln war noch warm und herrlich verführerisch.

„Kommst du mit den drei Straftaten weiter, die im Umfeld meines Restaurants passiert sind?", wechselte Heinrich das Thema.

„Vier", verbesserte ihn Brunner.

Heinrich stöhnte leise. „Ich glaube nicht, dass der dilettantische Einbruchsversuch etwas mit den anderen Verbrechen zu tun hat. Ihn musst du nicht mitzählen."

„Das sehen die Kollegen der Forensik anders." Brunner machte eine kurze Pause und sah Heinrich eindringlich an. „Weißt du möglicherweise, wer mit einer Axt auf deine Eingangstüren eingeschlagen hat?"

„Ich habe eine Vermutung. Wahrscheinlich war es derselbe, der vor ein paar Wochen schon einmal auf mein Restaurant losgegangen ist. Du erinnerst dich?"

„Der arme Irre? Oder wie hattest du ihn damals tituliert?"

„Der arme Irre, ja. Bernhard Meier. Der ehemalige Betreiber des ,Krähennest' unterhalb der Wenningstedter Promenade."

„Der Bretterbude, die gerade abgerissen wird?", vergewisserte sich Brunner.

Heinrich nickte.

„Vermutest du, dass er in der Nacht von Montag auf Dienstag versucht hat, bei dir einzubrechen, oder weißt du es?"

„Ich bin mir sicher, dass er es war", bekräftigte Heinrich.

„Ich wünschte, du hättest Kameras, die deinen Eingang bewachen."

„Vielleicht muss ich allmählich darüber nachdenken, mir welche zuzulegen." Heinrichs Telefon klingelte, aber er ignorierte es.

Ella war ungeduldig dem Geplänkel zwischen den beiden Freunden gefolgt. Nun nutzte sie die Unterbrechung. „Was haben deine Kollegen der Forensik herausgefunden, Bruder? War es dieselbe Axt?"

Dieses Mal war es an Brunner, zu nicken.

„Die Axt, mit der auf meine Eingangstüren eingedroschen wurde, wurde später dafür genutzt, die Füße der armen Frau abzuhacken?" Heinrich konnte es nicht glauben.

„So ist es", bestätigte Brunner, nachdem er zu Ende gekaut hatte. „Hast du Bernhard Meier in den letzten Tagen gesehen?"

„Nein, habe ich nicht. – Soweit ich weiß, wohnt er irgendwo in Braderup."

Brunner entschuldigte sich und verließ den Raum. Wortlos warteten Heinrich und Ella, bis er sich wieder hinter seinen Schreibtisch gesetzt hatte.

„Sehen wir mal, ob die Kollegen Herrn Meier zuhause antreffen. Andernfalls muss ich ihn zur Fahndung ausschreiben."

„Das ist Unsinn, Brunner", erwiderte Heinrich. „Bernhard Meier mag vieles sein, aber ganz bestimmt kein Mörder." Wieder klingelte sein Telefon. Er sah auf dem Display, dass es sein Restaurantleiter aus Wenningstedt war und schaltete den Ton aus.

„Vielleicht hat er die Leiche ja irgendwo gefunden und ihr nur die Füße abgehackt", schlug Ella vor.

„Hältst du das wirklich für wahrscheinlich?", wollte Brunner wissen.

Seine Schwester zuckte mit den Schultern.

Es klopfte und Helge Frantz steckte seinen Kopf durch den Türschlitz. „Darf ich dich kurz sprechen, Brunner?"

„Jetzt?"

„Es ist dringend."

Erneut verließ sein Freund den Raum und Heinrich griff nach seinem Handy. Bevor er den Wenningstedter Restaurantleiter zurückrufen konnte, öffnete Brunner bereits wieder die Tür. Mit einem vernehmlichen Seufzen blieb er im Türrahmen stehen und sah auf seine Gäste herab.

„Ein fünftes Verbrechen?", wollte Nissen wissen.

„Ihr müsst jetzt gehen. Ich habe zu tun."

„Ihr habt die arme Frau gefunden, nicht wahr?" Ella stand ihrem Bruder gegenüber. „Wer ist sie?"

„Ich weiß es noch nicht. – Bitte geht jetzt; ich muss los. Vielleicht melde ich mich später bei euch."

Braderup – Mittag

Mit der Polizei hatte Bernhard Meier nicht gerechnet, als er die Wohnungstür öffnete. Erschrocken machte er einen Schritt zurück und versuchte, die Tür wieder zu schließen, aber einer der Uniformierten war schneller und stellte seinen Schuh in den Spalt.

„Herr Meier?", fragte er freundlich. „Bernhard Meier?"

Bernhard nickte und blickte unfreundlich auf den Polizistenschuh, der es ihm unmöglich machte, seine Wohnungstür zu schließen.

„Dürfen wir reinkommen?"

„Nee."

„Wir können auch hier im Hausflur reden, wenn Ihnen das lieber ist."

„Ich habe nichts getan, worüber ich mit euch reden müsste", widersprach Bernhard. „Nimm den Fuß da weg, sonst zeige ich dich wegen Hausfriedensbruch an."

„Seien Sie doch vernünftig, Herr Meier", mischte sich der zweite Uniformierte ein. „Wenn Sie uns nicht hineinlassen möchten, ist das nicht weiter tragisch. Wir sind sowieso nur da, um Sie aufs Revier zu bringen. Sie können entweder freiwillig mitkommen oder wir nehmen Sie vorläufig fest. In jedem Fall haben wir den Auftrag, Sie mitzunehmen. Und genau das werden wir auch tun."

„Hat der feine Pinkel euch geschickt? Der soll mal lieber vorsichtig sein." Mit einer schnellen Bewegung riss Bernhard die Wohnungstür auf und zwängte sich an den beiden Uniformierten vorbei.

Noch nicht einmal bis zur Treppe kam er, da hatte ihn bereits einer der Beamten am Arm gefasst. Während er ihn festhielt, herrschte der Uniformierte ihn an: „Schluss mit dem Unsinn".

„Ich habe nichts getan", stieß Bernhard erneut aus, deutlich weinerlicher als beim ersten Mal.

Der Beamte, der ihn festhielt, ignorierte seinen Einwand. „Arne, ich bringe Herrn Meier schon mal zum Wagen."

Wenningstedt – Nachmittag

„Wie konnte so etwas geschehen?" Hauptkommissar Brunners Ärger war unmissverständlich den fünf Worten zu entnehmen.

Polizeiobermeister Helge Frantz und sein ranggleicher Kollege Rainer Müller hätten es vorgezogen, dem Chef der Kriminalpolizei für eine Weile aus dem Weg zu gehen, aber leider waren sie es, die ihn zur Promenade in Wenningstedt fahren mussten.

„Die Kollegen, die in der Nacht Dienst hatten, …", versuchte Frantz eine Antwort.

„Hört auf, für alles eine Entschuldigung zu finden", unterbrach Brunner ihn. „Die Kollegen waren einfach zu bequem und wollten es vermeiden, mitten in der Nacht nass und dreckig zu werden. So haben wir sechsunddreißig Stunden verloren und jede Menge Arbeit in den Sand gesetzt."

„Es war nur ein anonymer Anrufer, der den Hinweis gegeben hat. Und die beiden sind ja direkt hingefahren. Aber auf der Promenade war laut Bericht nichts und niemand zu sehen."

„Und am nächsten Tag im Hellen noch einmal nachzusehen, wäre zu viel verlangt gewesen? In Anbetracht des Diebstahls, der dort kurz vorher passiert war?"

Die beiden Polizeiobermeister zogen es vor zu schweigen.

„Wahrscheinlich waren die Kollegen genau zu der Zeit auf der Promenade, in der der armen Frau die Füße abgehackt wurden. Womöglich hätten sie den Täter in flagranti ertappen können. Aber es hat ja geregnet. Wer verlässt da schon gern den trockenen und warmen Streifenwagen. Verständlich. Und mir Bescheid zu geben, war dann natürlich auch unnötig."

„Ich bin mir sicher, dass die Kollegen ..." Wieder ließ Brunner den Uniformierten auf dem Vordersitz nicht ausreden.

„Ja, da bin ich mir auch sicher", sagte er resigniert. „Die beiden Kollegen werden mir das noch erklären müssen."

Der Streifenwagen hielt direkt neben dem abgesperrten Bereich der Baustelle auf der Wenningstedter Promenade. Drei der Zaunsegmente waren zur Seite gerückt, Flatterband hinderte die Touristen daran, sich der Baustelle zu sehr zu nähern.

„Im Container?", fragte Brunner, während er sich aus dem Wagen quälte.

„Im Container, ja." Frantz wies auf den Bagger und die dahinter aufleuchtende orangefarbene Ecke aus Metall. Den Kriminalkommissar zu der Toten zu begleiten, war angesichts der bereits reichlich vertretenen Fachleute der Spurensicherung und Rechtsmedizin glücklicherweise nicht notwendig.

Brunners massige Gestalt hinderte ihn nicht daran, sich am Bagger entlang zu schlängeln. Dass er sich dabei an einem der vor Dreck starrenden Reifen den Mantel beschmierte, bemerkte er erst, als er den Container erreicht hatte.

„Auch das noch!", schrie Brunner wütend und erschrak selbst über seine Reaktion.

Seine Lieblings-Forensikerin, von allen nur ‚di Fledermüs' genannt, drehte sich zu ihm um. Vollständig in einen weißen Einweg-Overall gehüllt und ihm den Rücken zukehrend, hatte Brunner sie vorher nicht erkannt. Unwillkürlich atmete er auf. Wenigstens eine Kollegin mit ausreichend Sachverstand, um ihm seine Ermittlungen nicht unnötig zu erschweren, dachte er und hatte sofort ein schlechtes Gewissen deswegen.

„Moin Helga", grüßte er betont freundlich „Es tut mir leid, dass ich so herumgeschrien habe."

„Kein Problem, jetzt wissen wenigstens alle, dass die Kriminalpolizei von Sylt auch endlich angekommen ist", antwortete sie und lächelte Brunner frech an.

Ihre Frotzelei überhörend, fragte er: „Was hast du für mich?"

„Im Container liegt eine Tote. Der Rechtsmediziner ist schon bei ihr. Ich gehe davon aus, dass sie in spätestens zehn Minuten abtransportiert wird, dann kann ich loslegen. – So weit ich es gesehen habe, ist die arme Frau vollständig nackt und ordentlich in Folie eingewickelt."

„Und ihr sind beide Füße abgetrennt worden, ist das richtig?"

„Jepp", kam es einsilbig von Helga Maus.

„Dann brauche ich dringend ihre Fingerabdrücke. Die DNS der Füße hat uns für eine Identifizierung nicht weitergeholfen."

„Bekommst du alles, Brunner. Lass uns erst einmal in Ruhe unsere Arbeit machen."

Brunner bedankte sich.

Einen Blick in den Container wollte er in jedem Fall noch werfen, bevor er wieder ins Büro fuhr. Für ihn begann jede Ermittlung mit einem Besuch des Tatorts, idealerweise der direkten Berührung mit dem verübten Verbrechen. Fotos der Spurensicherung boten ihm keinen ausreichenden Ersatz dafür. Und auch wenn er angesichts der Tatsache, dass die Leiche mit Folie umwickelt war, nicht davon ausging, dass die Frau im Container ihr Leben verloren hatte, konnte dieser trotzdem der Ort sein, an dem ihr die Füße abgetrennt worden waren.

Zwei von Brunners Mitarbeitern erreichten in genau dem Moment die Promenade, in dem der Leichenwagen mit der Toten wegfuhr. Die Befragung der anwesenden Bauarbeiter konnte er also ihnen überlassen. Nach einem ausgedehnten Blick in den Container – Helga Maus und ihre Kollegin hatten ihre Arbeit dort bereits begonnen – verabschiedete er sich von der zugigen Promenade und ließ sich in einem Streifenwagen zurück zur Polizeiwache in Westerland bringen.

Westerland – Nachmittag

Die Fotos der im Container gefundenen Frau warteten bereits in seiner Inbox, als Kriminalhauptkommissar Brunner sein Büro in Westerland betrat. Die Tote war grausam zugerichtet. Nicht nur, dass ihr die Füße fehlten, die linke Seite ihres Kopfes war gezeichnet von brutaler Gewalt. Platzwunden und Blutergüsse zeigten, dass ihr Mörder mehrfach auf sie eingeschlagen hatte, bevor und wahrscheinlich auch nachdem sie gestorben war. Die rechte Seite ihres Kopfes und ein Großteil des Gesichts waren erstaunlich wenig verletzt worden. Sie zeigten, dass die Frau vor ihrem Tod auf keinen Fall die junge Sprayerin gewesen sein konnte. Das Opfer musste mindestens schon dreißig Jahre gelebt haben, bevor es seinem Mörder in die Hände lief. Brunner druckte rasch alle Bilder aus und verließ sein Büro.

Mit zwei Bechern Automatenkaffee in den Händen, eine schmale Aktenmappe unter den linken Arm geklemmt, betrat Brunner den Verhörraum. Die Wartezeit hatte Bernhard Meier offensichtlich nicht gutgetan. Verschwitzt, zitternd und mit geschlossenen Augen stand er mit dem Rücken an eine Wand des Raums gelehnt. Mit keiner Bewegung zeigte er, dass er das Erscheinen des Kommissars zur Kenntnis genommen hatte. Brunner stellte die Becher auf den Tisch und zog geräuschvoll einen der Stühle zurück. Meier öffnete die Augen und atmete tief ein.

„Es tut mir leid, dass ich Sie habe warten lassen", begann Brunner das Gespräch. „Mein Name ist Michael Brunner. Ich bin Kriminalhauptkommissar und zuständig für die Ermittlungen rund um die Vorkommnisse auf der Wenningstedter Promenade."

Außer mit einem leichten Zittern der Augenlider gab Meier durch nichts zu erkennen, dass er Brunners Worte verstanden hatte.

„Ich wäre Ihnen dankbar, wenn Sie sich zu mir setzen würden, Herr Meier. Die Kollegen haben Sie hergebracht, damit wir in Ruhe miteinander reden können."

Wieder atmete Meier tief ein. Seine Augen fixierten sein Gegenüber. „Ich habe nichts getan", stieß er hervor.

„Dann bringen meine Kollegen Sie gleich wieder nach Hause, Herr Meier." Brunner bemühte sich, höflich und geduldig zu bleiben. „Aber zuerst müssen wir uns unterhalten. Also bitte setzen Sie sich zu mir."

Mit unsicheren Bewegungen kam Meier der Aufforderung nach.

„Sie sind Bernhard Meier? Wohnhaft im Litjen Wai 106 in Braderup?"

„Ja." Meiers Antwort klang trotzig.

„Haben Sie bis Ende letzten Jahres noch das Restaurant ‚Krähennest' unterhalb der Wenningstedter Promenade betrieben?"

Ein wütender Blick war Meiers einzige Antwort.

„Haben Sie oder haben Sie nicht?", fragte Brunner nach.

„Ich habe das ‚Krähennest' nicht betrieben. Es war mein Zuhause, mein Leben."

„In Ordnung."

Brunner überlegte, wie er die nächste Frage formulieren sollte, um nicht sofort wieder den Kontakt zu Meier zu verlieren. „Mir ist zu Ohren gekommen, dass Sie Heinrich Nissen vorwerfen, er trüge die Schuld am Abriss Ihres Restaurants. Ist das richtig?"

Wieder war ein wütender Blick Meiers einzige Antwort.

„Es ist mehrfach versucht worden, Eigentum von Herrn Nissen zu zerstören beziehungsweise in sein Restaurant einzubrechen. Wissen Sie etwas davon?"

„Hat er mich also doch angezeigt? Nur weil ich ihn beschimpft habe?"

„Herr Nissen hat keine Anzeige erstattet."

„Was soll ich dann hier?" Meier hatte sich wieder von seinem Stuhl erhoben. „Dann müssen wir uns ja wohl über nichts unterhalten."

Brunner hatte den Eindruck, dass Meiers Nervosität noch nicht nachgelassen hatte. Sein Umgang mit Heinrich Nissen und dessen Eigentum war also offenbar nicht das, was seinem Gegenüber Sorgen bereitete.

„Doch, müssen wir", widersprach er. „Setzen Sie sich bitte wieder."

Widerwillig kehrte Meier an den Tisch zurück.

„Es gibt Grund zu der Annahme, dass Sie sich in der Nacht von Montag auf Dienstag auf der Wenningstedter Promenade aufgehalten haben", nahm Brunner das Gespräch wieder auf. „Damit sind Sie ein potenzieller Zeuge für diverse Straftaten, die ich gerade untersuche."

„Ich habe nichts getan und auch nichts gesehen", widersprach ihm Meier sofort.

„Wie ich bereits sagte, hat Herr Nissen auch für den Einbruchsversuch während der Montagnacht keine Anzeige erstattet. Es geht mir also nicht darum, weshalb Sie sich in der Nacht auf der Promenade aufgehalten haben. Ich bitte Sie einzig und allein auszusagen, was Sie dort beobachtet haben."

Meier reagierte nicht. Mit gesenktem Kopf sah er auf die Tischplatte.

„Es geht um den gewaltsamen Tod eines Menschen, Herr Meier. Wenn Sie darüber etwas wissen und mir verschweigen, machen Sie sich mitschuldig."

„Ich weiß überhaupt nichts." Meier hatte den Kopf gehoben und sah Brunner herausfordernd an. „Zu keinem Zeitpunkt, an dem ich mich auf der Promenade aufgehalten habe, ist dort jemand gewaltsam zu Tode gekommen."

„Sie haben sich also in der Nacht von Montag auf Dienstag auf der Wenningstedter Promenade aufgehalten?"

„Und wenn?"

„Zwei Nächte darauf ebenfalls, Herr Meier?"

„Was soll ich denn dort getan haben?"

Einem Impuls gehorchend, nahm Brunner die Fotografien der nackten Frau ohne Füße aus seinem schmalen Aktenordner. Kurz blätterte er sie durch, dann wählte er das Bild aus, auf dem vorwiegend der unversehrte Teil des Kopfes zu sehen war.

„Kennen Sie diese Frau?", fragte er Meier und legte das Bild direkt vor ihm auf den Tisch.

Meier senkte den Blick auf den Tisch, dann sprang er entsetzt auf. „Nein!"

„Was ‚Nein'?", fragte Brunner. „Haben Sie die Frau auf dem Foto erkannt?"

„Ich … – Nein, das kann nicht sein. Das war sie nicht. – Mandy war doch überhaupt nicht dort."

„Mandy und wie weiter?"

Meier hatte sich wieder mit dem Rücken zur Wand hingestellt und schwieg.

Brunner stand auf und trat ganz nah an ihn heran. „Wer ist die Frau? Ganz offensichtlich kennen Sie sie doch."

„Lassen Sie mich in Ruhe", flehte Meier. „Ich verstehe das nicht. – Ihnen sage ich sowieso nichts mehr." Verzweifelt hob er die Hände vor sein Gesicht.

Brunner ging zurück zum Tisch, hob die Aktenmappe hoch und nahm die restlichen Fotografien des Opfers heraus.

„Möchten Sie sehen, was man Mandy angetan hat?", fragte er und hielt Meier die Bilder hin. „Schauen Sie hin. Die Frau ist brutal erschlagen worden. Immer und immer wieder hat ihr Mörder auf sie eingeschlagen."

„Gehen Sie weg. Lassen Sie mich in Ruhe." Meier drehte sich zur Seite.

„Sehen Sie sich die Fotos an, Herr Meier. Sie kennen diese Frau. Schauen Sie sich an, was man ihr angetan hat."

Immer noch hielt Meier die Hände vor sein Gesicht. Leises Weinen drang durch die Finger. „Mandy", schluchzte er schließlich leise. „Das ist Mandy Schranz. Sie war einer der besten Menschen, denen ich je begegnet bin."

Nach diesem Ausbruch war kein weiteres Wort aus Meier herauszubekommen. Auch wenn Brunner sich sicher war, dass der Mann mehr über die nächtlichen Ereignisse auf der Promenade in Wenningstedt wusste, hatte er keine Handhabe, ihn länger festzuhalten. Zwei uniformierte Beamte fuhren Meier zurück nach Braderup und ließen ihn vor seiner Wohnung aussteigen.

Unzufrieden blieb Brunner auf der Polizeistation zurück. Unzufrieden und auch ein wenig beunruhigt. Hatte er seinen Ärger über das Verhalten seiner Schwester und das Versäumnis der uniformierten Kollegen an Bernhard Meier ausgelassen? Es war doch sonst nicht seine Art, Zeugen in unverantwortlicher Art mit den ungeschönten Aufnahmen von Opfern von Gewalttaten zu schockieren. Würde Meier ihm nun überhaupt noch als kooperativer Zeuge zur Verfügung stehen?

Wenningstedt – Abend

Für sein nächstes Gespräch nahm sich Brunner vor, mit etwas mehr Feingefühl vorzugehen. Seine Schwester würde es ihm nie verzeihen, wenn er ihren Freund, den Galeristen, ebenso verschreckte wie Bernhard Meier. Und bei ihm gab es dafür wahrscheinlich auch keinen Anlass.

Es hatte sich ein Anwohner des Wenningstedter Dorfteichs gemeldet, der die Störung seiner Nachtruhe durch nächtliche Motorengeräusche am Morgen des 15. März anzeigen wollte. Leider konnte er weder Angaben zum Fahrzeug noch zur genauen Uhrzeit der Ruhestörung machen. Nur in einem war er sich sicher: Der Lärm hatte auf dem Grundstück seiner neuen Nachbarn, der Herren Knoop und Belting, geendet.

Brunner stattete sich mit einer FFP3–Maske und dünnen blauen Einmalhandschuhen aus, verließ erneut sein Büro und bat einen der Bereitschaftspolizisten, ihn nach Wenningstedt zu fahren. Er sei nach wie vor Corona-positiv hatte Belting ihm telefonisch mitgeteilt. Falls der Kommissar darauf bestünde, dürfe er ihn aber besuchen; selbst zur Polizeistation zu kommen, hielte er allerdings für nicht opportun.

Brunner musste dreimal klingeln, bevor ihm geöffnet wurde. Belting begrüßte ihn, in einen weißen, fast bodenlangen Bademantel gekleidet, mit einer weißen FFP3–Maske im Gesicht und weißen Einmalhandschuhen an den Händen. Brunner hatte den Eindruck, als stünde ein ausgemergelter Geist vor ihm.

„Vielen Dank, dass Sie mich …" Gerade noch rechtzeitig erinnerte sich Brunner, dass er sich mit dem Galeristen duzte. „Vielen Dank, dass du mich empfängst, obwohl du krank bist, Matthias."

„Mittlerweile fühle ich mich schon wieder besser. Ich möchte nur niemanden anstecken, deshalb bin ich etwas vorsichtig."

„Nein, natürlich nicht." Brunner fühlte sich unbehaglich. „Ich versuche, dich auch nicht zu lange zu belästigen."

Matthias hüstelte etwas und ging seinem Gast voran ins Wohnzimmer. Die Farbe Weiß bestimmte auch das Interieur des Hauses, von leichten blauen Akzenten unterbrochen. Brunner befürchtete fast, er könnte seinen Gastgeber nicht wiederfinden, sollte er ihn in diesem Raum aus den Augen verlieren.

Eine Längsseite des Wohnzimmers bestand fast vollständig aus bodentiefen Fenstern, die freien Blick in einen sehr gepflegten Garten boten. Die Farbe Grün, die dort bereits vorherrschte, obwohl es gerade erst März war, normalisierte Brunners Sehvermögen. Eine schmale, betongraue Terrasse lief die Fensterfront entlang, davor lag makelloser Rasen, der zum dichten Holzzaun auf der Grundstücksgrenze hin von frischen, scheinbar dauergrünen Büschen und Bäumchen eingerahmt wurde. Leicht versetzt von der Mitte ragten zwei betongraue Tetrapoden aus der Wiese, von schwarzen Kieselsteinen umrahmt.

„Die Gärtner sind heute erst damit fertiggeworden", erklärte Matthias. „Gefällt es dir?"

Brunner wies auf die Tetrapoden. „Du hast dich also von Heinrich Nissens Dekoration inspirieren lassen?"

„Ja, das habe ich. Leider sind meine Tetrapoden ohne Graffitis. Und beide sind auch nicht vollständig. Aber vielleicht macht gerade diese Unvollständigkeit später ihren Wert aus."

„Hier sind sie auf jeden Fall sicherer abgestellt als auf der Promenade." Brunner zögerte, aber dann stellte er doch die Frage, die ihm auf der Zunge brannte: „Hast du eine Rechnung für ihren Kauf erhalten?"

Matthias lachte laut auf. „Fragst du mich gerade, ob einer der Tetrapoden der fehlende von Heinrich ist?"

Betreten sah Brunner aus dem Fenster, während Matthias den Raum verließ und wenige Minuten später zurückkehrte.

„Ich kann die Rechnung leider nicht finden."

Der Galerist hielt ihm sein Handy entgegen, auf dessen Display ein Foto zu sehen war; er und sein Lebensgefährte standen darauf neben einem Bagger, der einen Tetrapoden geladen hatte.

„Hier siehst du uns beim Kauf", erklärte Matthias. „Die beiden Betonriesen wurden offiziell an uns übergeben und gegen ein happiges Trinkgeld sogar von einem Gemeindemitarbeiter geliefert."

„Das glaube ich dir." Brunner zögerte. „Aber ein Vertrag, eine Rechnung oder Quittung, irgendein offizielles Schriftstück wäre mir lieber als dieses Foto."

Matthias lachte erneut.

„Reine Formalität", entschuldigte sich Brunner und ärgerte sich im selben Moment darüber.

„Ich werde Martin fragen, ob er die Rechnung nach Hamburg mitgenommen hat." Für Matthias schien das Thema damit erledigt zu sein. „Aber nur deshalb bist du nicht hergekommen, oder?"

Brunner zögerte erneut. „Wir versuchen immer noch, die zurückgelegte Strecke des Baufahrzeugs nachzuvollziehen, mit dem der Tetrapode von der Promenade abtransportiert wurde. – Warst du in der Nacht von Montag auf Dienstag zuhause?"

Matthias sah ihn abwartend an und schwieg.

„Ein Anwohner des Dorfteichs hat zu Protokoll gegeben, in der Nacht von Montag auf Dienstag schweres Gerät gehört zu haben", setzte Brunner nach.

„Schweres Gerät auf unserem Grundstück?", kam es amüsiert von dem Galeristen.

Brunner nickte.

„Falls es unser Nachbar zwei Häuser zur Rechten war, der diese Aussage gemacht hat, wundert es mich nicht. Vom ersten Tag an stand er auf Kriegsfuß mit Martins Dodge, einem Wagen mit Achtzylinder-Motor."

„Den ihr während der Nacht bewegt habt?"

„Martin kam früh morgens mit dem ersten Autozug. Er muss kurz vor 6:00 Uhr vor unserem Haus vorgefahren sein. Und, ehrlich gesagt, nach etlichen Streitereien gönnt er es sich mittlerweile, den Nachbar mit dem Röhren seines großvolumigen Motors ein wenig in Rage zu bringen."

Erneut unzufrieden mit dem Gespräch, das er geführt hatte, verabschiedete Brunner sich. Der Tag wurde einfach nicht besser. Und zum krönenden Abschluss stand ihm auch noch ein Abendessen mit Ella und Heinrich bevor.

Morsum – Abend

Der köstliche Duft nach einem Schmorgericht, der Michael Brunner entgegen strömte, als Heinrich ihm die Haustür öffnete, ließ ihn fast vergessen, wie ungern er die Essenseinladung seines Freundes angenommen hatte. Nicht, dass er die gelegentlichen Abende in Heinrichs Zuhause in Morsum nicht genoss, aber dieses Mal war seine Schwester dabei und das bedeutete eindeutig eine Grenzüberschreitung ihrerseits.

Der lange Tisch in der Küche war gedeckt und sowohl Ella als auch Heinrich hatten vor ihrem Platz ein bereits angetrunkenes Glas Bier stehen. Durch den spontanen Besuch beim Galeristen hatte Brunner sich um mehr als eine Viertelstunde verspätet.

„Setz dich und mach ein anderes Gesicht", begrüßte Ella ihren Bruder. „Wenn wir Glück haben, ist das Essen, das Heinrichs ‚guter Geist' Marlene für uns zubereitet hat, jetzt noch genießbar."

„Was hat dich aufgehalten", wollte Heinrich wissen, nachdem alle Teller mit einer ordentlichen Portion des köstlich duftenden Galloway-Gulaschs gefüllt waren.

„Auf dem Weg hierher habe ich Matthias Belting einen kurzen Besuch abgestattet", antwortete Brunner. „Und natürlich soll ich euch grüßen."

„Matthias?", fragte Ella erstaunt. „Ist er wieder gesund?"

Brunner nickte stumm, während er mit geschlossenen Augen genüsslich ein großes Stück Fleisch zerkaute.

„Worüber musstest du mit einem meiner Freunde sprechen, Bruder?"

„Nur ruhig, Ella. Matthias Belting steht nicht unter Verdacht, etwas Verbotenes getan zu haben. Ich musste nur einer Zeugenaussage nachgehen."

„Einer Zeugenaussage im Zusammenhang mit meinem gestohlenen Tetrapoden?", fragte Heinrich nach.

Wieder nickte Brunner nur. Dieses Mal war es eine der in Butter angebratenen Kartoffeln, die ihm wohlschmeckend den Mund füllte.

„Lass uns am Anfang beginnen." Sein Freund sah ihn ernst über den Tisch hinweg an. „Wer ist die Tote aus dem Container? Konntet ihr sie schon identifizieren?"

„Woher weißt du, dass sie im Container lag?" Brunner winkte genervt ab. „Vergiss es, Heinrich. Natürlich wusstest du das bereits. Ich kann froh sein, wenn ich überhaupt etwas vor dir erfahre."

„Nur ruhig, Bruder", kam es dieses Mal von Ella. „Bitte lass es nicht an Heinrich aus, wenn du dich über mich ärgerst."

Brunner legte sein Besteck auf dem Teller ab, kaute zu Ende und sah seine Schwester dabei böse an. „Wenn ich beruflich mit einem deiner Freunde sprechen muss, stört es dich. Aber dass du dich bei einem meiner Freunde breitmachst, soll ich einfach so hinnehmen?"

Grinsend sah Heinrich die beiden Geschwister an. „Vertragt euch!" befahl er sanft.

„Wir sollten uns wirklich nicht wegen solcher Kleinigkeiten streiten", stimmte ihm Ella ebenfalls breit grinsend zu. „Geht es dir besser, wenn ich dir verspreche, Heinrichs sicher nur schwer zu widerstehenden Reizen als Mann nicht zu verfallen?"

Brunner blitzte sie wütend an.

„Ich bin davon ausgegangen, euch beiden einen Gefallen zu tun, indem ich Ella bei mir aufnehme. Jetzt scheine ich genau das Gegenteil damit erreicht zu haben."

Brunner griff wieder zu seinem Besteck, auch wenn ihm der Appetit eigentlich vergangen war. „Das hast du, Heinrich. Ich bin dir dankbar, dass du meiner Schwester ein Dach über dem Kopf angeboten hast. Entschuldige die unwürdige Streiterei zwischen uns Geschwistern. So endet es leider immer nach ein paar Tagen, wenn wir zusammenkommen."

„Und trotzdem versuchen wir es regelmäßig wieder", kam es lachend von Ella. „Daran ist wohl die innere Verbundenheit schuld, die man Geschwistern nachsagt."

Brunner nahm einen großen Bissen des inzwischen kalt gewordenen Gulaschs. Wenn er jetzt nichts mehr sagte, war der offen ausgetragene Streit für den Moment vielleicht vorbei.

„Wer ist die Tote?", kam Heinrich auf seine Frage zurück.

„Und was hat der verschwundene Tetrapode mit ihr zu tun?", ergänzte Ella.

„Ihr werdet keine Ruhe geben, nicht wahr?"

Seinen nun fast vollständig geleerten Teller von sich schiebend, sah Brunner nacheinander seine Schwester und seinen Freund an. „Was ich euch über den Mordfall erzähle, darf diesen Raum nicht verlassen."

Beide nickten.

Brunner seufzte leise. „Gibt es noch eine Nachspeise?"

Heinrich schüttelte den Kopf.

„Dann lasst uns lieber woanders reden." Brunner erhob sich.

„Wäre ein Glas von meinem Haselnussschnaps hilfreich, dir endgültig die Zunge zu lösen, mein Freund?" Heinrich war ebenfalls aufgestanden.

Seinen Gästen voran betrat er das Wohnzimmer und ging auf die Sitzecke vor den Fenstern zu. „Setzt euch schon. Ich hole die Gläser und den Schnaps. – Ella. Für dich auch eine Haselnuss?"

Bis Heinrich zurückkehrte, sprachen die beiden Geschwister kein Wort miteinander.

„Also, wie habt ihr die Tote eigentlich gefunden? Und ist sie mittlerweile identifiziert?" Der Hausherr wiederholte ein weiteres Mal seine Frage.

„Zu unserer Schande muss ich gestehen, dass nicht die Polizei sie gefunden hat, sondern ein Hund, der nicht angeleint die Promenade entlanggelaufen ist. Wir hätten sie schon vor fast zwei Tagen finden müssen, es gab einen anonymen Hinweis auf ein Tötungsdelikt auf der Promenade. Aber das haben meine Kollegen offenbar nicht ernst genug genommen. – Nach den ersten Aussagen der Rechtsmedizin und der Spurensicherung wurde sie zwar nicht in dem Container getötet, aber erst dort wurden ihr die Füße abgetrennt. Und das ist ungefähr zu der Zeit passiert, als meine uniformierten Kollegen durch den unbekannten Anrufer dorthin zitiert wurden."

„Und wer ist sie?", kam Heinrich erneut auf seine Frage zurück.

„Mit an Sicherheit grenzender Wahrscheinlichkeit heißt die Tote ‚Mandy Schranz'. Bernhard Meier hat sie auf einem Foto der Gerichtsmedizin wiedererkannt."

„Schranz, Mandy Schranz?" Heinrichs Stimme klang nicht ansatzweise so erleichtert, wie Brunner es angesichts der Tatsache, dass die Tote nicht die junge Sprayerin war, erwartet hatte. „Und ausgerechnet Meier habt ihr ein Foto der Toten gezeigt?"

„Du kanntest sie?", kam Ella ihrem Bruder zuvor.

„Sie war über viele Jahre eine exzellente Lagerleiterin für mich. Erst durch eine Liaison mit Piraten–Meier ist sie auf die schiefe Bahn geraten."

„Das heißt im Detail?", fragte Brunner nach.

„Gegangen ist sie im Dezember des letzten Jahres. Angestellt war sie bei mir fast acht Jahre. Reicht das?"

„Und seitdem hast du sie nicht mehr gesehen?"

„Das stimmt. Mandy hat sich sehr spontan entschlossen, nicht mehr für mich zu arbeiten. Danach sind wir uns nicht mehr über den Weg gelaufen. Und bevor du fragst: Ihre Wohnung hat sie ebenfalls sehr kurzfristig aufgegeben."

Da Brunner sich auch mit dieser Erklärung noch nicht zufriedengab, erzählte Heinrich ihm von den Diebstählen, die Mandy Schranz in seinem Lager begangen hatte. Und er ließ auch die Information nicht aus, dass die unterschlagenen Waren an Bernhard Meier und sein ‚Krähennest' gegangen waren.

„Jetzt wird die Sache endlich rund", kommentierte Brunner. „Das ist also der Grund, weshalb du dafür gesorgt hast, dass Meiers Restaurant seine Lizenz verloren hat."

„Und sogar abgerissen wird", ergänzte seine Schwester.

„Sagen wir, es war der letzte Stein des Anstoßes", stimmte Heinrich zu. „Aber ich habe die ganze Sache nur etwas beschleunigt. Die Gemeinde wollte sowieso schon lange einen Neubau errichten."

„Ich habe aber immer noch nicht verstanden, worin der Zusammenhang zwischen dem Auffinden der armen Mandy Schranz und dem Verschwinden des Tetrapoden besteht."

„Ich habe es auch noch nicht erklärt, Schwesterlein", antwortete Brunner ungnädig. „Vielleicht hat einer von euch beiden ja eine Theorie."

Heinrich Nissen schwieg.

Noch einmal zu versuchen, die Geschwister wieder miteinander zu versöhnen, kam ihm überhaupt nicht in den Sinn. Scheinbar auf das Schwenken seines bauchigen Schnapsglases konzentriert, versuchte er die soeben gehörten Informationen zu verarbeiten.

„Die Axt, mit der Piraten-Meier versucht hat, meine Eingangstüren zu zerstören, ist dieselbe wie die, mit der Mandy Schranz die Füße abgehackt wurden?", fragte er nach ein paar Minuten Stille.

„So ist es", bestätigte Brunner.

„Wurde Mandy auch mit dieser Axt getötet?"

„Wahrscheinlich nicht." Brunner schien zu überlegen, wie weit er mit seiner Informationsweitergabe gehen sollte. „Sie wurde mit einem stumpfen Gegenstand erschlagen. Eher mit einer Schaufel als mit einem Axtrücken, laut Rechtsmedizin."

„Gut", war der einzige Kommentar, den Heinrich dazu abgab.

„Lag in dem Container etwas, das auf eine weitere Tote hinweist?", fragte er nach einem Moment, in dem die Geschwister ihn nur schweigend beobachtet hatten.

„Eine weitere Tote?", fragte Brunner sofort nach.

Heinrich wollte nicht aussprechen, was er befürchtete. Also schüttelte er nur den Kopf und schwieg.

„Außer etwas Holz und ein paar Folien, in die das Opfer gewickelt war, lag in dem Container nichts Auffälliges", antwortete Brunner schließlich.

„Ihre Schuhe?"

„Nein. Mandy Schranz, wurde vollständig nackt in Folien gewickelt und in den Container gelegt. Sie hatte nichts dabei, was auf ihre Identität hinwies."

„Ich verstehe nicht, warum jemand sein Opfer auch noch auszieht." Ella sah fragend zu ihrem Bruder.

„Um mögliche Spuren zu vernichten", erklärte Heinrich. „Vielleicht tötete er Mandy ungeplant. Als es dann passiert war, wurde ihm klar, dass er dabei weder Handschuhe getragen noch sonstige Vorsichtsmaßnahmen befolgt hatte, um keine Spuren zu hinterlassen."

„So sehe ich das auch", bekräftigte Brunner. „Kleidung, eine Handtasche, Schuhe sind leichter zu vernichten als eine Leiche. Wenn ich also davon ausgehen kann, am Körper meines Opfers weder meine DNS noch meine Fingerabdrücke hinterlassen zu haben, ist es eine gute Idee, alles bis auf das Opfer selbst zu verbrennen. Damit reduziere ich das Risiko, überführt zu werden."

„Noch besser ist es natürlich, wenn ich auch noch den Körper loswerde", setzte Heinrich das makabre Gedankenspiel fort. „Aber der lässt sich nicht mal so eben im Garten verbrennen."

„Also wickle ich ihn in Folie – mittlerweile habe ich natürlich Handschuhe und idealerweise einen Einweg-Overall an – und bringe ihn irgendwohin, wo er so schnell nicht entdeckt wird." Brunner sah zu Heinrich, der zustimmend nickte.

„Der Polizei bleibt also nur die Hoffnung, dass der Täter Spuren auf der Folie hinterlassen hat", ergänzte Ella.

Jetzt war es an Brunner, zu nicken. „Oder dass wir das Tatwerkzeug eindeutig identifizieren können."

Heinrich sah die plötzlich wieder einmütigen Geschwister gemeinsam nicken.

„Oder dass der Täter etwas am Fundort der Leiche zurückgelassen hat, das wir bislang noch nicht mit ihm in Verbindung bringen konnten", setzte er hinzu.

NACHT VON FREITAG, 18. MÄRZ
AUF SAMSTAG, 19. MÄRZ 2022

Morsum

Kriminalhauptkommissar Brunner lag längst in seinem Bett und schlief dem nächsten Tag entgegen, als seine Schwester und ihr Gastgeber noch zusammensaßen und sich besser kennenlernten. Mittlerweile waren sie vom Haselnussschnaps zum Whisky übergegangen, ihre Sitzplätze im Wohnzimmer hatten sie mit zwei Sesseln in der kleinen Bibliothek getauscht. Der Kachelofen bollerte gemütlich vor sich hin und außer ein paar Kerzen brannte kein Licht im Raum.

Ella Wessel hatte es in dem Moment, in dem sie es zu ihrem Bruder gesagt hatte, ernst damit gemeint, dem Charme seines Freundes nicht verfallen zu wollen. Aber allmählich änderte sich ihre Einstellung zu diesem Versprechen. So wenig Heinrich auch nur einem Mann glich, den sie aus ihrem gewohnten Umfeld in Hamburg kannte, so sehr faszinierte er sie. Intelligent, aber nicht übermäßig gebildet; aus Prinzip respektvoll Schwächeren gegenüber, aber angriffslustig gegen die, die ihre Stärken nur zum eigenen Vorteil nutzten; nach Gerechtigkeit strebend, aber gleichzeitig rachedurstig bis zur Selbstjustiz; humorvoll, empathisch und im Gegenzug mitleidslos geradlinig; emotional zurückhaltend, aber gleichzeitig materiell großzügig. Der Freund ihres Bruders war ein Mann voller Widersprüche. Verwirrender Widersprüche, die sie ergründen wollte. Reizvoller Widersprüche, wie sie allmählich empfand.

Gerade ließ Heinrich wieder sein tiefes, ansteckendes Lachen hören und Ella konnte nicht anders als mitzulachen, obwohl sie nicht wusste, welchen Grund es für seine Heiterkeit gab.

„Bist du allmählich fertig mit der Analyse meines Charakters?", fragte er und grinste breit.

Ella fühlte sich ertappt. Zu ihrem Entsetzen spürte sie, dass ihre Wangen sich röteten. „Ich wollte nicht ..."

„Du wolltest nicht wissen, wem du gegenübersitzt? Dafür hast du aber sehr intime Fragen gestellt."

Ella gluckste leise. „Die du mit Freude beantwortet hast, nicht wahr?"

Heinrich sah sie auffordernd an und blieb stumm.

„Ich bin zum Ergebnis gekommen, dass du ein sehr kluger Mann bist, den ich nicht unterschätzen sollte", versuchte sie es mit einer unverfänglichen und gleichzeitig schmeichelhaften Charakterisierung. „Was denkst du über mich? Sag mir nicht, dass du mich nicht ständig mit meinem Bruder vergleichst."

„Außer dem Verstand, von dem ihr beide eine mehr als ausreichende Portion besitzt, habe ich noch nicht viele Gemeinsamkeiten bei euch entdeckt."

„Brunner ist viel klüger als ich", sagte Ella. „Zumindest wenn es um die Einschätzung von Menschen geht. Meinen Noch-Mann hatte er deutlich schneller durchschaut als ich."

„Willst du darüber reden?", fragte Heinrich zu ihrem Erstaunen.

„Nein, ganz bestimmt nicht", lehnte sie ab. „Der Charakter einer Frau zeigt sich nicht, wo die Liebe beginnt, sondern wo sie endet."

Heinrichs fragender Blick ließ Ella erneut fröhlich glucksen. „Entschuldige bitte, Heinrich. Ich hoffe, meine Angewohnheit, Worte anderer Menschen zu nutzen, bringt dich nicht genauso schnell auf die Palme wie Brunner. In diesem Fall habe ich Rosa Luxemburg zitiert."

„Wenn ich mal wieder Ärger in der Schule hatte, hat meine Mutter mir immer gesagt, ein Mann beweise seinen Charakter am besten, wenn alle gegen ihn stünden."

„Weißt du, was sie damit gemeint hat?"

„Dass ich nie aufgeben soll, solange ich davon überzeugt bin, das Richtige zu tun. – So verstehe ich es zumindest."

„Eine kluge Frau, deine Mutter", antwortete Ella. „Leo Tolstoi hat etwas Ähnliches formuliert: Das Hauptmerkmal eines Charakters ist, wie er sich bei Feindseligkeit verhält."

„Ich glaube nicht, dass sie ihn kannte."

Nahezu gleichzeitig fingen beide an zu lachen.

Ella wurde wieder ernst. „Woher nimmst du die Sicherheit, das Richtige zu wollen, wenn alle gegen dich stehen, Heinrich?"

„Ich stelle es einfach nicht infrage."

Braderup

Als für Heinrich Nissen und Ella Wessel endlich der richtige Moment gekommen war, sich aus ihren Sesseln zu erheben und für die Nacht voneinander zu verabschieden, hatte Bernhard Meier bereits wortlos, aber dennoch lautstark von dieser Welt Abschied genommen. Still und leblos war er zwischen das Sofa und den Couchtisch seines kleinen, verdreckten Wohnzimmers gerutscht. Aufdringlich hämmerte der Bass einer Hardrock-CD aus den Achtzigerjahren in einer Dauerschleife durch den Raum, die Wohnung und das gesamte Haus.

Auf dem Couchtisch stand eine Batterie leerer Flaschen. Eine Tablettenschachtel und zwei Kunststoffblister lagen daneben, vollständig geleert. Die Papierseiten, die ordentlich aufgestapelt davor lagen, waren unbeschrieben geblieben.

Für die Auswahl der Musik zu seinem Besäufnis musste Bernhard Meier nicht lange nachdenken. Metallica war die einzige Band, die infrage kam. Mandy hatte ihre Musik gemocht, auch wenn sie eigentlich zu jung dafür gewesen war. Mandy, von der er erst jetzt wusste, wieviel sie ihm bedeutet hatte. Jetzt, da er sie nicht nur einmal, sondern sogar zweimal verloren hatte. Dass seine Geliebte ihn verlassen hatte, war vielleicht auch ein wenig seine Schuld gewesen. Aber an ihrem Tod war er unschuldig, auch wenn die Polizei bestimmt etwas anderes behaupten würde.

Der Tetrapodendieb musste Mandy getötet haben. Der Tetrapodendieb war der Einzige, der dafür infrage kam. Aber warum hatte er es getan?

Bernhard machte sich keine Illusionen, was seine unbedachte Tat während der Nacht von Mittwoch auf Donnerstag anging. Zwar hatte er Handschuhe getragen, als er der Toten angetan hatte, was er Mandy nie hatte antun wollen, aber davor und danach hatte er wahrscheinlich reichlich Spuren hinterlassen, die die Polizei nun gegen ihn verwenden würde. Den Container hatte er angefasst, als er hineingeklettert war. Die Folie, in die der Leichnam eingewickelt gewesen war, hatte er gelöst und zur Seite geschoben, so dass die Beine freigelegt waren. Natürlich hatte er dort seine Fingerabdrücke hinterlassen. Und dann hatte er sich auch noch das Gesicht und die Hände an den hölzernen Latten zerschrammt. Eine gründliche Untersuchung des gesamten Umfelds seiner unverzeihlichen Tat würde ausreichend Spuren ergeben, um ihn für den Rest seines Lebens hinter Gitter zu bringen. Und das war noch nicht einmal das Schlimmste.

Warum hatte er den schlaffen toten Körper nicht vollständig aus der Folie gewickelt? Dann wäre das alles nie passiert. Er hätte gewusst, dass Mandy vor ihm lag. Niemals hätte er dann … Noch nicht einmal in seinen Gedanken, schaffte es Bernhard, sich seine entsetzliche Tat mit den korrekten Worten einzugestehen. Er hatte die Axt angehoben und dann? Mehrmals hatte er das Werkzeug auf den leblosen Körper herabfallen lassen müssen. Immer und immer wieder. Das Geräusch der splitternden Knochen klang in ihm nach.

Aber woher hätte er denn auch wissen sollen, dass vor ihm Mandy lag?

Wie sollte ihm das jemand glauben?

Wer würde auch nur versuchen, für einen Mann, der seiner ehemaligen Geliebten die Füße abhackte, ... Jetzt hatte er das Wort genutzt. Nun hatte er selbst seiner Schuld einen Namen gegeben. Jetzt stand sie im Raum.

Welcher Richter würde Verständnis für ihn aufbringen? Er verstand ja selbst nicht, wie er Derartiges hatte tun können. Derartiges. Einem toten Menschen ... Nicht einem beliebigen toten Menschen hatte er mit einer stumpfen Axt die Füße abgetrennt. Mandy hatte er verstümmelt. Seine Mandy. Immer und immer wieder hatte er den Stahl gegen ihren toten Körper geschwungen. Tiefer und immer tiefer war die Klinge in ihr lebloses Fleisch eingedrungen.

Wollte er tatsächlich ein Leben auf Sylt und damit in der Nähe des Ortes führen, an dem er das Unaussprechliche getan hatte? Nein. Er musste flüchten.

Er brauchte das Geld, das ihm der Tetrapodendieb zugesagt hatte. Es stand ihm zu. Die Bilder der durchtrennten Beine seiner ehemaligen Geliebten würde er sonst nie wieder aus dem Kopf bekommen. Der Klang der Axt würde für immer alles übertönen.

Hartnäckiges Klingeln machte sich in Bernhards Ohren breit. Hartnäckig und laut genug, die Musik zu übertönen. Er bemühte sich, die Störung zu ignorieren.

Er hatte Entscheidungen zu treffen. Jetzt oder nie. Kassieren und flüchten? Den wahren Schuldigen an die Polizei ausliefern? Sich seiner eigenen Verantwortung stellen? Weglaufen? Bleiben? Leben? Sterben?

In wenigen Stunden konnte er reich sein. Natürlich würde der Tetrapodendieb ihn dieses Mal bezahlen. Worüber also dachte er nach?

Neben den ausgetrunkenen Bierflaschen auf dem Tisch lag ein Stapel leerer, weißer Schreibbögen. Bernhard beugte sich nach vorne und es gelang ihm, einer der Bierflaschen einen letzten Schluck zu entlocken. Dann stellte er die Flasche sanft neben ihre zuvor bereits vollständig geleerten Schwestern, griff zum Kugelschreiber und begann die ersten Worte auf das oberste Blatt Papier zu schreiben.

Der Bogen blieb unschuldig und weiß. Lediglich kaum sichtbare Druckstellen waren dort entstanden, wo Bernhard mit der Spitze des Stiftes über das Papier gerollt war. Die Miene des Kugelschreibers war leer.

Bernhard Meiers Abrechnung mit sich und dem Tetrapodendieb blieb ungeschrieben.

Wenningstedt

Mit dem Fahrrad hatte Matthias Belting dieses Mal nicht zur Promenade fahren können. Sein Rad war wahrscheinlich längst irgendwo in einem See gelandet, wo es frühestens im nächsten Sommer gefunden wurde. Also hatte er den Weg zur Promenade zu Fuß zurückgelegt. Und mit jedem Schritt, den er näher an den Übergabeort gelangt war, war das Geld in seinen Taschen schwerer geworden.

Wie sollte er Martin erklären, dass er ihr gemeinsames Geld in den Rachen des Erpressers geworfen hatte? Und auch noch, nachdem Martin es ihm ausdrücklich verboten hatte.

Was sollte er tun, falls die zehntausend Euro dem Erpresser nicht genug waren? Wie sollte er an weiteres Geld kommen? Martin würde niemals zustimmen, für eine solche Zahlung auf das Vermögen der Galerie zurückzugreifen.

Wo sollte er sich verstecken, falls dieses Mal der Erpresser die Polizei gerufen hatte?

Nun stand er bereits seit einer Viertelstunde gegenüber dem Bauzaun und wartete. Gern hätte er sich auf eine der Bänke auf der Promenade gesetzt. Von der ungewohnten körperlichen Arbeit der letzten Tage taten ihm immer noch alle Muskeln weh. Aber der Regen, der während seines Marsches zum Treffpunkt begonnen hatte, zwang ihn dazu, unter dem Vordach des ‚Haus am Kliff' Schutz zu suchen.

Die Zeit verstrich.

Der Regen hörte auf.

Eine schwarze Katze schlich gemächlich von links nach rechts an ihm vorbei.

Sonst rührte sich nichts um ihn herum.

Ein weiterer Blick auf seine Armbanduhr klärte Matthias darüber auf, dass sein Erpresser ihn bereits seit siebenunddreißig Minuten warten ließ.

Was sollte er tun, falls der dreiste Idiot nicht kam?

War dann alles erledigt? Oder musste er damit rechnen, ein weiteres Mal mit einer möglicherweise noch höheren Forderung angesprochen zu werden?

Matthias zitterte. Und er wusste, dass es nicht nur die Kälte war, die ihn dazu brachte, auch noch den obersten Knopf seines Mantels zu schließen.

Die Zeit verging und nichts passierte.

Seine Uhr zeigte 01:03 Uhr.

Eine Stunde Wartezeit war genug. Der Erpresser würde nicht mehr erscheinen.

SAMSTAG, 18. MÄRZ 2022

Westerland, Braderup – Vormittag

Der gemeinsame Abend mit seiner Schwester und Heinrich hatte nicht dazu beigetragen, Kriminalhauptkommissar Brunner ein gutes Gefühl zu vermitteln. Unzufrieden mit den Ergebnissen seiner bisherigen Ermittlungen entschied er, das Wochenende ausfallen zu lassen. Es gab viel zu tun, das keinen Aufschub duldete.

Die fast leere Arbeitsplatte seines Schreibtischs symbolisierte die Menge der Fakten, derer er sich bislang sicher sein konnte. Brunner war noch nicht einmal davon überzeugt, dass sie aktuell für einen Durchsuchungsbeschluss und einen späteren Haftbefehl gegen Bernhard Meier ausreichten. Aber da gab es ja noch die Ergebnisse der forensischen Untersuchungen. Und seinen einzigen Verdächtigen vorläufig festnehmen zu lassen, konnte er sowieso selbst entscheiden. Sobald er die neuen Berichte der Rechtsmedizin und der Spurensicherung durchgearbeitet hatte, wollte er in jedem Fall zusammen mit zwei uniformierten Beamten zu Meiers Wohnung fahren.

Schon mit dem ersten Blick in die Unterlagen, war Brunner klar, dass die Forensik ganze Arbeit geleistet hatte. Das Opfer hieß tatsächlich Mandy Schranz, geboren am 26. Februar 1989 in Kiel. Ihr Tod war durch massive, stumpfe Gewalt gegen ihren Kopf verursacht worden. Als wahrscheinliches Tatwerkzeug gab der Rechtsmediziner einen Spaten oder eine flache Schaufel an; in jedem Fall ein Werkzeug, dass bereits zu seinem eigentlichen Zweck genutzt worden war. Reste von Erde in den Wunden des Opfers belegten das und vielleicht würde genau diese Erde auch noch den Ort des Verbrechens benennen. Der Täter hatte sechzehn Mal seine Waffe gegen den Kopf des Opfers eingesetzt. Nach dem ersten Schlag, so der

Rechtsmediziner, hatte Mandy Schranz wahrscheinlich schon am Boden gelegen. Womöglich war sie zu dem Zeitpunkt auch bereits ohnmächtig. Spätestens der fünfte Schlag hatte zu ihrem Tod geführt. Die elf weiteren Schläge waren also absolut unnötig ausgeführt worden. Ein emotional motivierter Täter, fasste Brunner die grausamen Informationen für sich zusammen. Ein ehemaliger Lebensgefährte, der verlassen worden war, passte damit durchaus ins Bild.

Am Container und der Folie rund um den Leichnam waren Fingerabdrücke sichergestellt worden, die eindeutig Bernhard Meier zugeordnet werden konnten. Die sichergestellte DNS war noch im Labor; hier fehlte allerdings eine Gegenprobe des Verdächtigen. In jedem Fall bestand schon jetzt kein Zweifel mehr daran, dass Meier von der Toten gewusst hatte und mit ihr im Container in Berührung gekommen war.

Die Axt, mit der Mandy Schranz nach ihrem Tod verstümmelt worden war, fehlte bislang. Zu Brunners Leidwesen war sie weder im Container noch in der Nähe der abgestellten Füße sichergestellt worden. Aber vielleicht hatten sie ja das Glück auf ihrer Seite. Möglicherweise war Meier nachlässig genug, die Axt noch in seiner Wohnung aufzubewahren.

Deutlich besser gelaunt, klopfte Brunner mit einem Bleistift auf die vor ihm liegenden Unterlagen. Begründeten Tatverdacht konnte er mit diesen Ergebnissen definitiv nachweisen. Den Haftrichter davon zu überzeugen, dass Fluchtgefahr bestand, sollte bei Meiers desolaten Lebensumständen ebenfalls nicht schwer sein.

Sein Handy klingelte. In der Annahme, es seien die uniformierten Kollegen, die nun bereitstünden, um mit ihm nach Braderup zu fahren, erhob er sich von seinem Schreibtischstuhl. Bevor er das Gespräch annahm, angelte er bereits nach seiner Jacke.

„Moin, Brunner", meldete sich eine Stimme, die er erst nach zwei Sekunden als die von Ellas liebstem Galeristen erkannte.

„Guten Morgen, Matthias. Wie geht es dir heute?"

„Danke, danke, wieder deutlich besser. Mein erster Corona-Test heute Morgen war negativ, nach dem Frühstück mache ich einen weiteren. Aber zuerst wollte ich dir mitteilen, dass Martin tatsächlich alle Unterlagen über die beiden Tetrapoden nach Hamburg mitgenommen hat. – Ich habe ihn gestern danach gefragt, direkt nachdem du gegangen warst. – Er lässt natürlich auch freundlich grüßen, dich und Ella. Falls du deine Schwester siehst, grüß sie bitte ganz herzlich von ihm. Und wenn du magst, kannst du ihr gern schon einmal sagen, dass es mir heute wieder deutlich besser geht. – Allerdings spreche ich sowieso regelmäßig mit ihr. Sie hat alle paar Stunden angerufen und sich nach meinem Befinden erkundigt. Ist das nicht lieb? Und das obwohl ich wahrscheinlich am Donnerstag ein wenig unhöflich war, als ich sie einfach so weggeschickt habe. – So kennt sie mich ja sonst nicht. Aber ich fühlte mich wirklich nicht gut. Und schon gar nicht nach Besuch. Das hat sie mir sicher auch angesehen. – Ella wird das wahrscheinlich längst vergessen haben, aber man weiß natürlich nie."

Brunner räusperte sich vernehmlich. Allmählich machte ihn das Geplapper des Galeristen nervös. Außerdem musste er langsam los, um ein weiteres Mal mit Meier sprechen zu können, bevor dieser möglicherweise auf die Idee kam, die Insel zu verlassen.

„Kannst du mir die Unterlagen bitte zukommen lassen?", unterbrach er.

„Ja, natürlich. Deshalb rufe ich doch an."

Nach weiteren zwei Minuten nutzloser Kommunikation gelang es Brunner, Matthias seine E-Mail-Adresse zu diktieren.

„Es wäre gut, wenn ich den Scan der Rechnung bis heute Mittag vorliegen hätte."

„Dafür werde ich sorgen", versprach Matthias.

Es klopfte an Brunners Bürotür.

„Leider muss ich unser Gespräch jetzt beenden", verabschiedete er sich. „Meine Kollegen warten bereits auf mich." Er wünschte Matthias weiterhin gute Besserung und sich selbst, möglichst nie wieder allein ein Gespräch mit dem überaus redefreudigen Galeristen führen zu müssen.

Die beiden Polizeiobermeister Frantz und Müller waren bereits am Vortag Brunners Eskorte zur Wenningstedter Promenade gewesen. Während der Fahrt hatten sie seinen ganzen Ärger über den späten Fund der Leiche abbekommen. Immer noch eingeschüchtert wagten sie nicht, mit ihm ein Gespräch zu beginnen.

Stumm legten sie die Strecke bis zum Litjen Wai in Braderup zurück. Dort angekommen sahen die beiden Uniformierten Brunner fragend an.

„Einer von Ihnen kommt mit, einer bleibt zur Sicherheit hier", befahl Brunner. „Wir können nur hoffen, ihn überhaupt noch zuhause anzutreffen."

Die Haustür des Mietshauses stand offen. Die eineinhalb Etagen bis zu Meiers Wohnungstür legten Frantz und Brunner ohne ein weiteres Wort zurück. Ihnen entgegen dröhnten Bässe, die zumindest den Uniformierten an die dunkelsten Zeiten seiner Jugend erinnerten.

Brunner klingelte, nichts passierte. Brunner klingelte ein weiteres Mal und wieder rührte sich nichts in der Wohnung Bernhard Meiers.

„Das wird aber auch Zeit", meckerte ein älterer Mann aus der leicht geöffneten Tür der Nachbarwohnung. „Noch eine halbe Stunde länger dieser Krach und ich hätte die Tür aufgebrochen."

„Wissen Sie, ob Herr Meier zuhause ist?"

„Wo soll er denn sonst sein?", schrie der Nachbar gegen die Bässe an. „Die Musik läuft schon seit Stunden. Und immer dieselben Lieder."

Ein ungutes Gefühl breitete sich in Brunner aus. Nach einem dritten reaktionslosen Klingeln fragte er den Nachbarn: „Wissen Sie, ob jemand im Haus einen Schlüssel für die Wohnung von Herrn Meier besitzt?"

„Außer dem Meier, meinen Sie? Nicht, dass ich wüsste."

„Dann gehen Sie jetzt bitte zurück in Ihre Wohnung. Wir melden uns, wenn wir noch etwas von Ihnen brauchen."

Mit einem unfreundlichen Murmeln auf den Lippen zog sich der Nachbar in seine Wohnung zurück und schloss die Tür.

Brunner sah zu Frantz. „Ich fürchte, wir müssen umgehend in die Wohnung kommen; da stimmt etwas nicht. Bekommen Sie die Tür ohne Gewalt auf?"

Frantz schüttelte den Kopf. „Aber Rainer vielleicht. Ich glaube, der kann sowas."

„Holen Sie ihn." Brunner klingelte ein viertes Mal. Sinnlos. Es dauerte nur fünf Sekunden, dann hatte Polizeiobermeister Müller die Tür geöffnet, die lediglich ins Schloss gezogen worden war. Brunner dicht hinter sich, betrat er die Wohnung, orientierte sich kurz und ging dann schnell auf eine altmodische Stereoanlage zu, die den Lärm verursachte. Mit einem gezielten Tastendruck trat Stille ein. Dankbar atmete Brunner auf, dann betrat auch er das Wohnzimmer.

Erst auf den zweiten Blick entdeckte er in dem Chaos seinen Verdächtigen. So wie Meier vor dem Sofa auf dem Boden lag, bleich und reglos, war er wahrscheinlich tot. Dennoch ging Brunner neben ihm auf die Knie und versuchte, einen Puls an seinem Hals zu erfühlen. Nichts war zu spüren und der feuchte Hals seines Verdächtigen fühlte sich kühler an, als es gesund gewesen wäre.

„Einen Notarzt und einen Krankenwagen", rief Brunner seinen uniformierten Kollegen zu. „Und fasst hier nichts mehr an. Ruft am besten direkt die Spurensicherung her."

Einen Haftbefehl würde er dann wohl nicht mehr brauchen, resümierte Brunner enttäuscht. Und ein Geständnis bekam er auch nicht mehr, auch wenn ein Selbstmord in einer solchen Situation leicht als Schuldbekenntnis gewertet werden konnte.

Verärgert, durch den Tod seines Verdächtigen den Fall wahrscheinlich nicht mehr zufriedenstellend abschließen zu können, und gleichzeitig beschämt über seine Gefühle, sah Brunner sich in Meiers Wohnung um. Weder Folienreste noch eine Axt fielen ihm ins Auge, aber jede Menge Verpackungen, die dank ihrer auffälligen Beschriftung eindeutig Heinrich Nissens Restaurant-Imperium zuzuordnen waren.

In dem Punkt zumindest hatte sein Freund die Wahrheit gesagt.

MORSUM – ABEND

Samstag, 19. März 2022

Dieses Mal hatte Heinrich ihn nicht eingeladen; Kriminalhauptkommissar Brunner kam von sich aus und ohne sich vorher angekündigt zu haben. Entsprechend drang auch kein verlockender Duft nach Essen aus der Eingangstür des Bauernhauses, als seine Schwester sie auf sein Klingeln hin öffnete.

„Bruder, welche Überraschung", begrüßte sie ihn, wenig erfreut klingend. „Bist du allein gekommen?"

„Allein?"

„Ich nahm an, Heinrich hätte dich mitgebracht. Komm rein."

Wieder brannte ein Feuer im Kachelofen der kleinen Bibliothek und zu Brunners Überraschung war einer der Sessel einem schmalen Tisch und einem bequemen Stuhl gewichen.

„Heinrich hat mir erlaubt, hier einen Arbeitsplatz einzurichten", erklärte Ella und nahm hinter dem Tisch Platz. „Wenn ich im nächsten Semester wieder vor Studenten stehen möchte, muss ich dringend an meiner Vorlesungsreihe arbeiten."

„Du bleibst also noch ein wenig bei ihm wohnen?"

Seine Schwester blieb Brunner die Antwort schuldig.

„Matthias Belting scheint es wieder besser zu gehen", beendete er die peinliche Stille. „Zumindest so gut, dass ich es heute Vormittag kaum geschafft habe, mein Telefongespräch mit ihm zu beenden. – Ich soll dich von ihm und seinem Mann grüßen."

„Das ist lieb. Allerdings haben wir inzwischen miteinander telefoniert."

Brunner schwieg.

„Ist Matthias immer noch einer deiner Verdächtigen?"

„Das ist er nie ernsthaft gewesen. Aber du wirst sicher verstehen, dass ich allen Möglichkeiten nachgehen muss."

„Wessen hast du ihn denn ohne Ernsthaftigkeit verdächtigt?", wollte Ella wissen.

Weder sie noch ihr Bruder bemerkten, dass Heinrich Nissen sein Zuhause betrat und im Türrahmen der kleinen Bibliothek stehen blieb. Schweigend lauschte er dem Gespräch der beiden Geschwister.

„Hat er bei dem gemeinsamen Abendessen in Heinrichs Restaurant in Westerland nicht Interesse an dessen Tetrapoden gezeigt?", kam die Gegenfrage von Brunner.

„Eher an seiner Sprayerin, glaube ich", antwortete Ella und entdeckte im selben Moment ihren Gastgeber. „Heinrich, hast du Mave gefunden?"

Heinrich betrat den Raum und setzte sich in den noch freien Sessel.

„Dein neues Arbeitszimmer gefällt mir", erwiderte er, ohne auf Ellas Frage einzugehen.

„Hast du Mave gefunden?", wiederholte sie.

„Noch nicht. Aber ich habe einige Leute auf ihre Spur gesetzt, das sollte helfen."

„Du machst dir also immer noch Sorgen um sie?", wollte Brunner wissen. „Soweit ich es verstanden habe, ist sie eine Ausreißerin. Sie kann also einfach weitergezogen sein und die Insel verlassen haben."

Heinrich antwortete nicht.

„Vor Bernhard Meier ist sie auf jeden Fall in Sicherheit."

„Weshalb?", kam es grimmig von Heinrich.

„Du weißt es noch nicht?"

Er schüttelte ungeduldig den Kopf.

Die nächsten Minuten nutzte Brunner, seinen beiden Zuhörern von Meiers Tod zu berichten.

„Wie tragisch", war Ellas Reaktion. „Hast du damit gerechnet, dass er sich das Leben nehmen könnte, Heinrich?"

„Nein, diese späte Einsicht seiner Nutzlosigkeit habe ich ihm nicht zugetraut. – Leider kommt sie zu spät für mindestens eine Handvoll Frauen, die er emotional und finanziell ruiniert hat."

„Heinrich!", protestierte Ella. „Hast du denn überhaupt kein Mitleid mit ihm? Immerhin bist du nicht unschuldig an seiner verzweifelten Situation."

„Mit seinen Geliebten, die er nach Strich und Faden ausgenommen hat, hatte Meier auch kein Mitleid", antwortete Heinrich. „Und dass er wirklich Selbstmord begangen hat, ist nicht bewiesen. Vielleicht hat sich auch eine seiner Ehemaligen an ihm gerächt."

„Hat Meier wirklich nicht ein Wort als Abschiedsbrief hinterlassen?" Ella sah fragend zu ihrem Bruder.

„Keinen Abschiedsbrief, kein Geständnis", bestätigte Brunner. „Auch wenn er offenbar vorhatte, ein paar Worte zu schreiben. Vor ihm lagen ein Stapel leerer Blätter und ein Kugelschreiber."

„Dann hat er vielleicht im letzten Moment den Mut zur Wahrheit verloren", versuchte Ella die Szenerie zu deuten.

„Oder sein Stift hat nicht geschrieben", schlug Heinrich eine andere Erklärung vor.

Brunner nickte irritiert. „Erstaunlicherweise hast du absolut recht, Heinrich. Ich habe den Stift ausprobiert; er schreibt nicht. Seine Mine ist leer."

„Und was passiert jetzt?", wollte Ella wissen.

„Jetzt werden wir alle Indizien, die für Meiers Beteiligung an den Straftaten sprechen, noch einmal kritisch unter die Lupe nehmen", antwortete Brunner. „Damit ich die Akte schließen kann, müssen sie hieb- und stichfest sein."

„Hieb- und stichfest ist im Zusammenhang der verübten Verbrechen eine ungewohnt geschmacklose Formulierung von dir, Bruder."

„Du weißt, wie ich es meine, Ella." Ärgerlich wandte sich Brunner ab.

„Dass Piraten-Meier mit einer Axt versucht hat, meine Eingangstür in Wenningstedt zu zerstören, halte ich für sicher." Heinrich sah Brunner nachdenklich an. „Allerdings bin ich immer noch erstaunt, dass ihr keine Zeugen dafür gefunden habt."

„So ist es aber."

„In derselben Nacht wurde der Tetrapode abtransportiert", setzte Heinrich seine Überlegungen fort. „Es leuchtet mir nicht ein, weshalb Meier sich diese Mühe gemacht haben sollte. Und dann auch noch mit einem der beiden Betonvierfüßler, die nicht zuvor in der Zeitung abgebildet wurden."

„Vielleicht wurde der entwendete Tetrapode ja in der Nacht ebenfalls verschönert", widersprach ihm Ella. „Matthias hat doch erzählt, er habe deine kleine Künstlerin beim Kauf von Spraydosen überrascht."

„Ihr Name ist Mave", verbesserte Heinrich sie in sanftem Ton.

„Entschuldige." Ella nickte. „Vielleicht hat Mave in der Nacht von Montag auf Dienstag auf den fehlenden Tetrapoden ein Bild gesprüht. Und erst danach wurde er gestohlen."

„Das mag sein, aber trotzdem hätte Piraten-Meier dann nicht den frisch bemalten Tetrapoden gestohlen. Er hätte den ausgewählt, der bereits durch die Presse gegangen ist. Ihm wäre es doch nicht um den künstlerischen Wert gegangen, sondern darum, mir zu schaden."

„Der materielle Schaden wäre mit beiden Tetrapoden derselbe gewesen, oder?", fragte Brunner wenig überzeugt.

„Ja, aber nicht der Image-Schaden", erwiderte Heinrich ungeduldig. „Und was wirklich nicht zu erklären ist: Warum hätte er in derselben Nacht oder nur wenige Stunden später auch noch seine ehemalige Geliebte, meine ehemalige Lagerleiterin Mandy Schranz, töten und in einem Container auf der Promenade verstecken sollen? – Und dann hat er auch noch zwei Nächte später ihre Füße abgetrennt und auf den Platz des gestohlenen Tetrapoden gestellt? Schwachsinn! – Der Mann war zwar ein Idiot, aber sich selbst der Polizei gegenüber mit allen Verbrechen in Verbindung zu bringen, traue ich noch nicht einmal ihm zu."

„Du hältst Meier also für unschuldig?", fragte Ella nach. „Deiner Meinung nach hat er lediglich versucht, deine Türen aufzubrechen, mehr nicht?"

„Unschuldig war er ganz bestimmt nicht", widersprach Heinrich. „Aber mehr als den Einbruchsversuch traue ich ihm nicht zu. Die restlichen Taten müssen von einem oder mehreren anderen verübt worden sein."

„Die Indizien belegen das Gegenteil." Brunner schien von seinem Verdächtigen nicht abrücken zu wollen, was Heinrich nachhaltig irritierte.

Der Kriminalkommissar setzte sich sehr aufrecht hin und sah eindringlich seine beiden Zuhörer an. „Gehen wir davon aus, dass du, Heinrich, mit deiner Annahme recht hast, Meier sei der erfolglose Einbrecher gewesen. Dafür habe ich zwar keine Indizien, aber ich lasse es trotzdem als Basis der weiteren Überlegungen zu. Meier hat also das erste Verbrechen der Nacht begangen und sich dafür allein oder mit einem Komplizen, für den ich ebenfalls keine Indizien habe, auf der Wenningstedter Promenade aufgehalten. In der gleichen Nacht wurde mit dem Bagger der dortigen Baustelle der fehlende Tetrapode abtransportiert. Am Lenkrad und an diversen anderen Bauteilen dieses Fahrzeugs wurden Fingerabdrücke von unserem Verdächtigen Nr. 1 gefunden. Damit ist bewiesen, dass Meier zumindest in dem Fahrzeug gesessen, es wahrscheinlich sogar in der Nacht gefahren hat. Für mich sieht das so aus, als sei er damit als Tetrapodendieb nahezu überführt; das zweite Verbrechen geht also auch auf seine Kappe. Bleibt das dritte Verbrechen, von dem wir lediglich wissen, dass es ebenfalls in dieser Nacht verübt wurde. Allerdings kennen wir weder den genauen Tatort noch die genaue Tatzeit. Ich spreche von der

Tötung von Mandy Schranz. Sie wurde in dieser Nacht erschlagen, ihr Tod trat durch stumpfe Gewalteinwirkung gegen ihren Kopf ein. Laut Rechtsmedizin hat der Täter einen Spaten oder eine flache Schaufel dafür verwendet; in den Wunden wurden minimale Reste von Erde gefunden. Ob die Tat mit Vorsatz oder im Affekt durchgeführt wurde, kann ich aktuell nicht beurteilen. Das Einzige, was die Rechtsmedizin dazu herausgefunden hat, ist die Brutalität, mit der sie begangen wurde. Das Opfer wurde nicht nur ein- oder zweimal geschlagen, so wie man es im Affekt vermuten würde. Nein, Mandy Schranz wurden insgesamt sechzehn Kopfwunden zugefügt. Nach dem ersten Schlag lag sie auf dem Boden, spätestens nach dem zweiten war sie ohnmächtig und spätestens nach dem fünften tot. Dennoch hat der Täter wieder und wieder zugeschlagen. Für mich ist das ein Indiz für einen emotionalen Ausnahmezustand."

„Entsetzlich!", kam es von Ella, die gleichzeitig vorwurfsvoll zu ihrem Bruder blickte. „Was für ein Mensch tut so etwas?"

„Ein wütender Mensch zum Beispiel", gab Brunner seine Erfahrung als Kriminalpolizist weiter. „Ein Mensch, der sich einbildet, sich für etwas rächen zu müssen oder sogar zu dürfen."

„Oder einer in Panik", konterte Heinrich.

„Sechzehn Schläge?" Brunner klang nicht überzeugt. „Fünfzehn Schläge auf einen Menschen, der bereits zu seinen Füßen liegt?"

„Hört auf", flehte Ella. „Ich werde kein Auge zumachen heute Nacht."

„Nein", widersprach ihr Heinrich mitleidslos. „Wir haben gerade erst angefangen. – Brunner, du bist also der Meinung, Piraten-Meier habe sich an seiner ehemaligen Lebensgefährtin dafür gerächt, dass sie ihn verlassen hat. – Warum ausgerechnet in dieser Nacht? Warum nicht bereits Wochen früher?"

„Die Frage kann ich dir heute noch nicht beantworten. Aber vielleicht war sie ja die Komplizin bei dem Einbruchsversuch. Immerhin hatte sie ebenfalls Ärger mit dir."

„Wohl eher ich mit ihr. Sie hat mich bestohlen und nicht umgekehrt."

„Sie hat dich bestohlen, um Meier zu bereichern. Vielleicht haben sie in der Nacht von Montag auf Dienstag ein weiteres Mal versucht, einen gemeinsamen Plan gegen dich umzusetzen."

Heinrich sah Brunner nur schweigend an.

„Und als der Einbruch nicht funktioniert hat, haben sie den Tetrapoden gestohlen", fuhr der Kommissar fort.

Immer noch sagte Heinrich kein Wort.

„Danach sind die beiden vielleicht in Streit geraten. Während sie noch dabei waren, eine Grube auszuheben, die groß genug war, um den Tetrapoden zu verstecken, wurde Meier derartig wütend, dass er Mandy Schranz getötet hat."

„Schwachsinn!" Heinrich schüttelte den Kopf. „Warum hat er sie dann nicht einfach dazugelegt und mit dem Tetrapoden zusammen begraben? Warum ist er das Risiko eingegangen, sie nach Wenningstedt auf die Promenade zu transportieren? Warum hat er ihren toten Körper so schlecht versteckt, dass er nur wenige Tage später entdeckt wurde? Werden musste?"

„Vielleicht, weil er noch ihre Füße vor deine Tür stellen wollte", kam es ungewohnt hart von Brunner. „Möglicherweise hat er das in der Nacht einfach nicht mehr geschafft. Es wurde langsam Morgen und er musste sich etwas einfallen lassen."

„Und weshalb sollte er den Schwachsinn mit den Füßen tun?"

„Um dir zu schaden", schlug Brunner vor. „Um dich in der Öffentlichkeit mit Mord und Totschlag in Verbindung zu bringen."

„Derartiges lockt doch nur noch mehr Gäste an."

Die nachdenkliche Stille, die nach Heinrichs zynischen Worten entstand, unterbrach Ella mit einem ihrer Zitate. „Es ist an Mord und Totschlag noch nicht genug, an Brand und Untergang; die Bänkelsänger müssen es an jeder Ecke wiederholen.

Die guten Menschen wollen eingeschüchtert sein, um hinterdrein erst recht zu fühlen, wie schön und löblich es sei, frei Atem zu holen. – Johann Wolfgang von Goethe hat das schon gewusst."

„Deine Zitate helfen niemandem, Ella", schimpfte Brunner. „Das haben sie noch nie gekonnt."

„Doch, mir. Mir helfen sie."

„Lass sie", bat Heinrich sanft. „Wenn das Ellas Art ist, Unangenehmes zu verarbeiten, ist es doch gut."

Brunner seufzte. Seine Schwester warf Heinrich einen tiefblauen, dankbaren Blick zu.

„Hast du keinen anderen Verdächtigen?", kam Heinrich wieder auf Brunners Ausführungen zurück. „Ermittelst du wirklich ausschließlich gegen Meier?"

„Der einzige Hinweis, der in eine andere Richtung gezeigt hat, war die Zeugenaussage eines Nachbarn von Martin und Matthias."

„Ella hat davon erzählt." Diese Information kannte Heinrich bereits.

„Dieser Nachbar wollte die beiden von Anfang an wieder loswerden", kam es rasch von Ella. „Ich glaube nicht, dass man viel auf seine Aussage geben kann."

„Er meinte, nachts schweres Gerät gehört zu haben?" Heinrich sah zu Brunner und erntete ein Nicken. „Und Matthias hat das mit der Ankunft seines Mannes mit einem Wagen mit Achtzylinder erklärt?"

„Ja, genau damit." Brunner verzog leicht seinen Mund. „Martin ist am Dienstag wirklich mit dem ersten Autozug in Westerland angekommen. Wir haben das nachgeprüft."

Nachdenklich sah Heinrich vor sich hin und schwieg.

„Matthias hat auf keinen Fall etwas mit einem Mord oder Totschlag zu tun", unterbrach Ella die Stille. „Zu Derartigem wäre er überhaupt nicht in der Lage."

„Zu Derartigem ist fast jeder Mensch in der Lage", widersprach ihr Brunner. „Aber genauso wie du, Schwester, glaube ich nicht, dass er mit dem Bagger Heinrichs Tetrapoden in seinen Garten gefahren hat."

„Oder dass er in der Lage wäre, einem Menschen – egal ob tot oder lebendig – mit einer Axt die Füße abzuhacken", ergänzte seine Schwester und sah Brunner dabei beschwörend an.

„So gut kenne ich ihn nicht", wandte dieser ein. „Das kannst du besser beurteilen. Allerdings bliebe die Frage offen, wie er an die Axt gekommen sein könnte, die zwei Nächte zuvor für den Einbruchsversuch genutzt wurde."

„Was denkst du, Heinrich?", fragte Ella und holte ihn damit aus seinen Gedanken. „Fällt dir noch jemand ein, der die Verbrechen begangen haben kann? Jemand außer Meier und Matthias?"

Lange blickte Heinrich in ihre blauen Augen und schwieg. Dann hatte er eine Entscheidung getroffen. „Nein. Im Moment kann auch ich mit keiner besseren Theorie dienen als dein Bruder."

„Und was beschäftigt dich dann so?" Brunner kannte ihn gut genug, um zu erkennen, dass Heinrich nur die halbe Wahrheit gesagt hatte.

„Mave", antwortete er ihm schnell. „Ich mache mir wirklich Sorgen um die Kleine. – Kannst du sie offiziell auf die Vermisstenliste setzen lassen?"

Brunner verzog den Mund. „Falls du mir ihren vollen Namen nennen kannst. Und ein paar weitere Details."

„Nein, das kann ich nicht."

„Dann weiß ich nicht, wie ich offiziell etwas für sie tun soll. Und für dich auch nicht."

„Und inoffiziell? Lass deine Kollegen die Augen offenhalten. Und vielleicht gibt es auch ein paar Menschen, die ihr nach

Mave fragen könnt. Ich bin mir sicher, dass sie die Insel nicht verlassen würde, ohne sich von mir zu verabschieden."

Brunner sah ihn skeptisch an.

„Sie ist noch ein Kind. Und sie hatte Angst, aufs Festland zurückzukehren. – Mave muss noch irgendwo auf der Insel sein."

Brunner nickte, wenig überzeugt wirkend.

‚Tot oder lebendig', setzte Heinrich gedanklich seinen letzten Satz fort, scheute sich aber davor, ihn laut auszusprechen.

Dienstag, 22. März 2022

Die letzten Tage waren wenig ergiebig gewesen. Weder Kriminalhauptkommissar Brunner noch sein Team hatten auch nur einen weiteren Hinweis auf zusätzliche Beteiligte an den Verbrechen auf der Wenningstedter Promenade gefunden. Auch sein ständiges Grübeln über den Fallakten hatte keine neuen Erkenntnisse gebracht. Allmählich drängte der zuständige Staatsanwalt darauf, den ‚Fall Mandy Schranz' abzuschließen und Meier als den Hauptverdächtigen in den Akten zu verewigen.

Brunners Freizeitgestaltung half auch nicht, seine Frustration zu lindern. Das ganze Wochenende lang hatte schlechtes Wetter geherrscht und der Wochenbeginn schien diese Tradition beibehalten zu wollen. Ohne seine Schwester, die abends in seiner Wohnung auf ihn wartete, wusste Brunner plötzlich nicht mehr, wie er die dunklen Abende verbringen sollte. Und dass nun Heinrich derjenige war, auf den sie wartete, machte es nicht besser. Niemand konnte vorhersagen, wohin ihre Wohngemeinschaft führte, und wie oder wann sie endete. Wenn Brunner eins nicht wollte, dann war es die Notwendigkeit, sich irgendwann zwischen den beiden entscheiden zu müssen.

Für den heutigen Abend hatte Heinrich ihn endlich wieder zu sich nach Hause eingeladen. Sicher würden Marlene Abelungs Kochkünste ihn wie immer an den Rand seiner Selbstbeherrschung bringen. Selten verließ er das alte Bauernhaus in Morsum, ohne gegen seine Diät verstoßen zu haben.

Unsicher, was darüber hinaus an diesem Abend auf ihn zukäme, machte Brunner einen Schritt auf die Haustür zu und drückte auf den Klingelknopf. Die Tür öffnete sich bereits, bevor der melodische Klang der Glocke verstummt war.

„Mein lieber Bruder", begrüßte ihn Ella. „Komm rein. Es ist schön, dass du pünktlich bist, denn ich habe einen riesigen Hunger."

Der Duft, der sich aus der Küche verbreitete, versprach ein schmackhaftes Fischgericht. Seiner Schwester folgend, setzte sich Brunner an den alten Eichentisch und sah seinem Gastgeber dabei zu, wie er einen gutgewachsenen Steinbutt aus einer überdimensionierten Pfanne zog.

„Heute schlage ich Wein zum Essen vor", sagte Heinrich, ohne sich zu seinem Gast umzudrehen. „Im Kühlschrank steht ein Weißer, für den ich seit einem Jahr auf die passende Gelegenheit gewartet habe."

Eine böse Vorahnung machte sich in Brunners Gedanken breit. „Gibt es etwas zu feiern?", fragte er.

„Das kommt auf den Standpunkt an", antwortete Ella und legte einen Arm um Brunners Schultern. „Harald stimmt unserer Scheidung zu. Und er gibt seine Forderung nach unserem Haus auf. Ich kann ihm also, wenn ich will, seine Hälfte abkaufen."

„Das bedeutet dann wohl, dass ihr es nicht noch einmal miteinander versuchen werdet", fasste Brunner die Informationen zusammen.

Seine Schwester lachte laut. „Ganz sicher nicht. Stattdessen werde ich versuchen, so viel Abstand zwischen uns zu legen, wie es mir möglich ist. Harald wird ein zweites Mal Vater.

Natürlich möchte seine aktuelle Geliebte geheiratet werden, deshalb braucht er jetzt dringend Geld. – Dumm für ihn, aber mir hätte nichts Besseres passieren können."

‚Ich würde mich freuen, endlich Vater zu werden', dachte Brunner, verkniff es sich aber, den Gedanken laut auszusprechen. Ihm war klar, dass er dafür erst einmal eine Frau finden musste, die den gleichen Wunsch hegte. In seinen Augen war Harald der Glückspilz, nicht seine Schwester.

„Männer hören vielleicht nie auf, sich Kinder zu wünschen", sprach Heinrich Nissen einen ähnlichen Gedanken aus.

Von Ellas irritiertem Blick bekam er nichts mit, da er den Geschwistern immer noch den Rücken zudrehte.

Erst als sie alle am Küchentisch vor gut gefüllten Tellern saßen, setzte er hinzu: „Vielleicht mache ich mir Sorgen um Mave, weil ich keine Nachkommen habe, um die ich mich sorgen kann. – Habt ihr etwas über sie herausbekommen, Brunner?"

Brunner verneinte bedauernd. Auch dass er bezüglich der bislang nicht aufgeklärten Wenningstedter Verbrechen in eine Sackgasse geraten war, blieb seinen Zuhörern bei der Unterhaltung während des Essens nicht lange verborgen.

„Wenn es nach der Polizei geht, dann kommt der Mörder von Mandy Schranz also straflos davon", warf Heinrich seinem Freund vor.

„Wir wissen noch nicht einmal, ob wir wegen eines Mordes oder nur wegen eines Totschlags ermitteln. Ein Motiv für einen Mord hatte Meier aus meiner Sicht nicht."

„Er hat sie ja auch nicht getötet."

„Unsere Ermittlungen haben ergeben, dass Frau Schranz seit Anfang des Jahres untergetaucht war. Passt das zu dem Termin deines letzten Gesprächs mit ihr, Heinrich?"

Heinrich verzog sein Gesicht zu einer sarkastischen Miene. „Gern bestätige ich es dir noch einmal, Brunner. Im Dezember letzten Jahres bin ich früh morgens zum Lager gefahren und habe versucht, Mandy mit ihrem Diebstahl zu konfrontieren. Als sie mich zu so früher Stunde sah, wusste sie, dass sie aufgeflogen war. Also hat sie sich rechtzeitig aus dem Staub gemacht, bevor ich ein Gespräch mit ihr führen konnte. Danach habe ich sie nicht mehr lebend gesehen."

„Damit passen die Termine. Sie bestiehlt dich, du merkst es, sie verschwindet, bevor du ihr etwas tun kannst." Brunner schien auf eine Reaktion zu warten.

„Genau", stimmte Heinrich zu. „Nur dass ich ihr nichts ‚tun' wollte. Ich wollte ihr nur kündigen. Die Schuld an ihrer Tat trug Piraten-Meier und ihn hatte ich bereits gerichtet und bestraft."

„Was sie aber nicht unbedingt gewusst haben muss."

„Das stimmt."

„Und wie war das mit der Sprayerin Mave?" Wieder sah Brunner Heinrich erwartungsvoll an.

„Was soll mit ihr gewesen sein?"

„Woher hatte sie das Geld, um sich einen ganzen Rucksack neuer Farben zu kaufen?", setzte Brunner nach.

Heinrich blieb stumm.

„Kann es sein, dass auch sie dich bestohlen hat? Vielleicht hat sie sich ja ein paar hundert Euro aus deinem Portemonnaie genommen, während du noch schliefst?"

„Wie kommst du darauf, Brunner?"

„Ein geschwätziger Vogel hat es mir gezwitschert. Ist es wahr?"

„Zweihundert Euro waren es. Ihr Kunstwerk auf meinem Tetrapoden ist deutlich mehr wert. Mave hat also nur einen Teil dessen genommen, was ich ihr sowieso gegeben hätte."

„Aber auch sie ist abgetaucht, nachdem sie dich bestohlen hat."

„Was willst du andeuten, Brunner?" Heinrich war aufgestanden und lehnte jetzt mit dem Rücken am Herd. Seine

Hände hielt er, fest ineinander verkrampft, hinter dem Rücken verborgen.

„Ich will dir nur verdeutlichen, Heinrich, dass wir jede Menge Theorien rund um den Tod von Mandy Schranz und das Verschwinden von Mave konstruieren können. Damit haben wir aber noch lange keine Beweise für auch nur eine davon. Die Indizien sprechen dafür, dass Meier seine ehemalige Lebensgefährtin getötet hat. Du selbst bestehst darauf, dass er versucht hat, bei dir einzubrechen. Da dafür dieselbe Axt verwendet wurde, hat er wahrscheinlich auch die Füße seiner ehemaligen Lebensgefährtin abgetrennt. Wer sonst kann innerhalb von achtundvierzig Stunden in den Besitz der Axt gekommen sein? Wer außer demjenigen, der das Opfer getötet hat, wusste, wo die Tote versteckt war?"

„Ich bin also doch nicht der Täter?"

„Ich säße jetzt nicht hier, wenn ich von etwas anderem überzeugt wäre, Heinrich."

„Dann will ich auch eine Theorie konstruieren, wie du es so nett bezeichnest. Die Kette der Verbrechen beginnt in der Nacht von Montag auf Dienstag. In dieser Nacht wird – das nehme ich jetzt mal an – der zweite meiner Tetrapoden mit einem Kunstwerk verschönert und anschließend gestohlen. Der Einbruchsversuch in mein Restaurant ist nur eine Nebenhandlung, die allerdings für den Dieb des Tetrapoden zum Problem wird, da sie ihm Zeugen für sein Verbrechen beschert. Die erfolglosen Einbrecher – nehmen wir an, sie heißen Schranz und Meier – beobachten den Diebstahl meiner Betonschönheit und folgen dem Tetrapoden bis zu seinem Bestimmungsort. Dort angekommen, konfrontieren sie den Dieb mit seiner Tat und fordern ihn auf, sich ihr Schweigen zu erkaufen. Der Dieb denkt gar nicht daran, sich erpressen zu lassen. Höchst aufgebracht tötet er noch vor Ort Schranz, Meier entkommt. Nachdem der Dieb den Tetrapoden abgeladen hat, bringt er den Bagger zurück zur Promenade und nimmt gleichzeitig die getötete Schranz mit.

Meier, zwar ängstlich, aber auch gierig, folgt ihm erneut und weiß damit, wo der Leichnam seiner Komplizin versteckt wurde. Die Dummheit Piraten-Meiers ist größer als seine Angst; er entscheidet sich, seiner Erpressung etwas mehr Gewicht zu verleihen, trennt Schranz die Füße ab und stellt sie dorthin, wo der Diebstahl passiert ist. Die Aussage, die er damit trifft, ist: Sieh her, dreister Dieb und Mörder, ich weiß, was du getan hast und wo dein Diebesgut und dein Opfer versteckt sind. Den Ausgang dieses erneuten Erpressungsversuchs kennen wir: Auch Meier wird getötet und die Tat wird wie ein Selbstmord inszeniert."

Brunner schüttelte den Kopf. „Deine Theorie hat mindestens drei Schwachstellen. Erstens erklärt sie nicht die Fingerabdrücke Bernhard Meiers am und im Führerhaus des Baggers. Zweitens fehlt das Motiv des Diebs. Wenn es nicht darum ging, dir persönlich zu schaden, warum wollte er dann einen absolut unverkäuflichen Tetrapoden stehlen? Dein Täter kann nicht vorab gewusst haben, dass in der Nacht auch noch ein zweiter Tetrapode mit einem Kunstwerk verschönert wird. Sein ursprüngliches Ziel muss also der Putin-Tetrapode gewesen sein. Als dritten Schwachpunkt sehe ich die Frage nach der Identität des Diebs. Wer ist derartig verrückt, sich ein sechs Tonnen schweres Diebesgut zu besorgen, das er verstecken muss und nur über dunkle Kanäle einem Käufer anbieten kann?"

„Jemand, der Spaß an kleinen Abenteuern hat. Und natürlich muss er Kontakte zu Kunstsammlern besitzen, die es bei der Herkunft ihrer Exponate nicht so genau nehmen."

„Solche Leute gibt es doch nur im Film", wandte Ella ein.

Heinrich lachte kurz auf.

„Du würdest dich wundern, wenn du wüsstest, wie viele Kunstgegenstände illegal den Besitzer wechseln und in Kellern oder Tresoren landen, in denen sie für Jahrzehnte von ihren unrechtmäßigen Besitzern versteckt werden", widersprach ihr Brunner. „Der Tetrapode mit der Karikatur ihres

Staatsoberhauptes wäre sicher etwas für reiche Russen gewesen. Bestimmt hätten einige Oligarchen ihn sich mit Freude im Garten eines ihrer Domizile außerhalb des Vaterlandes aufgestellt. Potenzielle Kunden gäbe es, da stimme ich Heinrich zu. Aber der Dieb hat sich ja dann doch für den anderen Tetrapoden entschieden."

„Vielleicht war es einfach zu dunkel in der Nacht und er hat einen Fehler gemacht", schlug Ella vor.

„Nein, das glaube ich nicht." Heinrich lächelte sanft. „Es ging ihm um die Vermarktbarkeit. Der Putin-Tetrapode wäre schwerer anzubieten gewesen als ein Tetrapode mit einem ähnlich guten Werk, der aber noch nicht öffentlich gezeigt wurde. Ich glaube, dass der Dieb sich während der Tat umentschieden hat, nachdem er das frische Bild auf dem zweiten Tetrapoden entdeckt hat. So bekam er eine Diebesbeute, die viel unproblematischer ist."

„Soweit das Wort ‚unproblematisch' auf Diebesgut von sechs Tonnen Gewicht überhaupt anwendbar ist", warf Ella ein.

„Erinnert ihr euch an das Gespräch mit den beiden Galeristen? Deinen Hamburger Freunden, Ella? Sie haben die hiesigen Betonmonster mit den Streifen der Berliner Mauer verglichen, die jahrelang gute Preise erzielt haben."

„Die hatten aber auch einen deutlich höheren Symbolwert, Heinrich." Brunners Geduld mit der Theorie seines Freundes schien erschöpft zu sein. „Es gibt nicht ein einziges Indiz, das auf eine Beteiligung von Matthias Belting an den Verbrechen dieser Nacht hinweist. Und ihn hast du ja wohl als Täter im Sinn."

Donnerstag, 24. März 2022

„Matthias hat sich köstlich amüsiert über deine Theorie", sprudelte es aus Ella Wessel heraus, als sie nach einem amüsanten Nachmittag mit den beiden Galeristen allein ins Heim von Heinrich Nissen zurückkehrte.

„Das freut mich." Heinrich saß bereits mit einem Glas Whisky in der Hand in der kleinen Bibliothek und wartete darauf, dass sein Gast sich zu ihm setzte.

„Martin, der seit gestern wieder für ein paar Tage auf der Insel ist, wollte genau wissen, wie du auf eine solche Idee kommen konntest. Er ist eindeutig der Ernsthaftere der beiden."

„Und wie fand er die Vorstellung, einen sechs Tonnen schweren Betonkoloss unauffällig an einen solventen Käufer vermitteln zu müssen?"

„Möglich wäre es tatsächlich", antwortete Ella. „Martin hätte sich sogar zugetraut, deinen Putin-Tetrapoden zu verkaufen. Seiner Meinung nach wäre der begehrter und wertvoller als ein unbekanntes Kunstwerk auf einem Sechs-Tonnen-Betonklotz. Der Kunstmarkt existiert wirklich nicht nur im sichtbaren Bereich."

„Hast du Matthias auf Mave angesprochen? Er war der letzte von uns, der sie gesehen hat."

„Das zufällige Zusammentreffen im Baumarkt ist jetzt zehn Tage her. Seitdem hat er nichts mehr von ihr gehört. Dabei hat er ihr sogar angeboten, sie als Künstlerin zu unterstützen. – Ich glaube, er würde sie gern dazu überreden, auch seine beiden Tetrapoden zu verschönern."

Ella war sich nicht sicher, ob Heinrich ihre Antwort überhaupt gehört hatte. Nachdenklich sah er vor sich hin und schwieg.

„Mittlerweile bin ich mir sicher, dass ihr etwas passiert ist", sagte er schließlich in traurigem Tonfall. „Einem meiner Mitarbeiter ist ihr Roller aufgefallen. Jemand hat ihn zwischen die

Rosa-Rugosa-Büsche geschoben, die den südlichen Rand meines Parkplatzes in Wenningstedt einrahmen. Mave hätte nie ohne ihren Roller die Insel verlassen, aber von ihr selbst ist nichts zu entdecken. Egal wen ich auf ihre Spur gesetzt habe, niemand hat etwas erfahren. Auch dein Bruder nicht."

„Was soll ihr auf dieser kleinen Insel denn passiert sein?", versuchte Ella ihn zu trösten. „Vielleicht fährt der Roller einfach nicht mehr. Habt ihr ihn ausprobiert? – Und Mave selbst kann der Rummel rund um die Tetrapoden zu viel gewesen sein. Oder es stört sie, dass sie dich hier nicht mehr allein antrifft."

Heinrich reagierte nicht.

„Soll ich wieder ausziehen?", fragte Ella.

Mit dem Einzug in Morsum hatte sie ein neues Leben begonnen, ein Leben ohne Harald und voller Abenteuer. Was als ‚One-Night-Stand' geplant gewesen war, entwickelte sich langsam zu einer freundschaftlichen ‚Affäre'. Beides hatte ihr Noch-Ehemann während ihrer Ehe reichlich praktiziert; jetzt war sie dran.

Heinrichs ansteckendes Lachen erklang und beruhigte sie. „Solange wir unser bisheriges Arrangement aufrechterhalten, kannst du gern noch ein paar Nächte bei mir wohnen", antwortete er frech. „Auch wenn ich befürchte, dass wir deinen Bruder damit nicht glücklich machen."

Montag, 28. März 2022

An diesem Abend war es Ella Wessel, die bereits vor dem warmen Ofen in der kleinen Bibliothek saß und ungeduldig auf die Rückkehr des Hausherrn wartete.

Einer plötzlichen Eingebung folgend, hatte sie am Vormittag das zentrale Fundbüro der Insel angerufen und erfahren, dass vor knapp zwei Wochen ein Rucksack voller Spraydosen abgegeben worden war. Bisher hatte niemand Anspruch darauf erhoben. Gerade noch rechtzeitig vor 12:30 Uhr hatte sie das kleine Büro des Bürgerservices erreicht, in dem ein kaum volljähriger Mann bereits ungeduldig der Mittagspause entgegenfieberte. Ihren ganzen Charme einsetzend hatte sie ihn gebeten, das Fundstück einmal sehen zu dürfen. Einen unaufmerksamen Moment des Jünglings nutzend, hatte sie den Rucksack geöffnet und ihm den einzigen Gegenstand entnommen, der ihr auffiel, weil er keine Spraydose war.

Nun lag der erbeutete Spiralblock auf dem kleinen Schreibtisch in der Bibliothek und wartete auf seine Entschlüsselung. Bereits den ganzen Nachmittag lang war sie um das zerfledderte Fundstück herumgeschlichen, ohne es näher in Augenschein zu nehmen. Sollte der Block tatsächlich der jungen Sprayerin Mave gehören, so gebührte es Heinrich, dies festzustellen.

Als sich die Haustür endlich öffnete, sprang sie auf und lief Heinrich entgegen. Für seine Begrüßung nahm sie sich keine Zeit. „Ich habe etwas entdeckt", sagte sie, noch während er seine Jacke auszog. „Vielleicht gehört es Mave."

Sein Blick wurde sofort sorgenvoll. Rasch folgte er Ella in die kleine Bibliothek. Vor dem kleinen Schreibtisch blieb sie stehen.

„Den Block meinst du?", fragte er und zögerte, danach zu greifen.

„Ja."

Vorsichtig hob er den nur noch lose zusammengehaltenen Stapel Papier hoch. Im letzten Moment fing er ein zerknittertes Blatt auf, das nicht mehr von der Metallspirale festgehalten wurde und deutliche Spuren von Schuhabdrücken zeigte. Eine der langen Kanten war eingerissen, Vorder-und Rückseite waren dicht an dicht mit Skizzen bedeckt, die meisten davon verdreckt und kaum noch erkennbar. Einige der kleinen Bilder schienen mit einem Bleistift, andere mit einem blauen Kugelschreiber gezeichnet worden zu sein. Auf einer blauen Skizze erkannte Heinrich mit Mühe die stilisierte Darstellung eines scheuenden Pferdes und eines Menschen, der dem Tier mit erhobenen Armen gegenüberstand. Daneben war ein Datum geschrieben, der 2.10.2021.

Langsam ließ er sich in einen der Sessel sinken. Vorsichtig blätterte er durch den Block, jedes der Blätter nur wenige Sekunden ansehend. Ella beobachtete ihn schweigend, bis er den Block wieder zuklappte.

„Ist es ihrer?", wollte sie wissen.

„Woher hast du ihn?"

„Gestohlen." Sie gluckste.

„Bitte, Ella, das ist wichtig", sagte er eindringlich. „Woher hast du den Block? Wem hast du ihn weggenommen?"

Ella erzählte Heinrich von ihrer vormittäglichen Eingebung und den vielen Sprühdosen, die im Rucksack gelegen hatten. Dabei ließ sie auch nicht aus, dass sie auf illegalem Weg in den Besitz der Skizzen gelangt war.

„Ein schlaues Mädchen bist du." Heinrich nickte bestätigend mit dem Kopf. „Klüger als ich, auf jeden Fall."

Wieder konnte Ella ein Glucksen nicht unterdrücken, so stolz war sie darauf, möglicherweise einen Teil von Maves verschollenem Eigentum erobert zu haben. „Der Block gehört also wirklich ihr?"

„Ich nehme es an", bestätigte Heinrich. „Vor allem auch deine Beschreibung des Rucksacks klingt nach ihrem."

„Aber was bedeutet das?"

„Nichts Gutes, fürchte ich. – Was genau hat der Angestellte des Fundbüros gesagt? Wann wurde der Rucksack abgegeben?"

„Am Dienstag, den 15.03. vormittags. Vom Reinigungsdienst, der die Toiletten säubert."

„Mave hätte ihre Spraydosen und ihren Skizzenblock freiwillig niemals dort stehen gelassen."

„In der Nacht von Montag auf Dienstag wurde der Tetrapode gestohlen, den sie möglicherweise vorher mit Lack besprüht hat."

„Ja", kam es einsilbig von Heinrich.

„Glaubst du, sie ist deshalb verschwunden?"

Heinrich hatte beide Hände auf den zerfledderten Block gelegt.

„Ich glaube, Mave ist tot", antwortete er.

Ella sah ihn schweigend an. Noch nicht einmal ein tröstendes Zitat kam ihr in den Sinn.

„Ein Mensch, den niemand vermisst, kann am ehesten getötet werden, ohne dass der Täter befürchten muss, zur Rechenschaft gezogen zu werden."

„Wahrscheinlich hast du recht." Immer noch fielen Ella keine tröstlichen Worte ein.

„In diesem Fall hat sich der Täter aber verrechnet." Heinrichs Stimme klang erschreckend kalt. „Ich werde herausbekommen, was Mave passiert ist."

Er stand auf. „Ich danke dir, Ella. Jetzt weiß ich wenigstens, dass ich nicht länger auf Maves Rückkehr warten muss."

Donnerstag, 31. März 2022

Fast den ganzen Tag hatte Ella Wessel mit Matthias in seinem Haus in Wenningstedt verbracht. Stundenlang hatten sie die literarische Untermalung für die beiden Versteigerungen geplant, die in der Woche nach Ostern in der Galerie in Hamburg stattfinden sollten. Lediglich für eine kurze Mittagspause hatten sie das Haus verlassen und waren einmal um den Dorfteich gegangen, um im gegenüberliegenden Restaurant zu essen.

Zufrieden und gut gelaunt kehrte Ella nach Morsum zurück. Doch bereits während sie die Haustür aufschloss, änderte sich ihre Stimmung. Ihr Bruder und ihr Geliebter stritten lautstark miteinander.

„Dieses Mal werde ich nicht weggucken, wenn du meinst, den Rächer der Insel spielen zu müssen", schrie Brunner fast. „Für die Ermittlungen bin ich zuständig. Und wenn ich sage, dass die Akten geschlossen werden, weil der Täter strafrechtlich nicht mehr zur Verantwortung gezogen werden kann, dann hast du das zu akzeptieren, Heinrich. Genauso wie jeder andere Einwohner der Insel das akzeptiert."

„Du sagst mir, ich soll das Ergebnis akzeptieren, dass dir für deine Ermittlungsakte vorgegeben wurde?", antwortete Heinrich deutlich ruhiger. „Das kannst du haben. Aber deshalb muss ich es noch lange nicht für die Wahrheit halten. Und noch weniger muss ich darauf meine weiteren Entscheidungen basieren lassen."

„Du gehst ins Gefängnis, wenn du noch einmal Selbstjustiz übst. Ich persönlich werde dafür sorgen. Du wirst vor dem Richter stehen und dich für deine Taten rechtfertigen müssen."

„Dein weltlicher Richter macht mir weniger Angst als der, der auf uns alle wartet", kam es amüsiert von Heinrich. „Sei doch ehrlich, Brunner. Du konntest mir nie etwas nachweisen."

„Ich habe es nie ernsthaft versucht", kam es jetzt nahezu sanft von ihrem Bruder.

„Worüber streiten wir dann?"

Die kleine Bibliothek, in der die Freunde saßen und stritten, war ausschließlich durch die Flammen im Ofen beleuchtet. Keiner der beiden Männer hatte Ellas leises Eintreten bemerkt.

„Das würde ich auch gern wissen", sagte sie und setzte sich auf den Stuhl hinter dem schmalen Schreibtisch. „Worüber streitet ihr? Was hast du vor, Heinrich, das dich ins Gefängnis bringen wird, wenn es nach dem Willen meines Bruders geht?"

Betretenes Schweigen machte sich in der Bibliothek breit.

Heinrich stand auf und schaltete zwei kleine Lampen ein, die neben dem Ofen an der Wand hingen. Jetzt erst erkannte

Ella, dass auf dem Tischchen zwischen den beiden Sesseln zwei leere Kristall-Tumbler und eine ebenfalls geleerte Flasche Whisky standen.

„Seid ihr betrunken?", wollte sie wissen.

Heinrich lachte. „So betrunken, wie es uns innerhalb der letzten Stunden möglich war."

Fragend sah Ella ihren Bruder an. „Du auch, Brunner?"

Brunner schüttelte den Kopf.

Als er sich, wie zum Beweis seiner Nüchternheit, aus seinem Sessel erheben wollte, fiel er direkt wieder auf seinen Sitz zurück.

„Brunner trinkt sonst nie mehr als ein Glas." Vorwurfsvoll sah Ella Heinrich an.

„Ich weiß." Wieder erklang sein fröhliches Lachen. „Aber solange er nüchtern ist, erfahre ich nur die halbe Wahrheit von ihm."

„War das wirklich nötig?"

„Ich bin nicht betrunken", kam es beleidigt von Brunner. „Oder höchstens ein kleines bisschen."

„Genau", bestätigte Ella sarkastisch. „Und Heinrich hat es sicher auch nur ein kleines bisschen ausgenutzt."

„Dein Bruder ist erwachsen, Ella. Bisher hat er es ganz gut geschafft, auf sich selbst aufzupassen."

„Und außerdem ist er dein Freund, Heinrich", erwiderte Ella. „Ihn betrunken zu machen, um ihn auszuhorchen, ist nicht besonders freundschaftlich."

Brunners Kopf war gegen die Rückenlehne des Sessels gesunken. Leises Schnarchen drang aus seinem offenen Mund.

„Hast du ihm gesagt, dass wir ...?" fragte Ella flüsternd.

„Natürlich, meine Geliebte. Wie hätte ich ihn sonst dazu bringen sollen, mit mir anzustoßen?"

„Musste das wirklich sein?"

„Er ist mein Freund, Ella. Ganz wie du es gesagt hast. Heute war der richtige Moment, ihm unser Verhältnis nicht länger zu verheimlichen."

Ein wütender Blick war ihre einzige Antwort.

„Du hattest lange genug Zeit, es ihm selbst zu sagen."

„Dann hätte ich dich ja der Gelegenheit beraubt, meinen Bruder betrunken zu machen. – Was konntest du ihn nicht auch nüchtern fragen?"

Heinrich musterte Ella lange.

„Ich habe ihn gefragt, weshalb er nicht intensiver gegen deinen kunstverliebten Freund aus Hamburg ermittelt", antwortete er schließlich.

„Weil es gegen Matthias noch nicht einmal einen Anfangsverdacht gibt." Ella war von ihrem Stuhl hinter dem Schreibtisch aufgesprungen. „Was ist das bloß mit euch Männern? Müsst ihr immer auf irgendetwas eifersüchtig sein? Stört es dich, wie sehr Matthias und ich uns mögen? Dass er Seiten an mir sieht, die für dich immer unsichtbar sein werden?"

Wieder sah Heinrich sie eine lange Zeit schweigend an.

„Du meinst also, dass ich dich nie so gut kennenlernen werde wie er, egal wie oft wir miteinander vögeln?"

Beinahe hätte Ella ihm eine Ohrfeige gegeben. Im letzten Moment konnte sie den Schwung abbremsen und in eine unverfänglichere Bewegung ändern. Leicht zitternd legte sie die Hand auf ihren Mund.

„Ich werde packen", schaffte sie zu sagen, bevor sie die Bibliothek verließ. „Bitte ruf meinem Bruder und mir ein Taxi."

FREITAG, 1. APRIL 2022

Morsum – Morgen

Ella war tatsächlich ausgezogen. Nach den verletzenden Worten, die er ihr gegenüber von sich gegeben hatte, war sie natürlich gegangen

Nachdenklich saß Heinrich Nissen an seinem antiken, viel zu ehrwürdigen Schreibtisch und starrte vor sich hin.

Der Streit gestern Abend zwischen ihm und Brunner war notwendig gewesen. Ohne ihn hätte der Hauptkommissar niemals so offen über seine Frustration seinen eigenen Ermittlungen gegenüber gesprochen. Selbstverständlich ahnte Brunner, dass mit dem Tod von Piraten-Meier der Mörder nicht bestraft worden war. Aber er hatte keine Beweise gefunden für einen anderen Täter als den Toten. Stattdessen hatte er fast gleichzeitig vom zuständigen Staatsanwalt und aus dem Innenministerium in Kiel die Aufforderung erhalten, keine weiteren Ressourcen für die ‚nun doch erfolgreich abgeschlossene Ermittlung' zu vergeuden.

Den Streit, der zwischen ihm und Ella aufgelodert war, bereute Heinrich zutiefst. Die kurze Zeit, die er mit dieser klugen, empathischen Frau zusammen war, hatte ausgereicht, sie als Bereicherung seines Lebens zu empfinden. Wenn Ella nur nicht immer so hartnäckig Partei für ihren Freund, den Galeristen, ergreifen würde. Warum war sie gegenüber Heinrichs Erkenntnissen und Schlussfolgerungen nicht aufgeschlossener?

Der zerfledderte Skizzenblock, den Ella ihm dagelassen hatte, lag auf der ledernen Schreibunterlage. Betrübt über die Aussicht, nicht nur Ella, sondern wahrscheinlich auch Mave für immer verloren zu haben, schlug Heinrich ihn ein weiteres Mal auf. Zwei lose Blätter rutschten aus dem Papierstapel, flatterten über die Tischplatte und fielen in genau dem Moment auf den

Boden vor dem Schreibtisch, in dem Marlene das Büro betrat. Wie immer tat sie das, ohne vorher anzuklopfen, immerhin war Heinrich ja fast so etwas wie ein Sohn für sie.

„Frau Wessel ist abgereist?", fragte sie, bückte sich mühsam und hob die beiden Papierbögen auf.

„Ja."

„Hast du sie verärgert, Heinrich?"

Er seufzte vernehmlich, antwortete aber nicht.

Marlene kannte ihn schon viel zu lang, um sich Illusionen über seinen Umgang mit dem weiblichen Geschlecht zu machen.

„Sehr schade, ich mag sie", war der einzige Kommentar, den sie für notwendig erachtete. Für sie war das Thema damit beendet.

Sorgfältig glättete sie das erste Papier in ihren Händen. Dann legte sie es mit den Worten „Eine sehr gelungene Zeichnung vom Pferdebändiger" vor Heinrich ab.

„Du kennst das Motiv?"

Marlene nickte eifrig. „Natürlich. Es ist ein Denkmal oder etwas Ähnliches aus Bronze. Das Ding stand in einem Park in Hamburg. – Erinnerst du dich nicht? Die Skulptur wurde gestohlen. Oder nein, sie wurde zerstört. Im letzten Jahr. – Ich weiß es nicht mehr, Heinrich. Aber in jedem Fall stand dieses Kunstwerk in einem öffentlichen Park in Hamburg."

Nach einem Blick auf das zweite Blatt Papier, legte die Weißhaarige auch dieses vor Heinrich auf die Tischplatte. „Diese Skizze ist leider kaum noch erkennbar. Schade, dass sie so verdreckt ist. Dabei handelt es sich bestimmt ebenfalls um die Skulptur aus dem Park."

Heinrich sah sich die Zeichnung genauer an, als er es bisher getan hatte. Was ihm zuvor wie eine unfertige Studie bewegter Figuren vorgekommen war, konnte auch die Darstellung des Diebstahls eines Teils der Skulptur sein. Falls er den noch sichtbaren Teil der Skizze richtig deutete, dann war dem Pferd sein

Reiter abhandengekommen. War es in der Realität wirklich so passiert, dann musste Mave Zeugin des Diebstahls gewesen sein. Das stilisierte Tier stand, genauso wie auf der anderen Skizze, aufrecht und leicht aufgebäumt, die geglättet dargestellte menschliche Figur davor jedoch kippte. Und nur knapp daneben stand ein etwa gleich großer, echter Mensch, der wahrscheinlich den kippenden Pferdebändiger entgegennehmen wollte. Vor ihm und vom Pferd halb verdeckt, kniete ein zweiter Mensch, der entweder perspektivisch verzerrt war oder deutlich größer sein musste als sein Komplize und die Bronzefigur. Falls wirklich der Teil der Skulptur gestohlen worden war, der den Bändiger des wilden Pferdes darstellte, hatte Mave nicht nur den Diebstahl beobachtet, sie hatte auch die Täter gezeichnet.

,Arme Deern', schoss es Heinrich durch den Kopf. Dann sprang er auf, umrundete den Schreibtisch und umarmte seine Haushälterin.

Ein atemloses Japsen kam aus Marlenes Mund.

„Du magst sie?", fragte er und meinte damit nicht die Skizze der gestohlenen Skulptur. „Wenn ich könnte, würde ich sie mir zurückholen. Aber daraus wird wahrscheinlich nichts."

Westerland – Morgen

Die Kopfschmerzen, mit denen Michael Brunner aufwachte, waren fürchterlich. Nur bruchstückhaft erinnerte er sich daran, wie er in sein Bett gekommen war. Und noch weniger wollte er sich daran erinnern, was er vorher alles zu Heinrich und Ella gesagt hatte. Schuld an allem war der Alkohol, den er einfach nicht vertrug. Diese Erkenntnis war nicht neu für ihn, aber es war ein paar Jahre her, dass er sich das letzte Mal derartig schmerzhaft daran erinnern musste.

Ein Blick auf seinen Wecker mahnte Brunner dazu, nicht in Selbstmitleid zu versinken und sich stattdessen der Realität eines jetzt schon unangenehmen Tages zu stellen. Was auch immer ihm die nächsten Stunden brachten, er würde es aushalten müssen. Es hatte ihn niemand dazu gezwungen, sich von seinem Freund zum Mittrinken überreden zu lassen. Und noch weniger, seine Schwester zu sich nach Hause mitzunehmen.

Der Kaffeeduft, der ihn begrüßte, als er die Stufen in den Wohnbereich hinabstieg, war ein kleiner Trost. Aber die aufgesetzt fröhliche Miene, mit der Ella ihn begrüßte, warf ihn sofort wieder zurück.

„Guten Morgen, Bruder", kam von ihr in übertrieben heiterem Ton. „Ich bin froh, dich wieder wach und munter zu sehen."

„Moin", schaffte Brunner zu antworten. Dann war seine Energie für jede Art von Konversation auch schon wieder verbraucht.

„Du kannst dir mit dem Wachwerden Zeit lassen. Im Büro habe ich dich für ein paar Stunden entschuldigt."

„Du hast was?"

„Dort angerufen und einem deiner Kollegen erklärt, dass du mir heute Morgen kurzfristig aus einer kleinen Patsche helfen musst."

Brunner sah sie kritisch an, schwieg aber. Er war nicht in der Verfassung, schon wieder einen Streit zu beginnen.

„Meinst du, dass du nach einer Dusche und einem Frühstück ausreichend wiederhergestellt sein wirst, um mit mir zusammen Matthias zu besuchen?", wollte Ella wissen.

„Warum?"

„Weil ich für ein paar Tage zu ihm ziehen werde. Bevor ich das aber tue, möchte ich mich davon überzeugen, dass du dich nicht von Heinrich hast anstecken lassen."

Brunners fragender Blick forderte weitere Erklärungen.

„Es war dumm von mir, nicht auf dich zu hören. Bitte entschuldige, dass ich …"

Ella schien nach der richtigen Formulierung zu suchen. „Bitte entschuldige, dass ich mir ausgerechnet deinen Freund Heinrich für mein erstes amouröses Abenteuer nach meiner Trennung von Harald ausgesucht habe."

Brunner verzog den Mund.

„Du hast vorhergesehen, dass es nicht gutgehen wird." Wieder rang seine Schwester mit der Fortsetzung ihrer Erklärung. „Ich will nicht zwischen euch stehen. Es war meine eigene Dummheit. Deine Freundschaft mit Heinrich soll dadurch nicht getrübt werden."

Immer noch schwieg Brunner und musterte seine Schwester. Das Wichtigste hatte sie noch nicht gesagt, da war er sich sicher.

„Heinrich hat sich darauf versteift, dass Matthias an dem Diebstahl des Tetrapoden und womöglich auch am Verschwinden der jungen Mave beteiligt ist. Dass er damit auch in den Tod der ehemaligen Lagerleiterin und den von Meier verwickelt ist, sieht Heinrich als logische Konsequenz. – Ich kann mir seine Aversion gegen Matthias nur damit erklären, dass er wegen meiner Freundschaft zu ihm eifersüchtig ist."

Brunner entschied sich, nicht zu widersprechen. Schweigend war er bisher gut durch dieses Gespräch gekommen.

„Du hast doch selbst mit Matthias gesprochen, lieber Bruder. Und du besitzt eine gute Menschenkenntnis. Traust du ihm zu, einen Menschen zu töten? Und auch noch auf derartig unbeherrschte Art, wie es bei Mandy Schranz passiert ist?" Ella sah ihn eindringlich an.

Brunner räusperte sich. „Grundsätzlich sind wohl die meisten Menschen in Ausnahmesituationen dazu in der Lage, ihr Gegenüber niederzuschlagen."

„Aber unsereins würde danach doch den Rettungsdienst rufen. Die Polizei informieren, sich selbst stellen. – Würdest du stattdessen dein Opfer nackt auszuziehen, in eine Folie wickeln und verstecken?"

„Nein."

„Siehst du. Und Matthias auch nicht. Auf keinen Fall wäre er dazu in der Lage."

„Willst du mich zu deinem Freund mitnehmen, damit ich ihn danach frage?"

„Ja."

„Die Ermittlungen sind abgeschlossen." Unter keinen Umständen wollte Brunner an einem Tag wie diesem derartige Gespräche führen.

„Du bist also davon überzeugt, dass Bernhard Meier für den Diebstahl des Tetrapoden verantwortlich ist und darüber hinaus seine ehemalige Lebensgefährtin Mandy Schranz erschlagen und verstümmelt hat?"

Erneut entschied sich Brunner, seiner Schwester nicht zu widersprechen.

„Dann komm mit und schließ Frieden mit Matthias."

„Ich soll was tun?"

„Komm bitte mit zu ihm nach Wenningstedt und sag ihm, dass du nicht mehr gegen ihn ermittelst. Dass der Täter überführt wurde und du den Fall damit zu den Akten gelegt hast."

Brunner stöhnte. „Ist das wirklich notwendig?"

„Ja. Matthias ist einer meiner besten Freunde."

„Das kann ich nicht tun. Der Täter wurde nicht überführt; wir haben nur Indizien, die auf seine Schuld hinweisen. Bernhard Meier hat keine der Taten gestanden."

Offenbar verzweifelt über die Pedanterie ihres Bruders stampfte Ella mit dem Fuß auf.

„Schließt du dich jetzt etwa Heinrichs Theorie an? Hätte er nicht viel mehr Grund gehabt, Mandy Schranz und Bernhard Meier etwas anzutun? – Selbstjustiz scheint ja ein bewährtes Vorgehen von ihm zu sein. Eines, von dem noch nicht einmal du ihn bisher abhalten konntest oder wolltest."

„Das ist so nicht richtig, Ella."

„In welchen Fällen hat er sich denn zum Richter und Henker berufen gefühlt? Erzähl doch mal, was hast du ihm bereits durchgehen lassen? Was tut Heinrich seinen Mitmenschen an, wenn er sie für schuldig hält? Ruiniert er sie? Bringt er sie um? – Womit muss Matthias rechnen, solange Heinrich davon überzeugt ist, dass er etwas mit den Verbrechen auf der Promenade zu tun hat?"

„Heinrich wird ihm nichts tun." Brunner bemühte sich, seine Stimme überzeugter klingen zu lassen, als er sich fühlte.

„Wie kannst du dir da sicher sein."

„Weil ich heute noch einmal mit ihm sprechen werde. Und wenn du möchtest, begleite ich dich vorher zu deinem Freund Matthias. – Aber dann gibst du Ruhe, Ella."

Damit war wenigstens ein Problem gelöst, dachte Ella Wessel. Jetzt konnte sie bis zu ihrer Rückkehr nach Hamburg bei Matthias wohnen, ohne ständig in der Angst zu leben, zwischen ihm und ihrem Bruder vermitteln zu müssen.

Aber vielleicht sollte sie trotzdem früher nach Hamburg zurückkehren als sie es ursprünglich geplant hatte.

‚Uneigennützige Freundschaft gibt es nur unter Leuten gleicher Einkommensklasse' ging ihr eine Weisheit Jean Paul Gettys durch den Kopf.

Ihre vermeintliche Freundschaft mit Heinrich hatte zwei Wochen Zusammenwohnen nicht überstanden. Wollte sie nicht auch noch ihre Freundschaft mit Matthias und Martin aufs Spiel setzen, musste sie wohl spätestens in einer Woche die Insel verlassen.

FREITAG, 8. APRIL 2022

Wenningstedt – Vormittag

Seit ihrem Auszug bei ihm hatte Heinrich Nissen Ella weder gesprochen noch gesehen. Aber wenigstens war ihr Bruder bereit gewesen, mit ihm zu reden, und so wusste Heinrich, dass sie an diesem Freitag die Insel verlassen würde. Ihr Zug nach Hamburg fuhr um 10:24 Uhr vom Westerländer Bahnhof ab.

Dass sie einen Tag nach ihrem Streit zu den Hamburger Galeristen nach Wenningstedt gezogen war, hatte Brunner ihm ebenfalls erzählt. Das richtige Umfeld, um sich zu versöhnen, war das Haus am Dorfteich nicht. Aus diesem Grund verstand Heinrich Ellas Wahl ihres Aufenthaltsortes auch als Nachricht an ihn, sie nicht wieder anzusprechen, bevor sie abreiste. Wäre sie bei ihrem Bruder geblieben, hätte er es wahrscheinlich versucht.

Bestimmt jubilierte Matthias darüber, dass seine Freundschaft mit Ella sich am Ende doch als die beständigere erwiesen hatte. Und sicher ließ er es sich nicht nehmen, seine Freundin persönlich zum Zug zu bringen. Möglicherweise war genau das der richtige Moment, sich im Haus des Galeristen in Wenningstedt einmal umzusehen.

Seinen Wagen stellte Heinrich auf dem Parkplatz vor der Friesenkapelle ab. Die wenigen Schritte bis zur gesuchten Adresse ging er zu Fuß den Schotterweg am Dorfteich entlang. Obwohl es früh am Vormittag war, begegneten ihm bereits reichlich Jogger und Fußgänger. Das sich bessernde Wetter und die näher rückenden Ostertage hatten offenbar dafür gesorgt, dass auch noch die letzten freien Ferienwohnungen Wenningstedts vermietet waren.

Der Haupteingang des Hauses der beiden Galeristen lag an der parallel zum Dorfteich verlaufenden Straße. Hier einzubrechen konnte am helllichten Tag nicht unbemerkt bleiben. Aber der Garten würde ein Tor zum Dorfteich haben, da war sich Heinrich sicher. Das Gartentor war sein erstes Ziel.

Die Häuser durchzählend, näherte er sich einem zweietagigen Bau mit neuem, noch goldfarbenem Reetdach und einem frisch erstellten Friesenwall rund um die Grundstücksgrenze. Das war es, es konnte kein anderes Gebäude in der Straße sein. Die Nachbarhäuser, die ebenfalls für die gesuchte Hausnummer infrage kamen, hatten seit Jahren keine Sanierung mehr erlebt.

Mit selbstbewusstem Schritt näherte sich Heinrich dem breiten Holztor, das am seitlichen Ende des Grundstücks in den hohen Zaun eingelassen war. Der Friesenwall endete rechts und links kurz vor dem Tor mit einem ungewohnt großen Abschlussstein und ließ dazwischen einen Durchgang von etwa drei Metern. Ausreichend Platz, um mit einem Bagger hindurchzufahren, konstatierte er. Ausreichend Freiraum, auch für den Transport eines Tetrapoden.

Natürlich war das Tor abgeschlossen, aber dafür hatte Heinrich vorgesorgt. Ein dünner Meißel, angesetzt an der richtigen Stelle unter dem Riegel, verbunden mit einem heftigen, schnellen Ruck in die richtige Richtung, öffneten das Tor. Heinrich betrat mit einer Selbstverständlichkeit den Garten, als habe er soeben den passenden Schlüssel genutzt, schob das Tor wieder so weit zu, wie es der verbogene Riegel erlaubte, und ging auf das Haus zu.

Das Erste, das ihm auffiel, waren die beiden Tetrapoden, die zu etwa zwei Dritteln aus dem makellosen Rasen aufragten. Um sie herum waren Kreise aus schwarzen Kieseln gelegt. Der Garten war groß genug, um noch mindestens zehn weitere Tetrapoden aufzunehmen, ohne auch nur einen der erkennbar frisch gepflanzten Bäume und Büsche entlang der Grundstücksgrenze zu berühren. Alles sah neu und gepflegt aus. Heinrich verstand, weshalb Brunner jeden Impuls, auf einen reinen Verdacht hin nach einem versteckten Sechs-Tonnen-Betonklotz graben zu lassen, im Keim erstickt hatte.

Über die gesamte Breite des Hauses war eine schmale Terrasse angelegt. Zwei bodentiefe Fenster waren gleichzeitig Terassentüren, beide waren verschlossen.

Noch während Heinrich darüber nachdachte, ob er es riskieren sollte, eine der Glastüren gewaltsam zu öffnen, stand ihm plötzlich, nur durch die Glasscheibe getrennt, Matthias gegenüber. Ein breites Lächeln auf den Lippen, öffnete der Galerist die Terrassentür und machte einen Schritt zurück in den dahinterliegenden Raum.

„Guten Morgen, Heinrich", kam es in übertrieben erfreutem Tonfall von ihm. „Schön, dass du Zeit gefunden hast, herzukommen. Ich war mir fast sicher, dass es heute passieren würde."

Seine Überraschung überspielend, folgte Heinrich dem Galeristen ins Haus. „Du warst dir fast sicher?"

„Jetzt, da Ella rein physisch nicht mehr zwischen uns stehen kann ..." Der Galerist ließ den Satz unbeendet.

„Setz dich doch. Hier, bitte." Matthias wies auf einen Platz, vor dem ein noch ungenutztes, weißes Gedeck stand. „Darf ich dir eine Tasse Kaffee einschenken? Oder etwas Stärkeres?"

Heinrich lehnte ab, setzte sich aber auf den ihm zugewiesenen Stuhl an den antiken Holztisch, der einen wohltuend warmen Farbkleks im sonst weitestgehend weißen Interieur des Zimmers bildete.

„Wie du siehst, habe ich sogar für dich eingedeckt." Matthias grinste provokant. „Da dein Freund, der Kriminalhauptkommissar, darauf bestanden hat, seine Schwester zum Zug zu bringen, hatte ich Zeit, mich auf deinen Besuch vorzubereiten."

Brunner natürlich, ging es Heinrich durch den Kopf.

„Dann ist es ja gut, dass ich auch tatsächlich hergekommen bin", sprach er laut aus.

Matthias setzte sich ihm gegenüber an den Tisch. Geschirr und Besteck vor ihm waren bereits benutzt.

„Was kann ich für dich tun, Heinrich, wenn ich dir schon kein Frühstück anbieten darf?"

„Sag mir die Wahrheit."

„Warum sollte ich lügen?", kam es breit lächelnd vom Galeristen. „Und vor allem, worüber?"

Heinrich musterte ihn stumm. Auch wenn Matthias Beltings Freundlichkeit aufgesetzt und übertrieben erschien, hatte Heinrich nicht den Eindruck, dass sie Angst überdeckte. Vielmehr schien es dem Galeristen tatsächlich Vergnügen zu bereiten, sich mit ihm zu unterhalten.

„In der letzten Zeit gab es ein paar Ereignisse in meinem Umfeld, die ich nicht gutheißen kann. Und ich bin davon überzeugt, dass du daran beteiligt warst."

„Nur zu", forderte ihn sein Gegenüber auf, weiterzureden. „Was soll ich Böses getan haben?"

„Du hast Mave getötet. Und ich möchte wissen, weshalb."

Matthias lachte laut. „Natürlich. Um die Kleine geht es. – Hast du mit ihr dasselbe getan wie mit Ella?"

Heinrich blieb stumm. So einfach war er nicht zu provozieren.

„Macht es dich nicht nachdenklich, dass dir früher oder später alle Frauen davonlaufen, Heinrich?"

Immer noch schwieg er.

„Um auf deine Frage zurückzukommen: Nein, ich habe die von uns beiden bewunderte, junge Sprayerin nicht getötet." Matthias machte eine kurze Pause. „Wieso sollte ich ihr auch etwas antun? Ich hätte ihr die Kunstwelt zu Füßen gelegt, wenn sie es zugelassen hätte. Sie wäre meine Entdeckung gewesen und ich hätte mit ihr zusammen den Olymp der Malerei erklommen. – Aber offenbar hat sie einen anderen Weg eingeschlagen."

„Weißt du, wo sie sich jetzt aufhält?"

Der Galerist schien über Heinrichs Frage nachdenken zu müssen.

„Nein, ich weiß nicht, in welchen Sphären sie nun weilt", antwortete er schließlich und sah Heinrich dabei fest an. „Sie ist auch mir davongelaufen. – Darf ich jetzt auch eine Frage stellen?"

„Natürlich", kam es überrascht von Heinrich.

„Warum hast du Mandy Schranz und Bernhard Meier getötet? War es dir nicht genug, sie finanziell zu ruinieren?"

„Wer behauptet derartigen Schwachsinn?"

„Die zukünftige Mutter deines Kindes tut das. – Allerdings glaube ich nicht, dass meine Bezeichnung für Ella lange zutreffend sein wird. Warum sollte sie ein Kind von dir austragen? Ich kann ihr nicht dazu raten, ausgerechnet von einem Mann wie dir, Heinrich. Und in ihrem Alter und ihrer Position. – Wie konntest du der armen Ella nur so übel mitspielen? Sind Kondome bei Heteros noch unbekannt?"

Noch bevor Matthias seinen ersten Satz zu Ende gebracht hatte, wurde alles in Heinrichs Umfeld unscharf und verschwamm. Einzig der Galerist blieb klar fokussiert im Zentrum seines Sichtfeldes übrig.

„Ella hat es dir also nicht gesagt?"

„Das ist unmöglich", brachte Heinrich mühsam hervor.

„Dann müssen Ella und der Gynäkologe sich wohl getäuscht haben", kam es mit einem feinen Lächeln auf den Lippen von Matthias. „Wolltest du mich noch etwas fragen?"

Mit welchen Worten er sich verabschiedet und wie er das Haus der beiden Galeristen verlassen hatte, wusste Heinrich später nicht zu sagen. Erst als er auf dem Fahrersitz seines Wagens saß, begann sein Verstand wieder normal zu arbeiten.

Wahrscheinlich hatte Matthias Belting ihn mit keiner seiner Antworten belogen. Ob er ihm immer die ganze Wahrheit gesagt hatte, war eine andere Frage, aber die würde er für den Moment hintanstellen müssen.

Konnte es tatsächlich sein, dass Ella schwanger war? Von ihm, dem die Ärzte nach einem Unfall den Verlust seiner Zeugungsfähigkeit attestiert hatten? Oder hatte Matthias ihn in diesem Punkt doch belogen? Einfach eine Chance gesehen, ihn aus dem Konzept zu bringen? Von weiteren Fragen abzuhalten?

Er hatte ihm geglaubt. Hatte er falsch damit gelegen? Wenn Matthias ihn in diesem Punkt getäuscht hatte, was waren dann seine restlichen Antworten wert?

Morsum – Abend

Ein spannender Abend stand ihm bevor, da war sich Michael Brunner sicher. Und ein nüchterner Abend, das hatte er sich geschworen. Jetzt, da Ella nach Hamburg zurückgekehrt war – er selbst hatte dafür gesorgt, dass sie mit ihrem umfangreichen Gepäck in der ersten Klasse einen Platz gefunden hatte – und die Ermittlungen wegen der Verbrechen in Wenningstedt offiziell als beendet erklärt waren, dachte Heinrich wahrscheinlich, alle Streitthemen zwischen ihnen seien beigelegt. Aber damit lag er falsch.

Brunner fiel es schwer, zu akzeptieren, dass Bernhard Meier für alles verantwortlich gewesen sein sollte. Der offiziell als Selbstmord erklärte Tod seines Hauptverdächtigen reichte ihm nicht als Geständnis aus, zumal er mittlerweile auch nicht mehr davon überzeugt war, dass Meier sich wirklich selbst das Leben genommen hatte. Die in seinem Magen gefundenen Medikamente hätten bei einem gesunden Menschen nie ausgereicht, um ihn zu töten. Und Meier war, von den ersten Anzeichen fortgesetzten Alkoholmissbrauchs abgesehen, gesund gewesen.

Jedes Mal, wenn er an diesem Punkt seiner Überlegungen angekommen war, überfiel Brunner ein unangenehmes Gefühl. Wenn Meier nicht der Verantwortliche für den Tod und die

Verstümmelung von Mandy Schranz war, wer war es dann? Wer hatte ein Motiv für diese Taten und trug zumindest eine Mitschuld daran?

Für Heinrichs Überzeugung, Ellas Freund Matthias habe den Tetrapoden gestohlen und im Zusammenhang damit die junge Künstlerin, Mandy Schranz und schließlich auch Bernhard Meier getötet, gab es nicht ein einziges Indiz. Auch das Motiv, das Heinrich konstruiert hatte, überzeugte Brunner nicht. Zusätzlich hatte der Galerist für die Nacht, in der Meier gestorben war, von einem seiner Nachbarn ein Alibi erhalten. Offenbar von den Symptomen seiner Corona-Infektion wachgehalten, war er die halbe Nacht lang durch das Haus gewandert, hatte abwechselnd in allen Räumen das Licht ein- und ausgeschaltet, den Garten beleuchtet und seine auffällig lange, dünne Silhouette an den Fenstern der oberen Etage gezeigt. Erst mit der Ankunft seines Partners Martin Knoop am frühen Samstagmorgen war endlich Ruhe im Haus eingekehrt.

Für Heinrichs Beteiligung am Tod von Schranz und dem vermeintlichen Selbstmord Meiers gab es zwar auch keine Indizien oder Beweise, aber er zumindest hatte für beides ein ausreichendes Motiv.

Wieder zwang sich Brunner, an diesem Punkt mit seinen Überlegungen zu enden. Alles in ihm weigerte sich, seinen Freund als hinterlistigen Mörder zu sehen. Aber worin sollte das Motiv Matthias Beltings liegen? Ein Kunstdieb – und darauf gab es außer Heinrichs Behauptung keinen Hinweis – wurde nicht zum zweifachen Mörder, nur weil er Opfer einer Erpressung war. Und schon gar nicht wegen des Diebstahls eines Kunstwerks, das wahrscheinlich nicht mehr als ein paar tausend Euro wert war.

Brunner bremste und bog vorsichtig auf die Auffahrt des Morsumer Bauernhauses ab. Mit dem Fahrrad dorthin zu fahren, hatte ihm gutgetan. Und die Notwendigkeit, die Rückfahrt ebenfalls mit dem Rad zurückzulegen, würde ihn zusätzlich davon abhalten, den alkoholischen Verführungskünsten seines Freundes zu erliegen.

Noch bevor er klingeln konnte, öffnete Heinrich die Eingangstür des Haupthauses. Er musste aus einem der vorderen Fenster geschaut und auf seinen Gast gewartet haben.

„Ich hatte Angst, du würdest absagen, Brunner", begrüßte Heinrich ihn. „Es wird kein einfacher Abend für uns."

Das wurde es tatsächlich nicht, wie Brunner schnell feststellen musste. Davon abgesehen, dass sein Freund den Grill angezündet hatte und daneben etwa zwei Kilogramm bestes Rindfleisch lagen, spürte er sofort, dass etwas passiert war, das Heinrich vollständig aus der Fassung gebracht hatte.

Während sein Gastgeber die ersten Galloway-Steaks auf den heißen Rost legte, wandte er Brunner den Rücken zu. Betont lässig fragte er: „Hast du während der letzten Stunden mit Ella gesprochen?"

„Nein. Hätte ich das tun sollen?"

Heinrich drehte sich zu ihm um. „Ella ist gut in Hamburg angekommen. Ich soll dich grüßen."

„Ihr beiden habt also miteinander telefoniert." Brunner war erstaunt und harrte der Informationen, die sein Freund noch für ihn parat hatte.

„Ja, ich habe sie angerufen. Und trotz allem, was gerade zwischen uns steht, hat Ella den Anruf angenommen."

Aus Erfahrung wusste Brunner, dass sein Freund ein inneres Drehbuch für sein Gespräch mit ihm entworfen hatte. Zwischenfragen waren absolut sinnlos zu diesem Zeitpunkt.

„Sie wollte wissen, ob ich etwas mit dem Tod deiner beiden Opfer zu tun habe", fuhr Heinrich fort.

„Und? Was hast du ihr geantwortet?"

„Hat sie die Idee von dir? Glaubst du wirklich, ich würde Menschen töten, nur weil sie mich bestohlen haben?"

„Nein, das glaube ich nicht, Heinrich."

„Aus welchem Grund dann? Warum sollte ich an ihrem Tod beteiligt sein?"

„Vielleicht haben sie deiner kleinen Sprayerin etwas angetan. Mave ist wie vom Erdboden verschwunden. Und dass du ihren Motorroller und ihren Rucksack aufgetrieben hast, macht es nicht wahrscheinlicher, dass sie noch lebt."

„Das war Ella."

„Was war meine Schwester?", wollte Brunner wissen.

„Sie war so schlau, den Rucksack zu finden."

„In Ordnung." Derartige Spitzfindigkeiten machten es Brunner nicht leichter, Heinrichs Drehbuch geduldig zu folgen.

„Ich habe die beiden nicht angerührt. Dass Mandy Schranz sich noch auf der Insel aufgehalten hat, wusste ich noch nicht einmal."

„Das soll ich dir glauben?"

„Ja."

Heinrichs eindringlicher Blick ließ Brunner fast erröten.

„Dann war es wohl wirklich Piraten-Meier", versuchte er einen Abschluss für das Gespräch zu finden. „Erst hat er seine ehemalige Geliebte getötet und dann sich selbst. Gut, dass die Ermittlungen mit diesem Ergebnis abgeschlossen wurden."

„Du glaubst doch nicht ernsthaft an diese Theorie, Brunner. Du bist ein viel zu guter Polizist, um dich damit zufriedenzugeben."

„Und du ein viel zu guter Koch, um die Steaks noch weiter durchzubraten." Brunner reichte Heinrich einen leeren Teller und hoffte, das Thema Verbrechen endlich beenden zu können.

Als sie zusammen am gedeckten Tisch saßen und vor beiden ein monströses Stück Fleisch auf den Verzehr wartete, nahm Heinrich seine Überlegungen wieder auf. „Ich bin mehr denn je davon überzeugt, dass Matthias Belting etwas mit dem Diebstahl des Tetrapoden zu tun hat."

Er stand auf und legte zwei zerknitterte Blätter Papier neben Brunners Teller. „Hier sind zwei Skizzen, die Ella in Maves Rucksack gefunden hat."

Brunner kaute in Ruhe zu Ende, legte sein Besteck auf den Teller und nahm den ersten Bogen hoch.

„Ich kenne das Motiv", sagte er nachdenklich. „Die Kleine ist wirklich begabt. Das ist eine Skizze des ‚Pferdebändigers'."

„So ist es", stimmte ihm Heinrich zu. „Eine Statue von 1963, die bis zum zweiten Oktober letzten Jahres im Hohenhorster Park in Hamburg-Rahlstedt gestanden hat. In der Nacht vom zweiten auf den dritten Oktober wurde sie beschädigt und zum Teil entwendet. Und nun rate mal, wie sie beschädigt wurde."

„Ich glaube, der Mann wurde gestohlen."

„So ist es", wiederholte Heinrich. „Dem bronzenen Mann wurden die Füße abgetrennt. Die Füße sind auf der Platte beim Pferd stehen geblieben, der Körper ist verschwunden."

Sein Freund wies auf das zweite Skizzenblatt, das neben Brunners Teller lag. „Mave muss den Diebstahl beobachtet haben. Wahrscheinlich war sie in genau der Nacht im Park, um dort ihr ‚tag' zu sprühen."

„Ich kann kaum erkennen, was sie gezeichnet hat", beschwerte sich Brunner. „Schade, dass sie mit den Skizzen so schlecht umgegangen ist."

Heinrich schnaufte nur.

„Bleib ruhig", beschwichtigte ihn Brunner. „Mit viel Mühe kann ich mir vorstellen, dass der Diebstahl der menschlichen Figur dargestellt ist."

„Das sind ganz klar Matthias Belting und Martin Knoop, lang und dünn, klein und muskulös. So sehen die beiden Figuren neben der Skulptur aus."

„Mit etwas Fantasie schon. Aber ein Beweis ist das nicht."

„Ich weiß, Brunner. Um Spuren zu hinterlassen, sind die beiden viel zu clever. Im Moment zähle ich nur Indizien auf."

„Dann war das noch nicht alles?", wollte Brunner wissen und wandte sich wieder seinem Teller zu.

„Erinnerst du dich an den Diebstahl am Denghoog?"

„Nur schwach. Das war Ende letzten Jahres, nicht wahr?"

„Im Dezember. Es wurden ein paar der Umrandungssteine am unteren Eingang entwendet. Keine großen Steine, aber doch schwer genug, um etwas Mühe und Eindruck zu machen."

„Und diesen Diebstahl haben ebenfalls die beiden Galeristen begangen?", fragte Brunner und konnte einen leichten sarkastischen Tonfall nicht unterdrücken.

„Zumindest wohnen sie nur etwa dreihundert Meter vom Denghoog entfernt. Und der Friesenwall um ihr Grundstück ist frisch gesetzt und mit zwei auffälligen Ecksteinen verziert."

„Du warst also dort?"

„Ja, das war ich. Heute. Auf ein Gespräch unter Männern. Mit einem Ergebnis, mit dem ich nicht gerechnet hatte."

„Kommen wir allmählich zu dem Thema, das dich vor allem beschäftigt, Heinrich?"

„Du weist es?"

„Kannst du endlich sagen, weshalb ich unbedingt heute herkommen musste? Von den Kunstdiebstählen hättest du mir auch am Telefon berichten können."

Brunner bemerkte, dass sein Freund ihn eindringlich musterte.

„Ich habe Schranz und Meier nicht getötet, Brunner", kam es schließlich von Heinrich. „Außerdem habe ich es weder in Auftrag gegeben noch sonst irgendetwas damit zu tun. Und ich weiß auch nicht, was mit Mave passiert ist. Es ist wichtig, dass du mir glaubst."

„Ich glaube dir", antwortete Brunner zögerlich und legte sein Besteck wieder weg. „Ich will dir glauben."

Stille trat ein.

„Ella ist schwanger." Seine Stimme klang sogar für Heinrich Nissen selbst fremd. „Ella ist schwanger. Schwanger von mir. Und sie will das Kind bekommen. Ich meine, sie wird es bekommen, wenn alles gutgeht."

Brunner sah ihn entgeistert an. „Davon hat sie nichts gesagt, als ich sie heute Morgen in den Zug gesetzt habe."

„Mir hat sie es vor ihrer Abreise auch nicht gesagt. Ich musste es von ihrem Lieblingsgaleristen erfahren und ..." In Erinnerung an die Angst, die Matthias bei ihm hervorgerufen hatte, brach Heinrich ab.

Brunner sah ihn weiterhin entgeistert an.

„Direkt nach meinem Gespräch mit ihrem leptosomen Freund habe ich Ella angerufen. Ich hatte Angst, sie würde ..." Wieder unterbrach Heinrich seine Erklärung.

„Sie würde das Kind nicht wollen?" soufflierte Brunner.

„Ja. – Deine Schwester ist eine unglaublich starke Frau. Eine schöne, selbstständige und kluge Frau mit einem eigenen Willen. Wenn sie eine andere Entscheidung getroffen hätte, ich wäre wohl kaum in der Lage gewesen, sie umzustimmen. – Ich wünschte, wir wären nicht im Streit auseinandergegangen."

„Sie will das Kind bekommen?"

„Ja, Brunner. Ich werde Vater. Und du wirst Onkel."

„Ich bin schon Onkel, du Idiot", kam es abrupt von seinem Freund. „Ella hat einen Sohn, der bald volljährig wird."

„Sie will das Kind bekommen." Heinrich konnte kaum atmen vor Glück. Diesen Satz auszusprechen, machte seine Bedeutung erst wirklich spürbar. „Es ist mein Kind. Ich werde noch einmal Vater. – Und dieses Mal werde ich alles richtig machen. Das verspreche ich dir, Brunner. – Für dieses Kind ändere ich mein Leben. Für mein Kind und für Ella, wenn sie es zulässt."

Ein Glas von dem Schnaps, den Heinrich nach seinem Ausbruch auf den Tisch stellte, konnte Michael Brunner nicht ablehnen. Dem werdenden Vater nicht zu gratulieren, war ebenfalls unmöglich. Aber leicht fiel dem Kriminalhauptkommissar beides nicht.

„Ein Grund mehr, die Akten geschlossen zu halten und keine weiteren Ermittlungen anzustellen," sagte er schließlich. „Meine Schwester würde kein Wort mehr mit mir reden, wenn ich den Vater ihres Kindes hinter Gitter brächte."

„Du kannst gegen mich ermitteln, solange du willst, Brunner. Ich habe keines deiner Verbrechen verübt oder veranlasst. Aber lieber wäre mir, du ließest den wahren Täter nicht davonkommen. – Ich will, dass er für seine Taten gerichtet wird. Ich will ihn bestraft sehen. Er hat Mave getötet und das soll die Welt erfahren."

„Es kann immer noch sein, dass der kleinen Sprayerin überhaupt nichts passiert ist."

„Warum hätte sie dann ihren einzigen Besitz zurückgelassen? – Sie muss tot sein. Getötet von einem skrupellosen Mörder. Ich muss dafür sorgen, dass das nicht ungestraft bleibt."

„Hast du mir nicht gerade versprochen, dein Leben zu ändern, Heinrich? Ist genau jetzt nicht der richtige Moment, damit anzufangen?"

Sein Freund schwieg.

„Versprich mir, dass ein für alle Mal Schluss ist mit deiner Selbstjustiz." Brunner sah Heinrich eindringlich an.

„Dann versprich du mir, dass du herausfindest, was mit Mave passiert ist. Und mit Mandy und Piraten-Meier."

„Ein solches Versprechen kann ich dir nicht geben."

Wieder schwieg Heinrich.

„Du wirst keine Ruhe geben, oder?"

Ein trauriger Blick traf ihn.

„Lass uns auf Mave trinken", erwiderte Heinrich und hob sein erneut gefülltes Schnapsglas. „Auf ein Kind, das irgendwo verscharrt darauf wartet, dass es jemand rächt, Brunner. Ein Kind, das niemand finden wird, wenn wir es nicht tun."

Teil 3

Sonntag, 10. April 2022

FRÜHER ABEND

…

Ein weiteres Mal lässt der selbsternannte Richter seinen Blick über das Land jenseits seines Arbeitszimmers schweifen. Dann trinkt er den letzten Schluck Whisky, stellt das Glas leise neben den Laptop und dreht sich langsam auf seinem Schreibtischstuhl zur Zimmertür. Ein leises Geräusch hat ihm verraten, dass er nicht mehr allein ist.

Heinrich Nissen hat den Besuch erwartet; er wusste nur nicht, wann sein ungebetener Gast ihn aufsuchen würde. Dass der Mörder den ersten Termin wählt, an dem er davon ausgehen kann, sein nächstes Opfer allein anzutreffen, beweist seine Zielstrebigkeit.

„Ich habe auf dich gewartet, Matthias", sagt Heinrich laut und deutlich, noch bevor sein Gast sich zu erkennen geben kann. „Komm rein. Dir droht keine Gefahr; ich bin unbewaffnet und habe auch keine Waffe in meinem Schreibtisch versteckt."

Leises Lachen erklingt, sympathisches Lachen, wie Heinrich sich eingestehen muss. Matthias' Kopf streift fast den oberen Balken des hölzernen Türrahmens, als er das Büro betritt. Das Haus ist alt, die Decken sind niedriger als in Neubauten; der Galerist wirkt wie ein verhungerter Riese, während er sich im Raum umschaut.

„Suchst du einen Stuhl oder möchtest du sichergehen, dass ich allein bin?"

Heinrich erhebt sich und macht ein paar Schritte in den Raum. Den schweren Sessel, der neben dem Fenster an der Längswand steht, hebt er mit einer übertrieben lässigen Bewegung hoch und stellt ihn nur einen Meter vor seinem Schreibtisch ab. Sein Besucher soll erkennen, dass er keine Chance hat, eine körperliche Auseinandersetzung mit seinem unfreiwilligen Gastgeber zu gewinnen.

„Setz dich doch zu mir", schlägt er dem immer noch schweigenden Eindringling vor und nimmt selbst wieder hinter seinem Schreibtisch Platz. „Ich gehe davon aus, dass wir uns erst ein wenig unterhalten wollen."

Matthias nimmt Platz, sehr aufrecht, sehr konzentriert.

„Erst?", fragt er fast flüsternd.

„Bevor du mich dabei unterstützt, Selbstmord zu begehen", antwortet Heinrich ganz ruhig. „Oder soll ich einen tödlichen Unfall erleiden? Im eigenen Haus? – Wegen meines baldigen Todes bist du doch hergekommen."

Wieder erklingt das sympathische Lachen, dieses Mal etwas lauter und auch länger. Der leptosome Galerist hebt beide Hände hoch und sagt: „Auch ich bin unbewaffnet, Heinrich. Willst du mich abtasten?" Ein süffisantes Grinsen macht sich auf seinen Lippen breit.

„Darf ich dir stattdessen einen Whisky anbieten?" Heinrich erhebt sich erneut und geht auf die Bar im Bücherregal zu. Dass er damit seinem Gast den Rücken zudreht, ist ihm bewusst.

Hinter ihm ist auch Matthias aus dem Sessel aufgestanden. Er folgt seinem Gastgeber. „Whisky trinke ich normalerweise nicht", antwortet er. „Aber wenn du auch einen nimmst."

„Möchtest du eingießen?"

Matthias kommt der Aufforderung nach, mit einer ordentlichen Portion Alkohol für den Hausherrn und deutlich weniger für sich selbst.

Ein amüsiertes Lächeln erscheint auf Heinrichs Gesicht, als er nach seinem Glas greift und sich zurück zum Schreibtisch begibt; sein Gast trägt dünne, nahezu transparente Latexhandschuhe an beiden Händen.

„Auf Ella und eine kluge Entscheidung in Bezug auf ihren kleinen Bastard", schlägt Matthias vor, nachdem auch er sich wieder gesetzt hat. „Ich kann mir vorstellen, welche Auswirkung es auf dich haben wird, erneut um deine Vaterschaft gebracht zu werden."

„Das also soll meine Motivation sein?", antwortet Heinrich, bemüht, sich nicht provozieren zu lassen.

„Ich denke, ich würde mich herabgesetzt fühlen, wenn die Frau, die ein Kind von mir erwartet, sich dagegen entschiede, es mit mir zusammen großzuziehen. – Und wenn die nächste Schwangere sich sogar dagegen entschiede, meinen Bastard auf die Welt zu bringen …" Matthias lässt den Satz unbeendet.

„Du weißt doch gar nicht, wovon du redest."

Sein Gast sieht Heinrich eine Weile stumm an.

„Wenn ein Mann zum zweiten Mal in seinem Leben um die Chance gebracht wird, sein Kind großzuziehen, kann ihn das – gerade einen Mann in deinem Alter, dem langsam die Chancen auf eine Vaterschaft ausgehen – natürlich gehörig aus der Bahn werfen."

„Eine sehr schöne Geschichte." Heinrich bemüht sich um eine gleichgültige Miene. Mit Ellas Vertrauensbruch – sie ist die Einzige, die dem Galeristen von Clara Weidler erzählt haben kann – hat er nicht gerechnet.

„Ja, nicht wahr?", stimmt ihm Matthias zu.

„Die dir aber niemand glauben wird, der mich kennt."

Wieder schweigt sein Gast ein paar Minuten lang. Sein nahezu nicht angerührtes Glas Whisky schwenkt er sanft in der linken Hand.

„Lass uns woanders weiterreden", schlägt er schließlich mit einem Blick auf Heinrichs elektronisches Equipment vor. „Ella hat mir so sehr von deinem Wohnzimmer vorgeschwärmt. Ich würde es gern sehen."

„Hast du Angst, hier wird unser Gespräch aufgenommen?"

Matthias zuckt mit den Schultern. „Da ich dir nichts tun will, hätte ich damit kein Problem. Ich möchte mich nur in Ruhe mit dir unterhalten und eine Lösung für ein gemeinsames Problem finden."

Heinrich erhebt sich und umrundet seinen Schreibtisch.

Auch sein Gast hat sich von seinem Sessel erhoben.

„Wie hast du es bei Meier gemacht?", fragt Heinrich, noch ehe sie das große Wohnzimmer erreicht haben. „Und warum? Warum musste Piraten-Meier sterben?"

„Er hat Selbstmord begangen, oder nicht? Tragisch. – Allerdings muss ich zugeben, dass mir sein Ableben ganz gelegen kam. – Trotzdem, ich habe mit seinem Tod nichts zu tun."

Das Wohnzimmer ist nicht beleuchtet, als sie es betreten. Heinrich schaltet die zwei Esstischlampen ein und dimmt sie sofort bis auf ein sehr sanftes Licht herunter. Außerhalb ihres Lichtscheins verschwindet der Großteil des weiteren Mobiliars im Dunkeln. Er bietet seinem Gast einen der Stühle am Esstisch an und setzt sich ihm genau gegenüber.

„Mit dem Tod von Mandy Schranz hast du ebenfalls nichts zu tun?", fragt er weiter.

„Die Frau kenne ich noch nicht einmal."

„Dann kannst du sie natürlich weder getötet noch ihr die Füße abgehackt haben. Aber wer außer dir, Matthias, sollte derartig Sinnloses tun?"

„Du, Heinrich, du bist es gewesen. Und ich verstehe, dass du deinem befreundeten Kriminalhauptkommissar einen anderen Verdächtigen präsentieren willst. Aber damit ist jetzt Schluss. Du musst aufhören, mich als Täter darzustellen. Ich bin es nicht gewesen."

„Und warum sollte ich es getan haben?"

„Beide haben dich bestohlen und betrogen. Mandy Schranz hatte auch noch die Frechheit, davonzulaufen, statt sich dir zu stellen. So zumindest habe ich es von Ella erfahren."

Matthias macht eine Pause und blickt mit einem herausfordernden Grinsen auf seinen Gastgeber. „Gemeinsam sind wir zu dem Schluss gekommen, dass du ein veritables Motiv hattest, ihnen etwas anzutun", bringt er seine Provokation zu Ende.

Irritiert verfolgt Heinrich Matthias' Ausführungen. Ihm wird klar, dass er bei seinen eigenen Schlussfolgerungen der letzten Tage einen Fehler gemacht hat. Matthias lügt nicht. Er hat Schranz und Meier nicht getötet. Aber wer war es dann? Und warum ist Matthias trotzdem zu ihm gekommen?

„Interessiert dich denn nicht viel dringlicher, welches Bild deine kleine Sprayerin auf dem Tetrapoden hinterlassen hat, bevor ich ihn dir weggenommen habe?", unterbricht der Galerist Heinrichs Gedanken.

„Nein."

Die Männer mustern sich abschätzend.

„Du gibst also zu, den Tetrapoden gestohlen zu haben?", nimmt Heinrich den Gesprächsfaden wieder auf. „Wo war Mave, als du ihn auf den Bagger geladen hast? Und wieso hat die Polizei die Fingerabdrücke von Piraten-Meier in dem Fahrzeug sichergestellt?"

„Ich habe der kleinen Sprayerin nichts getan", kommt es schnell von Matthias.

Das erste Mal an diesem Abend ist ein Zwischenton in seiner Stimme zu hören, der Heinrich das Gefühl gibt, einen wunden Punkt berührt zu haben.

„Wenn du es nicht warst, wer dann?", fragt er rasch nach.

„Wer sagt, dass ihr etwas passiert ist? Erst kämpft sie um ihren Tetrapoden wie eine Löwin ..." Matthias gibt ein unangenehmes kurzes Lachen von sich, das Heinrich die Haare im Nacken aufstellt. „... und dann läuft sie einfach davon. – Fast hätte sie mich meine Ehe gekostet."

Nur mit Mühe gelingt es Heinrich, äußerlich ruhig zu bleiben. In ihm brodelt es. Die wenigen Worte seines Gegenübers verstärken seine Befürchtung, Mave sei bei ihrem letzten Zusammentreffen mit dem Galeristen etwas zugestoßen.

„Sie hat also mitbekommen, dass du den Tetrapoden abtransportiert hast?", vergewissert er sich.

„Natürlich. Ich wollte ja auch nicht nur ihr Kunstwerk haben. Ich wollte sie. Sie und ihre Kunst. Sie und noch viele ihrer zukünftigen Werke. – Ist dir eigentlich klar, dass alles, was die

Kleine in der Nacht getan hat, nur passiert ist, weil sie Angst vor dir hatte?"

„Mave hat keinen Grund, Angst vor mir zu haben." Ganz bewusst entscheidet sich Heinrich, von Mave nicht in der Vergangenheitsform zu sprechen.

„Immerhin hat sie dich bestohlen, Heinrich. Genauso wie ich. – Aber im Gegensatz zu ihr fürchte ich mich nicht. – Im Gegenteil; du fürchtest dich vor mir. – Ich rieche deine Angst."

Wieder zwingt sich Heinrich, nicht auf Matthias' Provokation einzugehen.

„Was hast du geglaubt, was ich vorhabe, wenn du mich doch angeblich erwartet hast, Heinrich? Dachtest du wirklich, ich will dich töten? Warum sitzt du mir dann unbewaffnet gegenüber?"

Heinrich antwortet nicht.

„Ich bin hergekommen, weil ich es nicht länger zulassen kann, dass du mit deinen Verdächtigungen meinen Ruf zerstörst. Das muss dir doch klar sein." Der abschätzige Blick, den der Galerist ihm zuwirft, lässt keinen Zweifel daran, wie wenig er Heinrich mag.

„Dann reden wir, Matthias. Überzeuge mich davon, dass Mave lebt."

„Wahre Kunst stirbt nie. So wenig wie ihre Schöpfer." Erneut erklingt das sympathische Lachen des Galeristen. „Natürlich lebt die Kleine."

Wieder mustern sich beide stumm.

"Ich dachte eher daran, dich davon zu überzeugen, dass du nie mehr als zwei Tetrapoden besessen hast", unterbricht Matthias die Stille.

Heinrich reagiert nicht.

„Dafür helfe ich dir, deine geliebte Mave zu finden", setzt sein Besucher nach. „Ich glaube, ich weiß, wo sie sich aufhält."

„Mave ist eine Gefahr für dich und deinen Ruf, viel mehr als ich. Wenn du wüsstest, wo sie sich versteckt, hättest du sie längst aus dem Weg geräumt. – Nicht nur hier in Wenningstedt war sie Zeugin deines Raubzugs. Bereits in Hamburg beim Diebstahl des ‚Pferdebändigers' hat sie Martin und dich beobachtet."

Ein leichtes Hochziehen seiner Augenbrauen ist das einzige Anzeichen für die Überraschung des Galeristen.

„Sie hat alles in ihrem Skizzenblock festgehalten." Zufrieden trinkt Heinrich den letzten Schluck aus dem Glas, das er aus dem Arbeitszimmer mitgebracht hat. „Mave ist eine sehr begabte Zeichnerin, wie du sicher weißt."

Die Haltung des Galeristen hat sich verändert. Mit schräggelegtem Kopf sitzt er nun leicht vorgebeugt auf seinem Stuhl. „Ein Skizzenbuch, das sich in deinem Besitz befindet, Heinrich?"

„Sagen wir, es ist in Sicherheit vor dir." Von Maves Rucksack und den darin gefundenen Zeichnungen hat Ella ihrem Freund also nichts erzählt, denkt Heinrich dankbar.

„Martin und ich sind darin verewigt?"

„Unsterblich, wie du vorhin ausgeführt hast."

Heinrich kann Matthias ansehen, dass er die Tragweite der Neuigkeit abwägt. „In diesem Haus wirst du es nicht finden", fügt er hinzu.

Matthias schweigt weiter.

„Was ist mit Mandy Schranz passiert? Womit hatte sie es verdient, nach ihrem Tod verstümmelt zu werden?"

„Glaubst du, ich laufe durch die Gegend und hacke Menschen die Gliedmaßen ab, Heinrich?"

„Statuen auf jeden Fall, Matthias. Deshalb frage ich."

Der Galerist erhebt sich. Nur etwa einen guten Meter vor Heinrich stehend, sieht er auf ihn herab. „Ich hatte gehofft, wir könnten heute unseren Frieden miteinander machen."

Heinrich bricht in dröhnendes Lachen aus. „Unseren Frieden? Deshalb hast du heimlich mein Haus betreten und bis jetzt deine Handschuhe nicht abgelegt?"

Matthias sieht auf seine Hände herab. „Du hast recht, wem mache ich etwas vor?"

Mit einer schnellen, fließenden Bewegung zieht er einen Totschläger aus seiner vorderen, rechten Hosentasche und schleudert ihn gegen Heinrichs Kopf. Das bleibeschwerte Ende trifft den noch Sitzenden nur wenige Zentimeter über dem linken Auge und produziert ein hässliches Knirschen. Einen Schmerzensschrei ausstoßend, wird Heinrich ohnmächtig. Sein Kopf schlägt auf die Tischplatte, dann rutscht sein ganzer Körper auf den Boden und bleibt dort bewegungslos liegen.

Der Angriff auf seinen Freund passiert so schnell, dass Kriminalhauptkommissar Brunner nicht mehr rechtzeitig reagieren kann, um ihn zu verhindern. Als er mit seiner Dienstpistole in der Hand zu Matthias Belting läuft, ist Heinrich bereits ohnmächtig zusammengesunken.

„Lass sofort deine Waffe fallen", herrscht er den Galeristen unnötig laut an.

Erschrocken dreht Matthias sich zu ihm um und gehorcht. Mit einem dumpfen Geräusch schlägt die lederummantelte Bleikugel auf dem Holzfußboden auf.

„Du setzt dich jetzt hin und rührst dich nicht." An seine Dienstwaffe hat Brunner zwar gedacht, aber Handschellen hat er vergessen. Wie hätte es auch anders sein können, immerhin hat er Heinrichs Befürchtung, gefährlichen Besuch zu erhalten, nicht wirklich ernst genommen. „Falls du auch nur einen Finger rührst, schieße ich auf dich."

„Wie du meinst", antwortet ihm der Galerist, offenbar wenig beeindruckt, und legt beide Hände demonstrativ vor sich auf die Tischplatte.

Brunner umrundet eilig den Tisch. Neben Heinrich bleibt er stehen und beugt sich zu ihm hinab. Nur wenige Tropfen Blut sind sein Gesicht entlanggelaufen; sie beginnen bereits zu gerinnen. Ob sein Freund noch lebt, ist für Brunner nicht zu erkennen. Äußerst besorgt zieht er sein Diensthandy aus der Tasche. Noch bevor er den Notruf wählen kann, hört er Glas splittern. Den Bruchteil einer Sekunde später steht jemand dicht hinter ihm und hält ihm eine Pistole an die Schläfe.

„Ich bin sicher, dass ich schneller abgedrückt habe als du", zischt Martin Knoop in Brunners linkes Ohr. „Ganz langsam legst du jetzt die Waffe auf den Tisch und schiebst sie hinüber zu Matthias. Danach hebst du beide Hände weit über deinen Kopf."

Brunner gehorcht.

Die Waffe des Polizisten ist noch nicht einmal entsichert, wie Martin erstaunt feststellt, als sie vor seinem Ehemann auf der glänzenden Tischplatte liegen bleibt; ein leichter Gegner ist Brunner also. Dass Matthias sich damit von dem Kommissar hat überrumpeln lassen, ist mal wieder typisch für ihn.

„Und was habt ihr jetzt vor?", fragt Brunner, nachdem er auch noch sein Handy abgegeben hat. „Wollt ihr wirklich einen Polizisten töten?"

„Setz dich hin und halt den Mund", revanchiert sich Matthias für seine Schmach, bevor Martin etwas sagen kann. „Sonst könnten wir uns das überlegen." Noch während er redet, steht er von seinem Stuhl auf und hebt den Totschläger vom Boden auf.

„Was soll das?", herrscht Martin ihn an. „Warum hast du das Ding überhaupt mitgenommen?"

Verträumt grinsend, schlenkert sein Ehemann die Waffe an der Lederschlaufe. „Irgendwie muss ich gespürt haben, dass es heute endlich einmal zum Einsatz kommen kann. Erstaunlich, welchen Effekt so ein kleines Bleigewicht hat."

„Ist dir eigentlich klar, in welche Situation du uns gebracht hast?"

„Immer bin ich an allem schuld", kommt es beleidigt von Matthias.

„Hast du mir nicht erzählt, du könntest Heinrich dazu bringen, uns den dritten Tetrapoden zu überlassen?"

„Er weiß von dem ‚Pferdebändiger'."

Eine Sekunde lang versucht Martin sich selbst davon zu überzeugen, dass er sich verhört hatte. Schließlich gibt er auf. „Das ist unmöglich; was hast du ihm erzählt?", fragt er vorwurfsvoll.

„Ich brauchte ihm nichts zu sagen. Die Kleine hat uns beobachtet. – Mave hat ein Skizzenheft geführt und uns darin verewigt. – Erinnerst du dich, dass die Hinweistafel neben der Skulptur frisch ‚getagt' war? Das war ihr ‚tag'. Sie hatte es wahrscheinlich gerade erst gesprayt."

„Hast du das Skizzenheft gesehen?"

Matthias schüttelt den Kopf. „Aber Heinrich behauptet, es zu besitzen."

„Glaubst du ihm?"

„Woher sonst soll er vom ‚Pferdebändiger' wissen?"

„Weiß er auch vom Denghoog?"

„Den hat er nicht erwähnt."

Martin dreht die Lichtstärke der Esstischlampen kurz hoch, sieht sich sorgfältig im hell erleuchteten Raum um und dimmt das Licht danach wieder auf die ursprüngliche Helligkeit herab. „Nachdem jetzt alle aus ihrer Deckung herausgekommen sind, sollten wir vielleicht gemeinsam versuchen, eine Lösung zu finden."

Matthias greift nach Brunners Pistole, die immer noch vor ihm auf dem Tisch liegt. „Die besseren Argumente haben auf jeden Fall wir."

Leises Stöhnen dringt in Heinrich Nissens Bewusstsein. Stöhnen, das nur in seinem Inneren wahrzunehmen ist. Allmählich scheint er wieder zu sich zu kommen, aber als er den Arm heben und nach seinem Kopf tasten will, kann er sich nicht bewegen.

Den Mann, der auf Socken neben ihn getreten ist, bemerkt Heinrich erst, als dieser sich zu ihm herabbeugt. Das leichte Zusammenzucken, als zwei behandschuhte Finger kalt an seinen Hals gelegt werden, schickt Wellen von Schmerz durch seinen Kopf. Konzentriert bemüht er sich, langsam und flach zu atmen.

Ein zufriedenes Brummeln verrät Heinrich, dass es Martin Knoop ist, der sich über ihn gebeugt und seinen Puls ertastet hat.

„Du kannst mir nichts vormachen, Heinrich", erklingt es leise nur etwa einen halben Meter über seinem rechten Ohr. „Ich bin ausgebildeter Rettungssanitäter. Ich weiß, dass du wach bist."

Heinrich öffnet die Lider und blickt in zwei harte, graugrüne Augen. Mühsam richtet er seinen Oberkörper auf, eine weitere Explosion verschafft sich Raum in seinem Kopf. Das Wohnzimmer um ihn herum dreht sich.

Martin steht nun mit gespreizten Beinen vor ihm. „Schaffst du es allein?"

Das Nicken, mit dem Heinrich antwortet, bestraft ihn mit einem erneuten schmerzhaften Blitz, der über dem linken Auge beginnt und sich durch seine gesamte linke Kopfhälfte zieht.

‚Im Moment bin ich nicht in der Verfassung, mich erfolgreich gegen Martin zu wehren', geht ihm durch den Kopf. ‚Wenn sich daran nichts ändert, werde ich sterben und Brunner mit mir reißen.'

Wut macht sich in Heinrich breit. Wut auf seinen Angreifer und Wut auf sich selbst und seine Leichtfertigkeit. Er schließt kurz beide Augen, dann reicht er dem Galeristen die rechte Hand und lässt sich von ihm zurück auf den Stuhl helfen.

‚Martin ist gut trainiert', stellt er dabei fest. ‚In meinem jetzigen Zustand kann er mich durch einen einzigen Schlag mit der hohlen Hand töten.'

Heinrich hasst sich für diese Erkenntnis, aber sie ist notwendig. Wenn er schon sterben muss, dann will er die beiden Galeristen nicht ungerichtet zurücklassen. Er muss Zeit gewinnen. Er will die Gelegenheit bekommen, sich ausreichend von Matthias' Schlag zu erholen.

Heinrich setzt sich aufrecht hin, den Rücken fest an die Stuhllehne gedrückt. Die linke Seite seines Kopfes, seine Schläfe, sein Gesicht, alles schmerzt. Das Blut pocht nahezu unerträglich in seinen Adern und ein paar Stellen der Haut seiner linken Gesichtshälfte fühlen sich an, als wären sie mit Kleister verklebt. Vorsichtig öffnet er sein rechtes Auge. Neben ihm am Tisch sitzt Brunner, ihn wort- und bewegungslos musternd.

Martin setzt sich ihm gegenüber, eine Schusswaffe auf den Kriminalpolizisten gerichtet. Eine weitere Pistole befindet sich in Matthias' Hand. Ein Handy und ein Stemmeisen liegen zwischen den beiden Galeristen am Rand der Tischplatte, außerhalb von Heinrichs Reichweite.

Als Matthias ihn niedergeschlagen hat, war Martin noch nicht im Haus, erinnert sich Heinrich. Und Brunner saß noch im Dunkeln und wartete auf seinen Einsatz. Offenbar hat nicht nur er selbst Matthias unterschätzt und sich von ihm überrumpeln lassen. Auch Brunner hat einen Fehler gemacht, sonst säßen sie jetzt nicht beide wehrlos zwei gewalttätigen Männern mit Pistolen gegenüber. Diesen Fehler dürfen sie kein zweites Mal machen, sonst werden sie den Tag nicht überleben.

Nur mühsam schafft Heinrich es, auch das linke Auge zu öffnen und die Galeristen mit beiden Augen zu fixieren.

„Du bist der Mörder von Meier und Schranz", sagt er so deutlich zu Martin, wie es ihm möglich ist. „Du hast hinter Matthias aufgeräumt."

„Wie ich es immer tue", bestätigt dieser. „Auch jetzt."

Matthias' Lächeln verschwindet. Düster schaut er seinen Ehemann von der Seite an, während dieser, auf die Tischplatte gestützt, Heinrichs Gesicht aus der Nähe mustert.

„Da ist etwas gebrochen." Martin setzt sich wieder. „Das solltest du dringend kühlen, Heinrich. Sonst ist dein Auge in ein paar Minuten vollständig zugeschwollen."

Martins hässliches, kurzes Auflachen lässt Heinrich unwillkürlich zusammenzucken. Er weiß, dass der Galerist mit seiner Einschätzung recht hat: Der Hieb mit dem Totschläger ist nicht ohne zerstörerische Folgen geblieben. Übelkeit durchflutet sein Bewusstsein bei der Erinnerung an das Knirschen des gebrochenen Knochens. Übelkeit und Schmerz versuchen seine Gedanken zu bestimmen, aber er darf das nicht zulassen. Um eine Chance gegen die beiden Eindringlinge zu haben, muss er einen klaren Kopf bekommen. Er muss alles außer seinem Überlebenswillen ausblenden.

„Also kein Selbstmord mehr?", fragt er, um Zeit zu gewinnen. „Werde ich jetzt das Opfer eines Einbruchs?" Seine Aussprache der wenigen Worte klingt sogar für ihn selbst verwaschen, fast lallend.

„Immer noch willst du die Situation kontrollieren, nicht wahr?" Martin grinst ihn böse an. „Ja, ich habe entschieden, ein wenig zu variieren. Da ich langsam Übung darin bekomme, jemandem den richtigen Weg zu weisen, fängt es sogar an, Spaß zu machen. – Ihr beiden werdet von Einbrechern erschlagen. Einen Doppelselbstmord würde mir niemand abnehmen."

Ein Blick auf Matthias macht Heinrich klar, welche Gedanken gerade durch dessen Kopf schießen. Was als Spiel begonnen hat, scheint Ernst zu werden. Was ein Streich werden sollte, entwickelt sich zu einem Kapitalverbrechen.

Aus dem Augenwinkel heraus nimmt Heinrich wahr, wie Brunner einen Impuls unterdrückt, aufzuspringen, „Warte", flüstert er ihm kaum hörbar zu. „Wir bekommen noch eine bessere Chance." Ob der Kommissar ihn verstanden hat, kann Heinrich nicht erkennen.

„Hat er recht?" fragt Matthias verzweifelt seinen Ehemann. „Bist du es gewesen? Hast du die beiden getötet?"

„Mit deinem unbedachten Tetrapodendiebstahl hast du mir ja keine Wahl gelassen. Bei dem Chaos, das du angerichtet hast, musste ich etwas unternehmen."

Matthias rutscht mit seinem Stuhl etwas zur Seite; eine rein symbolische Geste. Zu Martins Vorwurf sagt er kein Wort.

„Warum Mandy Schranz?", schafft es Heinrich halbwegs verständlich von sich zu geben.

Sein linkes Auge ist mittlerweile vollständig zugeschwollen und auch darunter scheint sich Blut im Gewebe zu sammeln. Sein Gesicht pocht. Sein Kopf schmerzt.

„Hieß sie so?", fragt Martin gleichgültig. „Nachdem ich Matthias zur Promenade geschickt hatte, um sein dort abgestelltes Fahrrad wieder zurückzuholen, ist diese Frau erschienen. Sie hat Fotos von der Grube gemacht. Darauf angesprochen, hat sie mir erklärt, alles gesehen zu haben und zur Polizei gehen zu wollen. Ich musste sie daran hindern, unser Leben zu zerstören."

„Und warum die Füße?" Für Matthias sind die Erklärungen seines Ehemanns offenbar ebenso neu wie für Heinrich. „Warum hast du ihr zwei Tage später die Füße abgehackt?"

„Das hat Bernhard Meier getan", kommt die Antwort von Brunner. „Er wollte seiner Drohung gegen dich, Matthias, etwas mehr Gewicht verleihen. – Dass er nicht der jungen Sprayerin, sondern seiner geliebten Mandy die Füße abgehackt hat, hat ihn fast in den Wahnsinn getrieben."

„Dann hat er wirklich Selbstmord begangen." Matthias' Stimme klingt fast hoffnungsvoll.

„Nein", widerspricht ihm Brunner ungerührt. „Die Menge an Medikamenten und Alkohol, die in seinem Magen und Blut gefunden wurden, hätten für seinen Tod nicht ausgereicht."

Martin lässt erneut sein hässliches, kurzes Lachen hören. „Aber nahe dran war er. Viel musste ich nicht mehr nachhelfen. Nur eine kleine Dosis Insulin hat ausgereicht, Fakten zu schaffen."

„Du bist ein Monster", kommt es entsetzt von Matthias. „Mein Mann ist ein Monster und ich habe nichts davon gemerkt."

Als er aufspringen will, schreit ihn Martin an, sitzen zu bleiben. Matthias gehorcht.

„Du hast das alles doch verursacht, mein Lieber", setzt Martin nach ein paar Sekunden mit unangenehm süßer, sanfter Stimme nach. „Du mit deinem Leichtsinn und deinem Hang zu schwer verkäuflicher Kunst."

„Ich wollte ihn doch bezahlen. Es gab keinen Grund, ihm etwas anzutun. Bestimmt hätte er sich mit den zehntausend Euro zufriedengegeben, die ich für ihn abgehoben habe."

„Ich weiß, dass du unsere Konten geplündert hast. Was glaubst du, woher ich sonst erfahren hätte, dass eine Geldübergabe bevorsteht." Der Blick, den Martin seinem Ehemann zuwirft, ist herablassend. „Wie sah dein Plan aus, falls deinem dreisten Erpresser die Summe nicht genug gewesen wäre? Sollten wir uns den Rest unseres Lebens vor einem jämmerlichen Versager fürchten?"

„Warum Mave?", schafft es Heinrich, halbwegs verständlich zu fragen. „Was hat sie falsch gemacht?"

„Sie hat uns erkannt", antwortet Martin und lächelt ihn eiskalt an. „Du hattest mit deiner Vermutung absolut recht. Während die kleine Sprayerin auf die Rückkehr von Matthias gewartet hat, ist ihr eingefallen, wo sie uns zuvor begegnet war. In Hamburg. Beim ‚Pferdebändiger'. – Auch bei ihr wollte ich kein Risiko eingehen."

Martins Worte zerstören das letzte Stück Hoffnung, das Heinrich bezüglich Mave noch gehegt hat.

‚Die Kleine hat nie die Insel verlassen', denkt er und wird wieder wütend. ‚Seit vier Wochen ist sie tot und noch nicht einmal ich habe ernsthaft nach ihr gesucht. Wahrscheinlich liegt sie zusammen mit ihrem letzten Kunstwerk unter dem Rollrasen am Dorfteich begraben.'

Nur mit Mühe unterdrückt er jede Regung. Immer noch sitzt Martin mit gezückter Waffe ihm und Brunner gegenüber am Tisch und lässt sie keinen Moment aus den Augen.

‚Ich bin ein unfähiger Blender, ein gemeingefährlicher Idiot', denkt Kriminalhauptkommissar Brunner, während er den Worten des Galeristen folgt. ‚Heinrich wäre ein weit besserer Polizist als ich.'

Sein Freund hat sich zwar in der Person des wahren Verantwortlichen geirrt, aber sein Verdacht gegen Ellas Hamburger Freunde war absolut berechtigt. Er hätte ihm glauben müssen, egal welche Differenzen sie sonst hatten. Viel früher hätte er ihn unterstützen und ernsthaft gegen die beiden Galeristen ermitteln müssen, dann wären sie nie in diesen Hinterhalt geraten. Und Heinrich wäre jetzt nicht schwer verletzt.

Ella ist schuld.

Nein, natürlich ist es nicht Ellas Schuld. Ihre Affäre mit Heinrich und ihre Freundschaft mit Martin und Matthias hätten einen guten Polizisten niemals derartig in die Irre getrieben. Nur er lässt sich von Derartigem beirren.

Wenigstens jetzt muss er handeln. Worauf soll er noch warten? Es kann nicht mehr lange dauern, bis die beiden Galeristen ihren Worten Taten folgen lassen. Und dann sind Heinrich und er selbst tot.

Brunner will nicht sterben. Er schließt die Augen und versucht sich alles ins Gedächtnis zurückzurufen, das er jemals in der Polizeischule gelernt hat. An eine erfolgsversprechende Verteidigungsstrategie gegen zwei Pistolen, die auf ihn gerichtet sind, kann er sich nicht erinnern.

Kurz bevor er sich auf seine beiden Gegner stürzen kann, klingelt es an der Eingangstür. Matthias zuckt sichtbar zusammen, während Martin ganz ruhig bleibt und zu überlegen scheint.

Es klingelt ein zweites Mal.

„Erwartest du jemanden", zischt Brunner leise zu Heinrich.
„Nein."

Es klingelt ein drittes Mal.

„Du hältst die beiden in Schach, während ich zur Haustür gehe", befiehlt Martin seinem Ehemann. Dann steht er auf und verlässt den Raum.

Dass sie bei ihrem überstürzten Auszug vergessen hat, ihrem Gastgeber den Türschlüssel zurückzugeben, ist Ella Wessel erst beim Auspacken ihrer Taschen in Hamburg aufgefallen. Über eine Woche hat der Schlüssel auf dem Grund ihrer Handtasche gelegen, bevor sie ihn entdeckt hat.

Natürlich hätte sie den Schlüssel einfach in ein Kuvert legen und an Heinrich schicken können, aber nun steht sie vor seiner Haustür und drückt bereits zum zweiten und auch zum dritten Mal auf den Klingelknopf.

Vor dem Haus parkt der Mercedes SUV des Hausherrn, aber im Inneren des Hauses rührt sich nichts. Ella ist davon überzeugt, dass Heinrich daheim sein muss, denn unterwegs ist er ihres Wissens nie ohne eigenen Wagen.

Sie zögert kurz, dann steckt sie den Hausschlüssel ins Schloss und öffnet die Tür. Vorsichtig tritt sie ein. Das Haus ist fast vollständig dunkel; dunkler, als sie es während ihres Aufenthalts bei Heinrich je erlebt hat.

Sie ahnt, dass etwas nicht stimmt. Und sie hätte gewarnt sein können. Aber so schnell verarbeitet ihr Gehirn die unerwarteten Informationen nicht. Genau in dem Moment, in dem sie die Tür hinter sich schließen will, stürzt sich ein kräftiger Mann auf sie und bringt sie zu Fall. Auf dem Boden liegend erkennt Ella, dass Martin Knoop über ihr kniet.

„Was ist hier los?", fragt sie irritiert, aber nicht ängstlich. „Was machst du in Heinrichs Haus? Und wen hast du erwartet, den du gewaltsam überwältigen musst?"

Martin sieht sie ebenfalls überrascht an.

„Dich habe ich auf jeden Fall nicht erwartet, Ella", antwortet er und hilft ihr hoch.

Leise schiebt er die Haustür ins Schloss.

Die kleine, dunkelgekleidete Gestalt, die nahezu bewegungslos neben dem grünen Geländewagen steht, atmet erleichtert auf, als sich die Haustür leise hinter der eleganten Dame schließt. Sie kennt die Frau, sie hat sie oft hier beobachtet. Seit ein paar Wochen ist die namenlose Besucherin Heinrichs Geliebte, da ist sich Mave sicher. Auch wenn sie seit ein paar Tagen nicht mehr in Morsum wohnt, können die beiden immer noch zusammen sein.

Die elegante Dame ist der Grund, weshalb Mave sich nach ihrer Flucht aus dem Haus der Galeristen nicht bei Heinrich gemeldet hat. Das erste Mal, dass sie die Frau gesehen hat, war vor Heinrichs Restaurant in Wenningstedt. Damals erschien sie am Arm des riesenhaften Galeristen. Und ihm will Mave nie wieder begegnen.

Heinrichs Geliebte hätte sie entdecken können, als sie mit dem Taxi vor dem Haus vorfuhr. Nur wenige Meter haben sie und Mave voneinander getrennt, als sie den Wagen verließ. Heinrich scheint sie nicht erwartet zu haben; keine der Außenlampen erleuchtet die Vorfahrt und auf das Klingeln seiner Geliebten hat der Hausherr nicht reagiert. Stattdessen hat die Unbekannte mit einem Schlüssel selbst die Haustür geöffnet. Und immer noch ist der Eingangsbereich des Hauses dunkel.

Irgendetwas ist nicht normal an diesem Abend. Mave weiß mittlerweile, welche Gewohnheiten Heinrich hat. Stromsparen gehört nicht dazu.

Seit ihrer Flucht aus dem Haus der beiden Galeristen übernachtet Mave in dem alten Schuppen, der neben Heinrichs Wohnhaus stehen geblieben ist. Kälte und Dreck machen ihr dabei weniger zu schaffen als ihre Angst, von jemandem entdeckt zu werden. Sonntags steht ihr für einige Stunden das

Wohnhaus zur Verfügung. An Sonntagen ist weder Heinrichs Haushälterin noch irgendeine Putzkraft anwesend. Sonntags kann Mave davon ausgehen, dass sich niemand im Haus befindet, sobald Heinrichs Wagen weg ist. Dann schleicht sie sich hinein, wäscht sich, wärmt sich auf und nimmt ein paar Dinge aus dem Kühlschrank oder der Speisekammer, deren Fehlen niemandem auffallen wird.

In das Reihenhaus nach Hörnum will sie nicht zurückkehren. Die Insel verlassen, kann sie auch nicht. Noch nicht. Zuerst muss sie den Mut aufbringen, mit Heinrich zu sprechen. Es gibt ein paar Fragen, die sie ihm beantworten will. Vor allem ihren Diebstahl der zweihundert Euro und den Verbleib seines Tetrapoden möchte sie ihm erklären.

Die Dunkelheit im und rund um das Haus beunruhigt Mave. Sonst ist es nie derartig dunkel, während Heinrich zuhause ist. Irgendetwas stimmt an diesem Abend nicht.

Aus dem Dämmerlicht des Wohnzimmers hört Ella Wessel die Stimme ihres Freundes. „Ella, du darfst nicht hier sein", ruft Matthias eindringlich. „Geh wieder. Bitte. Ich melde mich morgen bei dir und erkläre dir alles. – Aber bitte, geh sofort wieder weg."

„Eine schöne Idee, die mein Ehemann da äußert", erwidert Martin in sarkastischem Ton. „Aber zum Weggehen ist es leider zu spät."

Mit einer fließenden, schnellen Bewegung packt er Ella und zerrt sie an ihrem rechten Arm von der Tür weg. Gleichzeitig hebt er seine rechte Hand und zeigt ihr die Waffe, die er damit festhält.

„Wenn du keine Bekanntschaft hiermit machen möchtest, setzt du dich schön brav zu uns und schweigst, bis ich dich etwas frage", herrscht er sie an. „Haben wir uns verstanden?"

„Martin!" Äußerste Entrüstung liegt in Matthias' Ausruf.

Sein Ehemann achtet nicht auf ihn.

„Gib mir deine Handtasche," schreit er, lässt Ellas Arm los und zerrt ihr die Tasche aus der Hand.

Ella spürt einen Stoß gegen ihren Rücken und stolpert in Richtung Wohnzimmer.

„Setz dich neben deinen Bruder und halt den Mund. Ich will kein Wort von dir hören. – Und du, Matthias, schweigst am besten auch. Pass einfach auf, dass niemand Unsinn macht."

Hilflos verfolgt Heinrich Nissen den erfolglosen Versuch des leptosomen Galeristen, seinen Ehemann davon zu überzeugen, Ella gehen zu lassen.

‚Eine völlig unsinnige Aktion', denkt er, bevor sie misslingt.

Matthias' Intervention konnte keinen Erfolg haben, da Martin jeden Zeugen seiner Verbrechen beseitigen will. Ella, Brunner und er selbst sind dem Tode geweiht, wenn er es nicht schafft, etwas dagegen zu unternehmen.

Martin hat sich wieder Heinrich gegenüber an den Tisch gesetzt. Kritisch mustert er ihn und hebt seine Pistole etwas an. Er scheint zu ahnen, was Heinrich denkt.

„Nachdem wir jetzt endlich vollständig sind, schlage ich vor, dass wir auf das Skizzenheft der kleinen Sprayerin zurückkommen", ergreift Martin erneut in sanftem Ton das Wort.

„Lass Ella gehen", fordert Heinrich. „Solange sie hier ist, werde ich nichts sagen."

„Bist du dir sicher?" Der Galerist hebt seine Pistole noch etwas weiter an und zielt auf Heinrichs Brust.

„Martin, das kannst du doch nicht ernst meinen", kommt es erschrocken von Ella. „Brunner, tu etwas."

In der Sekunde, in der sie den Namen ihres Bruders ausspricht, fällt ein Schuss. Brunner schreit auf und schräg hinter ihm splittert die Scheibe eines gerahmten Bildes in tausend Scherben. Blut quillt aus dem rechten Oberarm des Kriminalpolizisten.

„So können wir das Spiel auch spielen", kommentiert Martin sardonisch lächelnd seinen Schuss. „Eine gute Anregung von dir, Ella. Das bringt Heinrich sicher deutlich schneller zum Reden als jede Gewalt, die ich ihm selbst antun könnte."

„Du bist wahnsinnig, Martin", kommt es stöhnend von Brunner. „Matthias, willst du wirklich zusammen mit ihm ins Gefängnis gehen?"

„Das wird er sowieso tun, wenn ich auch nur einen von euch laufen lasse", erwidert Martin. „Wage es ja nicht, die Seiten zu wechseln", droht er, an Matthias gewandt.

„Du bist ein Feigling, Martin Knoop." Heinrich speit seine Worte heraus, ohne sich vorher Gedanken über die Konsequenzen zu machen. „Wenn du etwas von mir willst, dann hab wenigstens den Mut, dich direkt an mich zu wenden."

„Wenn dir der Onkel deines ungeborenen Kindes nicht direkt genug ist, kann ich den nächsten Schuss auch auf die werdende Mutter abgeben. Und bei ihr werde ich nicht auf den Arm zielen."

Knoop ist aufgestanden. Der Lauf der Pistole zeigt nun auf den Rumpf von Ella.

„Lass sie gehen. Dann gebe ich dir das Skizzenheft."

Heinrich weiß, dass Martin sich auf dieses Geschäft nicht einlassen kann. Aber jede Minute, die er gewinnt, erhöht seine Chance, sich ausreichend zu erholen, um Gegenwehr leisten zu können.

„Darüber muss ich nachdenken." Martins hässliches, kurzes Lachen ertönt. „Nein, daraus wird nichts. Aber ich gebe dir noch genau drei Sekunden Bedenkzeit. – Eins, zwei, …"

„Es ist im Safe", unterbricht ihn Heinrich. „In meinem Arbeitszimmer."

Nachdenklich mustert Martin ihn. „Bist du dir ganz sicher?", fragt er. „Es könnte das Leben deines ungeborenen Kindes davon abhängen."

Heinrich nickt vorsichtig und wird erneut mit einem Blitz aus grellem Licht und rasendem Schmerz bestraft.

„In zwei Minuten bist du wieder hier am Tisch", fordert Martin und macht mit seiner Pistole eine Geste in Richtung Zimmertür. „Zusammen mit dem Skizzenheft. – Und du kannst dir denken, was passiert, falls du etwas tust, das mir nicht gefällt."

Heinrich erhebt sich vorsichtig und stöhnt laut auf vor Schmerz. Eine Sekunde lang muss er sich an der Stuhllehne festhalten, um nicht erneut ohnmächtig zu werden. Schritt für Schritt schleppt er sich zum Arbeitszimmer. Noch bevor er seinen Schreibtisch und den dahinterstehenden Aktenschrank mit dem eingebauten Safe erreicht hat, klingelt es erneut an der Haustür.

Das unerwartete Geräusch scheint alle am Tisch zu lähmen. Auch Ella Wessel traut sich weder etwas zu sagen noch sich zu bewegen. Auf das erste Klingeln folgt ein zweites, dann lautes, anhaltendes Klopfen.

„Verdammt", flucht Martin. „Fehlt noch jemand in unserer illustren Runde?"

Niemand antwortet.

Martin umrundet den Tisch und bleibt neben Ella stehen. „Du kommst mit", fordert er sie auf und zerrt grob an ihrem rechten Arm.

Gemeinsam verlassen sie das Wohnzimmer und bleiben zwei Schritte vor der Haustür stehen.

„Wer ist es", fragt Martin und stößt Ella zur Tür. „Sieh durch den Spion."

Vor der Tür ist es dunkel. Es klingelt erneut und Ella glaubt, in dem kleinen dunklen Wesen, das die linke Hand hebt, um zum wiederholten Mal gegen die Tür zu klopfen, die von Heinrich für tot gehaltene Sprayerin zu erkennen.

„Ich glaube, es ist nur die Nachbarin." Alles in Ella schreit danach, Mave nicht ins Haus zu lassen. „Wenn wir nicht öffnen, geht sie bestimmt gleich wieder weg."

Martin scheint ihr nicht zu glauben. „Mach auf und sorg dafür, dass sie reinkommt", zischt er.

„Nein. – Wie viele Menschen möchtest du noch töten?"

Mit einer heftigen Armbewegung stößt Martin Ella zur Seite. Er reißt die Haustür auf und zerrt die junge Frau von draußen ins Haus.

Es ist tatsächlich Mave, wie Ella sofort erkennt. Die junge Frau scheint mit einem vergleichbaren Angriff gerechnet zu haben. Blitzschnell hebt sie ihre rechte Hand an und ein Zischen ist zu hören. Weiße Farbspritzer machen sich in Martins Gesicht breit. Weiße Farbe fließt seine Jacke herab.

Martin schreit und fuchtelt bei geschlossenen Augen mit seiner Pistole herum. Ella schafft es gerade noch, Mave aus seiner Reichweite zu ziehen, bevor die schwere Waffe sie treffen kann.

Heinrich Nissen hat die Szene an der Haustür beobachtet und kann kaum glauben, was er gerade erfahren hat: Mave ist nicht tot. Die Kleine lebt und versucht, ihm und allen anderen im Haus das Leben zu retten. Aber ohne seine Unterstützung kann es ihr nicht gelingen, den rücksichtslosen Mörder zu überwältigen. Martin hält immer noch eine Schusswaffe in seiner Hand und Mave besitzt lediglich eine Spraydose zu ihrer Verteidigung.

Wenn Heinrich sich selbst vielleicht nicht retten kann, so muss es ihm wenigstens gelingen, Mave vor dem Zugriff des mörderischen Galeristen zu bewahren. Mave und Ella. Beide stehen immer noch viel zu nah bei dem Verrückten. Aber beide befinden sich damit auch direkt an der Eingangstür und haben so die beste Chance, sich in Sicherheit zu bringen. Ella ist klug. Sie wird wissen, wie sie zu reagieren hat, sobald er Martin angreift. Ella und Mave werden lebendig aus seinem Haus herauskommen, wenn er jetzt sofort gegen ihren Angreifer vorgeht.

Den Schmerz in seinem Kopf ausblendend, rennt Heinrich aus seinem Arbeitszimmer auf Martin zu. Die weiße Sprühfarbe im Gesicht des Galeristen scheint ihn nicht vollständig blind gemacht zu haben; mit einer abrupten Bewegung dreht er sich zu Heinrich um. Den Bruchteil einer Sekunde scheint es fast, als blickten sie sich tief in die Augen, dann hebt Martin die Pistole an und zielt auf seinen Angreifer.

Laut schallt der Knall eines Schusses durch die Eingangshalle.

‚Ich werde mein Kind nie in meinen Armen halten', ist der letzte Gedanke, der Heinrich durch den Kopf geht, bevor er die Besinnung verliert, stolpert und auf dem kalten Fliesenboden aufschlägt.

Wie gelähmt steht Matthias Belting im Türrahmen des Wohnzimmers und hält die Dienstpistole von Kriminalhauptkommissar Brunner in seiner rechten Hand. Vor ihm im Eingangsbereich von Heinrichs Zuhause liegt sein Ehemann. Seine Beine zucken, Blut rinnt ihm aus dem Mund. Matthias weiß nicht, wo die Kugel Martin getroffen hat, aber dass sie ihn ernsthaft verletzt hat, ist deutlich zu sehen.

Martin ist zu weit gegangen. In vielem ist er zu weit gegangen. Nicht nur darin, fast alle Anwesenden töten zu wollen.

Matthias weiß, dass er richtig gehandelt hat, aber dennoch ist er unfähig, zu entscheiden, was er als nächstes tun soll.

Laut scheppernd fällt die Pistole vor ihm auf den Boden.

Epilog

Drei Tage später

MORSUM – ABEND

„Du weißt sicher, dass es besser für dich und beruhigender für mich wäre, wenn du für ein paar weitere Tage ins Krankenhaus zurückkehrtest."

Heinrich Nissen saß bequem in einem der Sessel der kleinen Bibliothek, den Kopf ans weiche Polster gelehnt, die Füße auf einen Schemel gelegt. Zufrieden, wieder im eigenen Heim zu sein, starrte er ins Feuer des Kachelofens und ignorierte den Vorwurf seines Freundes. Den kritischen Blick auf die beiden Bierflaschen, die auf dem kleinen Tischchen zwischen ihnen standen, ahnte er mehr, als dass er ihn sah.

„Und das ist ganz bestimmt nicht die Medizin gegen deine Kopfschmerzen, die dir die Ärzte verschrieben haben", setzte Brunner seine Rede fort.

„Du wirst damit klarkommen müssen", war die einzige Antwort, die er seinem Freund gönnte. „Mein Kopf sagt mir schon, was ihm guttut und was nicht."

Drei Nächte und zwei Tage hatte Heinrich im Krankenhaus ausgehalten. Nichtselbstbestimmte Zeit, während der er so viele medizinische Untersuchungen über sich hatte ergehen lassen, wie in seinem ganzen bisherigen Leben nicht. Am dritten Tag schließlich hatte ihm der Oberarzt mitgeteilt, dass sein ungeduldiger Patient Glück im Unglück habe. Seine Stirnbeinfraktur und alle damit verbundenen Verletzungen könnten ohne Operation heilen, solange er sich ausreichend schone und den ärztlichen Empfehlungen Folge leiste. Das Ärzteteam wünsche, Heinrich noch etwa eine Woche zur Beobachtung auf der Station zu behalten, dann könne man ihn guten Gewissens in die Hände einer ausgebildeten Pflegerin nach Hause entlassen.

Nach dieser beruhigenden Information hatte es keine Stunde gedauert, bis Heinrich sich selbst entlassen hatte. Marlene und Tamme Abelung hatten bereits vor der Klinik gewartet, während er sich noch bei den Pflegekräften der Station mit großzügigen Trinkgeldern für sein anstrengendes Benehmen der letzten Tage entschuldigte. Zusammen mit Brunner, der seinen rechten Arm in einer Schlinge vor der Brust trug, hatte er das Krankenhaus verlassen.

Die Schusswunde von Kriminalhauptkommissar Brunner war ein glatter Durchschuss. Die Kugel hatte knapp den Oberarmknochen verfehlt und keine größeren Blutgefäße durchtrennt. Dass die Ärzte ihn für drei Nächte im Krankenhaus behielten, verdankte er mehr seinem körperlichen Gesamtzustand als der eigentlichen Wunde. Der Stress der Situation, die Sorge um seine Schwester und seinen Freund und die Scham über sein selbstempfundenes Versagen hatten Brunners Blutdruck in derartige Höhen steigen lassen, dass die Ärzte ihn nach der Versorgung seiner Wunde nicht hatten gehen lassen.

Noch immer fiel es dem Kriminalkommissar schwer, an den Abend zurückzudenken, an dem er durch seine Unprofessionalität fast den Tod der beiden Menschen verursacht hätte, die ihm die Wichtigsten waren. Und natürlich auch seinen eigenen Tod, aber das fiel nicht so sehr ins Gewicht. Nur dem Mut der jungen Ausreißerin verdankten sie es, dass Martin Knoop seinen Plan, alle Zeugen seiner Verbrechen zu töten, nicht hatte umsetzen können.

Der mörderische Galerist würde nie wieder etwas planen. Und noch weniger würde er jemals wieder etwas umsetzen. Der Schuss seines Ehemanns war tödlich gewesen. Der Notarzt hatte noch nicht einmal mehr versucht, Martin Knoop wiederzubeleben. Heinrich und Brunner hatten ihm ausreichend Arbeit beschert.

Matthias Belting war nach seiner umfangreichen Aussage auf der Polizeistation in sein Haus in Wenningstedt zurückgekehrt. Dort harrte er nun, mit Ella und Mave an seiner Seite, der nächsten Schritte. Fluchtgefahr, so hatte Brunner entschieden, bestand nicht. Wahrscheinlich würde Matthias mit einem milden Urteil wegen seiner Kunstdiebstähle davonkommen; Heinrich zumindest hatte keine Anzeige gegen ihn erstattet.

„Geht es ihr gut?", unterbrach sein Freund und Gastgeber Brunners Gedanken.

„Ella?", erkundigte er sich zur Sicherheit, auch wenn er schon den ganzen Abend auf diese Frage gewartet hatte.

Ein leises Schnauben war Heinrichs einzige Antwort.

„Ja, sie hat den Abend gut überstanden. – Und Mave auch, falls du das als nächstes fragen wolltest."

Stille trat ein.

Brunner wusste genau, dass er Heinrichs Frage damit noch nicht ausreichend beantwortet hatte. „Ihr müsst miteinander reden", sagte er leise.

„Ich weiß."

HINTERGRUNDINFORMATIONEN

Fast alle Personen, Orte und Ereignisse in diesem Roman sind frei erfunden. Eine Inspiration durch Sylter Gegebenheiten und Originale kann allerdings nicht ausgeschlossen werden.

Ausnahmen sind:

Der Pferdebändiger in Hamburg-Rahlstedt

Die in diesem Buch erwähnte Bronzeskulptur ‚Pferdebändiger' entstammt nicht der Fantasie der Autorin. Sie wurde 1963 von Karl Heinz Engelin erschaffen und im Hohenhorstpark in Hamburg-Rahlstedt aufgestellt.

Ursprünglich zeigte sie einen Mann, der ein sich aufbäumendes Pferd am Zügel hält. Aber wie im vorliegenden Roman beschrieben, wurde Anfang Oktober 2021 die Figur des Mannes oberhalb der Knöchel abgesägt und gestohlen. Lediglich Pferd und Fußstümpfe blieben dem Park erhalten.

Der Denghoog in Wenningstedt

Auch der Denghoog ist keine Erfindung der Autorin, sondern ein etwa 5.000 Jahre altes Steinzeitgrab in Wenningstedt auf Sylt.

Um es etwas wissenschaftlicher auszudrücken: Der Denghoog ist ein Megalithgrab des Neolithikums und älter als Stonehenge in Südengland. Man findet ihn neben der Friesenkapelle in Wenningstedt und kann ihn auch während der Sommermonate besichtigen.

Megalithgräber sind Großsteingräber, die aus unbearbeiteten Steinblöcken bestehen und deren Grabkammern meistens durch aufrechtstehende Wandsteine und darauf liegende Decksteine gebildet werden. Fast immer sind oder waren sie unter einem Erd- oder Steinhügel verborgen.

Der Denghoog ist besonders eindrucksvoll in seiner Größe und seinem Erhaltungszustand. Auch er ist zu einem großen Teil unter einem Erdhügel verborgen. Seine darunter gelegene, vollständig erhaltene Steinkammer wird von sechs mächtigen Decksteinen gekrönt, die jeweils bis zu 18 Tonnen wiegen.

Die Sölring Foriining hat die Grabanlage 1928 erworben und setzt sich seitdem für den Erhalt dieses Denkmals und gleichzeitig den verantwortungsvollen Zugang für die Öffentlichkeit ein. Ein Besuch lohnt sich.

Die Tetrapoden von Sylt

Der Begriff Tetrapode kommt aus dem Griechischen (τετραπόδης *tetrapódēs*) und bedeutet in deutscher Sprache ‚vierfüßig'. Gemeint ist damit ein aus Beton gegossener Blockstein, der selten allein vorkommt und hauptsächlich im Küstenschutz eingesetzt wird. Die vier Füße des Betonbauwerks sind auf die vier Ecken eines ihn umgebenden imaginären Tetraeders ausgerichtet.

Jeder Tetrapode von Sylt ist etwa sechs Tonnen schwer. Die gewünschte Funktion dieser Betonmonster als Wellenbrecher haben die Heere von Tetrapoden zwar erfüllt, Sand ging der Insel dennoch reichlich verloren.

Anfang des Jahres 2022 wurden im Rahmen der Sanierung der Ufermauer unterhalb der Strandpromenade von Westerland alle dort seit 1960 in dichten Reihen stehenden Tetrapoden entfernt. Ein Teil von ihnen wurde in den Inselsüden gebracht.

Dort dürfen sie nun weiter für den Erhalt der Insel sorgen. Die übrigen ‚Betonkunstwerke' harren auf einem Parkplatz im Süden Westerlands ihrer weiteren Verwendung. Ein paar wenige von ihnen wurden von Geschäfts- und Privatleuten gekauft und nehmen nun eher dekorative Aufgaben wahr. Die restlichen wurden im Jahr 2023 von Unbekannten mit freundlich schauenden Augen besprüht und sind nun ebenfalls einen Besuch wert.

Milton Keynes UK
Ingram Content Group UK Ltd.
UKHW030851051124
450766UK00004B/454

9 783769 306453